U0095235

"十二五"国家重点图书出版规划项目

"十一五"国家科技支撑计划重点项目

综合风险防范关键技术研究与示范丛书

综合风险防范

中国综合气候变化风险

吴绍洪　戴尔阜　葛全胜
冉圣宏　刘洪滨　潘　韬　等 著

科学出版社

北京

内 容 简 介

本书是"十一五"国家科技支撑计划重点项目"综合风险防范关键技术研究与示范"的部分研究成果，丛书之一。本书首次系统地阐述了气候变化风险的概念、识别与分类方法，提出了气候变化风险评估的概念模型框架，综述了气候变化风险及综合风险管理研究的现状和途径；并依据联合国气候变化框架公约的最终目标，选择生态系统、粮食保障及气象水文灾害三个方面定量评估了 SRES B2 情景下中国近期、中期与远期等不同阶段未来气候变化的风险水平与时空格局，且在此基础上，评价了未来气候变化情景下中国气候变化综合风险的时空分布；最后，根据未来情景下中国气候变化风险分布地图，提出了中国气候变化风险防范技术。此外，还在广东省和珠江三角洲地区进行了气候变化风险评估与防范示范。

本书可供灾害科学、风险管理、应急技术、防灾减灾、保险、生态、能源、农业等领域的政府公务人员、科研和工程技术人员、企业管理人员以及高等院校的师生等参考，也可作为高等院校相关专业研究生的参考教材。

图书在版编目（CIP）数据

综合风险防范：中国综合气候变化风险 / 吴绍洪等著. —北京：科学出版社，2011
（综合风险防范关键技术研究与示范丛书）

ISBN 978-7-03-030716-3

Ⅰ. 综…　Ⅱ. 吴…　Ⅲ. 气候变化 – 风险管理 – 研究 – 中国　Ⅳ. ①X4 ②P467

中国版本图书馆 CIP 数据核字（2011）第 059507 号

责任编辑：王　倩　张月鸿　李　敏　王晓光　李娅婷 / 责任校对：刘小梅
责任印制：钱玉芬 / 封面设计：王　浩

科学出版社 出版

北京东黄城根北街 16 号
邮政编码：100717
http://www.sciencep.com

中国科学院印刷厂 印刷
科学出版社发行　各地新华书店经销

*

2011 年 5 月第 一 版　　开本：787×1092 1/16
2011 年 5 月第一次印刷　　印张：14　插页：2
印数：1—2 000　　　　　字数：340 000

定价：68.00 元
如有印装质量问题，我社负责调换

总　　序

　　综合风险防范（integrated risk governance）的研究源于 21 世纪初。2003 年国际风险管理理事会（International Risk Governance Council，IRGC）在瑞士日内瓦成立。我作为这一国际组织的理事，代表中国政府参加了该组织成立以来的一些重要活动，从中了解了这一领域最为突出的特色：一是强调从风险管理（risk management）转移到风险防范（risk governance）；二是强调"综合"分析和对策的制定，从而实现对可能出现的全球风险提出防范措施，为决策者特别是政府的决策者提供防范新风险的对策。中国的综合风险防范研究起步于 2005 年，这一年国际全球环境变化人文因素计划中国国家委员会（Chinese National Committee for the International Human Dimensions Programme on Global Environmental Change，CNC-IHDP）成立，在这一委员会中，我们设立了一个综合风险工作组（Integrated Risk Working Group，CNC-IHDP-IR）。自此，中国综合风险防范科技工作逐渐开展起来。

　　CNC-IHDP-IR 成立以来，积极组织国内相关领域的专家，充分论证并提出了开展综合风险防范科技项目的建议书。2006 年下半年，科学技术部经过组织专家广泛论证，在农村科技领域，设置了"十一五"国家科技支撑计划重点项目"综合风险防范关键技术研究与示范"（2006～2010 年）（2006BAD20B00）。该项目由教育部科学技术司牵头组织执行，北京师范大学、中国科学院地理科学与资源研究所、民政部国家减灾中心、中国保险行业协会、北京大学、中国农业大学、武汉大学等单位通过负责 7 个课题，承担了中国第一个综合风险防范领域的重要科技支撑计划项目。北京师范大学地表过程与资源生态国家重点实验室主任史培军教授被教育部科学技术司聘为这一项目专家组的组长，承担了组织和协调这一项目实施的工作。与此同时，CNC-IHDP-IR 借 2006 年在中国召开国际全球环境变化人文因素计划（IHDP）北京区域会议和地球系统科学联盟（Earth System Science Partnership，ESSP）北京会议之际，通过 CNC-IHDP 向 IHDP 科学委员会主席 Oran Young 教授提出，在 IHDP 设立的核心科学计划中，设置全球环境变化下的"综合风险防范"研究领域。经过近 4 年的艰苦努力，关于这一科学计划的建议于 2007 年被纳入 IHDP 新 10 年（2005～2015 年）战略框架内容；于 2008 年被设为 IHDP 新 10 年战略行动计划的一个研究主题；于 2009 年被设为 IHDP 新 10 年核心科学计划之开拓者计划开始执行；于 2010 年 9 月被正式设为 IHDP 新 10 年核心科学计划，其核心科学计划报告——《综合风险防范报告》（*Integrated Risk Governance Project*）在 IHDP 总部德国波恩正式公开出版。它是中国科学家参加全球变化研究 20 多年来，首次在全球变化四大科学计划［国际地圈生物圈计划（International Geosphere-Biosphere Program，IGBP）、世界气候研究计划（World Climate Research Programme，WCRP）、国际全球环境变化人文因素计划（IHDP）、生物多样性计划（Biological Diversity Plan，DIVERSITAS）］中起主导作用的科学计划，亦是全球第一个综合风险防范的科学计划。它与 2010 年启动的由国际科学理事会、国际社会科学理事会和联合国国际减灾战略秘书处联合主导的"综合灾害风险研究"（Integrated Research on Disaster Risk，IRDR）计划共同构成了当今世界开展综合风险防范研究的两大国际化平台。

　　《综合风险防范关键技术研究与示范丛书》是前述相关单位承担"十一五"国家科技支撑计划重点项目——"综合风险防范关键技术研究与示范"所取得的部分成果。丛书包括《综合风险防范——科学、技术与示范》、《综合风险防范——标准、模型与应用》、《综合风险防范——搜索、模拟与制图》、《综合风险防范——数据库、风险地图与网络平台》、《综合风险防范——中国综合自然灾害救助保障体系》、《综合风险防范——中国综合自然灾害风险转移体系》、《综合风险防范——中国综合气候变化风险》、《综合风险防范——中国综合能源与水资源保障风险》、《综合风险防范——中国综合生态与食物安全风险》与《中国自然灾害风险地图集》10 个分册，较为全面地展示了中国综合风险防范研究领域所取得的最新成果（特别指出，本研究内容及数据的提取只涉及中国内地 31 个省、自治区、直辖市，暂未包括香港、澳门和台湾地区）。丛书的内容主要包括综合风险分析与评价模型体系、信息搜索与网络信息管理技术、模拟与仿真技术、自动制图技术、信息集成技术、综合能源与水资源保障风险防范、综合食物与生态安全风险防范、综合全球贸易与全球环境变化风险防范、综合自然灾害风险救助与保险体系和中国综合风险防范模式。这些研究成果初步奠定了中国综合风险防范研究的基础，为进一步开展该领域的研究提供了较为丰富的信息、理论和技术。然而，正是由于这一领域的研究才刚刚起步，这套丛书中阐述的理论、方法和开发的技术，还有许多不完善之处，诚请广大同行和读者给予批评指正。在此，对参与这项研究并取得丰硕成果的广大科技工作者表示热烈的祝贺，并期盼中国综合风险防范研究能取得更多的创新成就，为提高中国及全世界的综合风险防范水平和能力作出更大的贡献！

国务院参事、科技部原副部长

刘燕华

2011 年 2 月

目　　录

第1章 绪论——气候变化与风险社会*

20世纪中期以来，在全球经济飞速发展和人口急剧增长的同时，世界范围内出现了日益严重的环境生态破坏，以及由全球气候异常变化引起的全球粮食问题、资源危机、灾害频发等全球环境变化问题，人口、资源、环境与发展的问题尖锐地出现在全人类面前。当今人类正面临着有史以来最为严重的危机，这种危机是全球性的，不仅仅表现为人口爆炸、资源短缺、环境污染，更为严重的是地球整体功能的失调、紊乱，以及人类赖以生存的全球环境的变化。国际社会各界对全球问题的关注日益加强，对环境问题的关注由局部扩展到全球，由眼前扩展到长远，由一般的关注发展为严重的危机感。

科学研究表明，全球环境变化对中国生态、资源、环境等的负面效应日益显现。作为一个典型的全球性环境问题，气候变化问题正成为国际关注的热点。气候变化导致的生态系统变化、水资源短缺、干旱化加剧、海平面上升、冰川退缩、荒漠化加重等结果，将给中国经济社会的可持续发展带来持久和难以逆转的影响。气候变化还会加剧食物、水和能源危机，严重影响中国的国家安全，制约经济的快速发展；气候变化特别是臭氧层耗损、大气成分的改变还会造成生态系统退化、食物数量和品质下降、流行性疾病传播等，对人民生活质量乃至民族的生存构成严重威胁。气候变化的趋势在未来相当长的时间内将继续下去，这种变化能否回到原有的平衡或能否有新的平衡？人类如何应对、适应这种变化，以及如何在可持续发展战略中体现对未来气候变化的适应？这些都是事关人类未来生存与发展的大问题，也是气候变化风险研究的核心问题。

气候变化风险问题是目前国际政治、经济、法律、外交和环境领域的一个热点和焦点。随着《京都议定书》、《联合国气候变化框架公约》（UNFCCC）的实施以及气候变化问题谈判进程的加快，发展中国家面临着承担减、限排的潜在压力，在这样一个新的政治背景下，如何认识中国面临的气候变化风险，并提出应对策略，都迫切需要进行综合气候变化风险研究。通过气候变化风险研究提出防范技术体系，可以为中国在国际政治和环境外交提供科学依据和技术对策，并为中国参与国际综合全球环境变化风险事务奠定基础。

由于气候变化问题与其他社会、政治、经济问题的交叉、重叠，其超越了许多传统研究范畴，常规的风险管理方法已经不足以对其进行有效管理。因此，在气候变化风险研究中不仅要考虑气候变化的特点，同时也要考虑风险社会背景下超越常规的风险管理模式。本章主要从气候变化的特点和当前风险社会的本质来探讨气化变化风险研究的模式以及国际上的一些进展。

---

* 本章完成人：中国科学院地理科学与资源研究所的吴绍洪、张月鸿、戴尔阜、潘韬、冉圣宏、谈明洪。

1.1 气 候 变 化

1.1.1 气候变化的定义

气候变化是指一个特定地点、区域或全球长时间的气候转换或改变，是以某些或所有与平均大气状况有关的特征，如温度、风场和降水量等要素的变化来度量的。近几十年来，随着对决定气候及其变率的下垫面过程的认识日益增多和深入，气候的概念大大拓展并且发生了演化，现在的气候变化研究多倾向于对包括大气圈、水、海洋、湖泊、冰雪、岩石间表面及生态系统等在内的气候系统变化的研究。气候变化的原因可能是自然界的外源强迫，也可能是气候系统固有的内部过程，还可能是人类活动的强迫。

政府间气候变化专门委员会（IPCC）评估报告中的气候变化是指气候系统随时间的变化，无论其原因是自然变化还是人类活动的结果（IPCC，2007a）；而在《联合国气候变化框架公约》（UNFCCC）中，气候变化是指直接或间接归因于改变全球大气成分的人类活动所引起的气候变化，这种变化是叠加在同期观测到的气候自然变率之上的（UNFC-CC，1992）。由于在实际中很难精确区分自然原因引起的气候变化和人为原因引起的气候变化，本书倾向于采用 IPCC 对气候变化的定义。

1.1.2 气候变化及其应对

人类在气候变化的科学认识方面已取得了巨大进展，基于多方研究的确凿证据表明，气候正在发生变化，而且这些变化很大程度上是由人类活动造成的，尤其是通过化石燃料燃烧释放的温室气体。气候变暖、海平面上升、强降水事件的增加、积雪和海冰缩减、更加频繁和强烈的热浪等气候系统的变化，给人类和广泛的自然系统带来了重大风险，是人类社会可持续发展面临的长期、严峻的挑战（IPCC，2007b）。

IPCC 第四次评估报告（2007b）指出：1906~2005 年的 100 年里，全球平均地表温度上升了 0.74℃（0.56~0.92℃），最近 50 年的升温速率几乎是过去 100 年的两倍。1961年以来的观测表明，全球海洋已经并且正在吸收增加到气候系统内的 80% 以上热量，海洋升温已延伸到至少 3000 m 的深海。升温引发海水膨胀，导致海平面上升约 0.17 m。近100 年来，北极平均温度升高速度几乎是全球平均温度升高速度的两倍。按 2006 年年底计，1900 年以来，北半球季节冻土最大面积约减少了 7%。

随着人们对气候变化认识的深入，决策者的问题已经从"正在发生什么"发展为"正在发生什么以及如何应对"。科学研究已经揭示了有关应对气候变化的许多内容，越来越多关于技术和政策的知识可用于限制未来气候变化的幅度，对适应气候变化的措施有了更细微、更广泛的理解，人们越来越多地认识到各行业和相关方在决策时需要考虑到气候变化。近年来，国际社会已经开展了一系列应对气候变化的行动：从 1992 年通过的《联合国气候变化框架公约》到 1997 年《京都议定书》的签订，再到 2007 年的"巴厘岛路线图"、2009 年底的《哥本哈根协议》和 2010 年底的《坎昆协议》。在这场轰轰烈烈的气候变化运动中，各个国家阵营、社会团体、公众媒体、企业和个人都纷纷响应，积极参与，气候变化问题日益成为一个涉及科学、环境、政治、经济、文化、伦理和道义等因素在内的错综复杂的问题。

中国政府一贯高度重视对气候变化的研究与应对。早在 1994 年制订的《中国 21 世纪议程》中，中国就将应对气候变化、保护气候作为中国可持续发展的优先领域之一。近年来，气候变化领域的工作也在不断加强，2006 年，《国家中长期科学和技术发展规划纲要（2006～2020 年）》，把能源和环境确定为中国科学技术发展的重点领域，把全球环境变化监测与对策明确列为环境领域的优先主题之一。2007 年，中国政府颁布了《中国应对气候变化国家方案》，科学技术部还牵头制定了《中国应对气候变化科技专项行动》，对气候变化的科学问题、控制温室气体排放和减缓气候变化的技术开发、适应气候变化的技术和措施、应对气候变化的重大战略与政策等方面进行了重点部署。

1.1.3　气候变化的不确定性

有关气候变化的纠缠与争议最根本的原因是气候系统十分复杂，气候变化的科学研究还存在很多不确定性，如气候资料和代用资料的不确定性、气候模式（包括复杂的全球气候系统模式和高分辨率的区域气候模式）的不确定性和可预报性、全球气候系统的复杂性、气候自然变化的不确定性以及气候变化预测和预估的不确定性等（赵宗慈，2009；IPCC，2007a）。其中，尤以气候模式的不确定性最为突出，影响也较大。受资料获取和计算机运行能力限制，气候模式的水平和垂直分辨率尚不够精细，因此在局地和区域尺度，气候模拟和预估的不确定性较高；同时，气候变化包括了气候的自然变化和人类造成的气候变化，如何在气候模式的预测和预估中同时反映出自然和人类的复杂联合作用，模拟中如何表示出人类活动的多样性和复杂性，以及人类对气候变化影响的复杂性也是一大不确定因素。此外，全球气候系统包含了复杂的和多种的非线性的相互作用和反馈过程，同时包括了多时间尺度和多空间尺度的机制，在许多方面现在科学家的认识还是很有限的，如冰盖动力学、云过程和区域气候效应，导致了对全球气候变化速率和幅度的预测及其在局地和区域尺度的表现存在不确定性。因此，许多气候变化风险的精准化预测是不可能完全实现的，气候变化的许多过程及其可能造成的影响还处于灰箱，甚至是黑箱状态。

科学研究的进一步推进无疑会降低气候变化问题的不确定性和争议性，但我们不能等到不确定因素减少了，再考虑采取应对气候变化的行动。

2007 年 IPCC 第四次评估第二工作组的报告中特别强调了风险管理在气候变化应对和决策中的作用，认为风险管理方法对于进行气候变化风险决策具有诸多优势，如对不确定性的管理、利益相关者的参与、政策优化选择评估、多学科研究的综合以及把气候变化问题纳入更广泛的决策背景之中等。而且从风险管理的角度对气候变化风险进行分析和管理，可以把气候变化中的各种问题纳入到一个框架或流程中进行系统管理，可以充分考虑到其影响和风险的方方面面，最大可能地避免疏忽、遗漏以及错误的决策和行动（IPCC，2007a）。

同时，许多国际风险管理组织如国际风险管理理事会（IRGC）、风险分析学会

（SRA）等都将气候变化风险视为其研究的重要组成部分，纳入其研究领域，气候变化风险管理研究正在逐步发展起来。

1.2 风险社会与综合风险管理

1.2.1 风险社会

以德国著名社会学家乌尔里克·贝克（Ulrich Beck）为代表的一批学者提出了"风险社会"的概念（乌尔里克·贝克，2004），认为随着现代社会的发展，社会内部及其与外部资源环境之间的矛盾日益加剧，经济、技术、文化和环境领域快速全球化，科学技术发展带来的诸多不确定性等，现代风险的性质正在发生转变。看似局部或偶发的风险事件，实际上都存在着一定的作用系统，在某些因素的诱导作用下，极有可能会导致一些重大社会灾难发生；更为重要的是，由于现代信息技术的高度发达，由风险和灾难所导致的恐惧感和不信任感将通过现代信息手段迅速传播到全社会，引发社会的动荡不安（芭芭拉·亚当等，2005；刘燕华等，2005）。现代风险表现为更大的影响面、更强的系统性、更高的不确定性和不可预测性，风险已经不再是"一次性突发事件"，一个以风险为常态的新型社会形态正在来临，人类已进入了"世界风险社会"（Beck，1999），到了与"风险共存"（living with risks）的境地（ISDR，2004；刘燕华等，2006）。

在现代风险社会，风险一旦转化为实际的灾难，它的涉及面和影响程度都将大大高于传统社会的灾难。近几年来世界上发生的一系列大规模的灾难充分证实了这一点，如欧洲破坏性的暴风和洪水、加拿大的暴风雪、人类和动物的新发传染病（艾滋病、非典、埃博拉病毒、禽流感和疯牛病等）、恐怖袭击（"9·11"事件、日本沙林毒气事件）、计算机病毒、高新技术风险、能源危机和金融动荡等。这些现代风险一般是多维度的社会现象，涉及自然、社会、经济、心理和管理等诸多层面（Remy，2003）。各种风险之间的相互作用和联系更加紧密，往往形成互相诱发的风险链，影响范围更大、机制更复杂。高度的不确定性和复杂性经常引起公众甚至专家之间的激烈争论，风险评估和决策变得更加困难。以单一学科的定量科学测量和专家系统为基础的传统风险管理体制的局限性已经暴露出来（De Marchi and Ravetz，2004；赵延东，2004）。"风险社会"的来临，给人类社会传统的风险管理机制带来了新的挑战。

当代中国社会因全球化和巨大的社会变迁也正在进入"风险社会"。中国 2003 年发生的 SARS 事件、2004 年的禽流感爆发事件以及近年来各地频发的导致重大伤亡的灾难看上去似乎并不相关，但它们在本质上是有联系的，共同预示着一个高风险社会的来临（李路路，2004；郑杭生和洪大用，2004）。而且中国的情况更加复杂，作为一个处于社会转型期的发展中国家和人口大国，传统风险与现代风险并存，在风险管理方面所面临的挑战更为艰巨。2008 年 2 月美国侨报发表了一篇题为《化解中国经济的"高血压"》的社论，称1998 年的洪灾、2003 年的非典型肺炎以及 2008 年初的雪灾均给中国带来了矫正体制弊端的契机。2003 年非典型肺炎（SARS）爆发之后，许多专家和政府机构进行了理性的分析，也确实认识到了中国风险危机管理方面的问题，如对高度不确定性事件的处理能力较差、公众风险沟通不足、制度改革赶不上经济和社会的变化、不同的政府机构和区域之间缺乏协调、管理效率低下等（Xue，2005）。同时也吸取了教训，建立了较为全面、系统的风险应急管理机制，但是由于各种因素和体制的限制，许多问题尽管已经认识到了，却仅停留在理念的层次，还未采取实际行动。在应对 2008 年初大规模的雪灾中，仍然暴露出了风险应对能力的严重不足，造成了巨大的损失：21 个省（自治区、直辖市）受灾，死亡 129 人、失踪 4 人，农作物受灾面积达 1.78 亿亩[①]，房屋倒塌 48 万间，直接经济损失 1516.5 亿元。在惨痛的代价之后，我们该如何抓住这个矫正的"契机"？本研究认为最根本的还需要在"风险社会"背景下探究具有可行性的、适合现代风险社会的新型风险管理体系。

我国目前正进入经济社会发展的关键阶段，这个阶段既是关键发展期，同时又是矛盾凸显期。我国经济的高速增长是一种高投入、低效率的粗放投资拉动的高消耗的增长，造成了有限资源的巨大浪费和严重的环境污染。多年累积的大气污染、水污染、农药污染、土地退化、水土流失和资源短缺等问题已发展成为全国性的资源环境问题，并呈现局部改善与整体恶化并存的趋势。未来 20 年我国经济将继续保持快速增长，到 2020 年，中国经济将翻两番，日趋严重的资源环境问题会给社会经济发展带来更大的压力。全球环境变化风险加剧了我国面临国际市场的冲击，更为重要的是它从根本上改变了传统的国际分工格局，使家的内部分工模式、产业链以及相应的产业生态环境发生了革命性的变化。建立综合全球环境变化风险防范科技体系、提升国家竞争力是以新的发展观做好维护国家安全工作的战略举措，关系到我们能否处理好发展速度与结构、质量与效益的关系，实现全面、协调和可持续发展；关系到我们能否成功应对新时期的复杂国际形势，从根本上解决当前贸易摩擦和各种贸易壁垒的影响。因此，从国家层面冷静思考、未雨绸缪、防范风险、趋利避害，在国家安全战略上做出科学的判断，选择正确的风险防范技术措施十分必要。

1.2.2　现代综合风险管理

为了应对"风险社会"的挑战，现代风险管理已经超出了单学科、纯学术研究的范畴，具有跨学科、集自然科学与社会科学、研究与管理为一体的特点（李津，2005）。国际上风险评估和管理领域在应用相关定量科学结果的基础上，越来越多地涉及"治理"（governance）的内容（De Marchi and Ravetz，2004），"综合风险治理"（integrated risk governance）正日益成为国际风险领域新的发展方向。各种跨国的、国际级的综合风险管理机构，如"风险分析学会"（Society for Risk Analysis，SRA）、"国际风险与管理理事会"（International Risk Governance Council，IRGC）和"欧洲诚信网络"（trustnet）的建立有力地推动了风险管理向综合风险治理的方向发展，其最终目的就是能更好地管理现代风险社会的各种风险问题。

特别是针对现代风险社会新近凸现的系统风险（OECD，2003），专家们强调综合风险

---

① 1 亩 ≈ 666.7m²，全书下同。

治理的重要性。人们开始广泛地认识到风险评估不能仅仅以定量科学测量为目标，还应该综合考虑社会风险认知和放大因素的影响，强调风险管理的社会背景因素（Renn，2006）。在国际多学科多领域开展的风险研究中，除了强调风险系统的内在机制、风险评估模型、各种高新技术手段在风险模型中的应用研究外，越来越关注从社会、经济、人文行为角度对人类自身接受风险的水平开展综合研究（Remy，2003），评估的过程也日益公开化、透明化和综合化。重点逐渐转向重视与人类经济社会相对应的安全建设研究，把风险分析与对应风险管理体系相联系，高度重视人类经济、社会和文化系统对各种灾害的脆弱性响应水平与风险适应能力研究（Umana，2003；Wiedeman，2003；Kleiber，2003）。

这些综合风险治理的理念逐渐在一些风险管理框架中体现出来。目前国际上提出 80 多种风险管理框架，其中有许多都在逐渐向综合风险治理的趋势发展，例如，加拿大政府使用的综合风险管理过程模型（integrated risk management framework，Canada）和风险研究所的环境风险评估和管理网络框架（Shortreed et al.，2001）都是融入了风险沟通、利益相关者参与以及风险社会背景因素的综合风险管理框架。

目前比较成熟的、有代表性的综合风险治理体系是国际风险理事会（IRGC）针对全球性、系统性、复杂性和不确定的风险问题构建的综合风险治理框架（integrated risk governance framework）（Renn，2005），其目的在于开发一个综合的、完整的和结构化的方法来研究风险问题、风险防范程序，可以为形成综合性评估和管理策略提供指导以应对风险，特别是全球层面上的综合风险——气候变化是其主要的研究内容之一。该框架综合了科学、经济、社会和文化等诸多方面，并且包括了利益相关者的有效参与，包含两个主要的创新：涵盖了社会背景的内容以及按照风险相关信息进行的新型分类（Renn，2005）。框架将综合风险治理划分为三个阶段：预评估、评价和管理。在评价阶段和管理阶段之间，还包括一个对风险进行描述和评价的扩展阶段——风险可容忍度和可接受度判断。

1.3　气候变化风险

气候变化是当前"风险社会"中人类面临的最突出的风险问题之一。越来越多的证据表明，以全球变暖为主要特征的气候变化已经不可避免，预计 21 世纪，全球仍将表现为明显的增温，极端天气气候事件及其引发的气象灾害可能更加严重（IPCC，2007b）。同时，气候变化风险也是"风险社会"中最典型的现代风险问题之一。科学家对许多问题的认识还存在高度不确定性和争议性，再加上其全球性和跨代性，使其中许多问题的争议，已不只是单纯的科学辩论，还掺杂了对环境、社会经济甚至政治问题的价值观的争议，成为科学家、各国政府、社会各界包括一般公众共同关注的焦点，需要超越国界、部门、阶层、学科和风险领域的各种参与者协调一致的努力。在全球气候系统变暖的大背景下，中国是气候变暖最显著的国家之一，面对气候变化已经和即将造成的各种影响和风险，迫切需要进行系统的气候变化综合风险管理。

1.3.1　气候变化风险相关概念的界定

为了更清晰地叙述，有必要对气候变化风险相关的定义进行一个较为明确的界定。

1. 风险

现代社会，风险一词的使用已经非常广泛，涉及自然科学和社会科学，如金融、保险和工程等各个方面。在不同领域，其含义有不同的理解。联合国"国际减灾战略"（ISDR）针对自然灾害领域，将风险定义为自然或人为灾害与承灾体的脆弱性之间相互作用而导致一种有害的结果或预期损失（死亡和受伤的人数、财产、生计、经济活动的中断和环境的破坏等）发生的可能性（ISDR，2004）。可以表达为

$$风险 = 潜在灾害(hazard) \times 脆弱性(vulnerability) \tag{1-1}$$

ISDR 的风险定义里有两个关键因子，一是某种既定威胁，即灾害产生的可能性；二是暴露于灾害环境的承灾体对灾害的敏感度，即脆弱性。

2009 年，国际标准组织（ISO）对风险给出了一个更普遍的定义：一个或一系列事件发生的可能性与其后果的组合（ISO，2009）。

$$风险 = 后果(consequence) \times 可能性(probability) \tag{1-2}$$

式中，后果为事件发生的后果；可能性为事件发生的可能性。

可见，风险的概念包含两个最基本的要素：后果与可能性。人们通常关注的是事件发生的不利后果。

2. 气候变化风险

结合气候变化与风险的涵义，这里给出气候变化风险的定义：自然和人为干扰（人类活动）所形成气候系统的变化，对自然系统和人类社会经济系统造成的可能损害程度。其评估模型为

$$风险 = 脆弱性 \times 可能性(probability) \tag{1-3}$$

也可表达为

$$风险 = 破坏力(damage) \times 暴露量(exposure) \times 可能性 \tag{1-4}$$

式中，脆弱性表示不利气候变化的影响程度，可以用破坏力和暴露量来衡量；破坏力为暴露单元受气候变化影响的容易损失程度；暴露量为不同系统或部门暴露于气候变化影响中的数量或程度；可能性，即是气候变化的不同情景。

气候变化风险与气候变化的影响、脆弱性、减缓和适应能力有密切的关系，气候变化损害的可能性以及该损害的程度可以进行科学的技术性评估，而风险的可接受性、减缓和适应策略的制定和安排涉及价值判断，需要结合社会经济研究以及文化背景的研究。

气候变化可能对自然和社会系统产生不良的影响并造成损失，但由于种种的不确定性，目前应该视为潜在的不利影响，因此，符合风险和风险管理的范畴。气候变化风险管理将风险的思想和概念引入气候变化影响评价中，它是评价具有不确定性的事件在未来发生的概率、强度以及由此而可能给生态环境造成的损害程度的过程和方法，同时尽量减缓和适应这些风险的过程。

3. 气候变化风险管理

气候变化风险管理被视为能处理以下所有问题的一个框架（Jones and Page，2001；

Willows and Connell, 2003；UNDP, 2005），包括对于气候变化和极端事件的当前的适应能力以及对未来气候变化的适应性应对评估，适应的限度评估，把适应性与可持续发展建立联系、引入利益相关者参与和在不确定条件下进行决策等。IPCC 认为气候变化风险管理是一种用来管理从全球（减缓到温室气体排放和浓度的"安全"水平，从而避免危险的人为干扰）到局地（在影响尺度上的适应）的各种尺度范围内的气候变化风险的方法（IPCC，2007a）。

1.3.2 气候变化风险管理的研究现状

全球气候变化是国际重点关注的风险领域之一。全球气候变暖已成为各国科学界、政府以及公众关注的重大问题，适应和减缓气候变化对人类社会的影响已成为当今国际政治和环境外交斗争的热点，美国、英国、俄罗斯、韩国和日本等国家已将应对气候变化的战略上升为国家战略。2003 年 10 月美国国防部提供给政府的《气候突变的情景及其对美国国家安全的意义》的报告中指出，全球变暖可能导致气候突变，并由此引发全球性的骚乱、冲突甚至核战争，从而对国家安全产生重大影响。在 2005 年 1 月 26 日举行的达沃斯世界经济论坛上，约 700 名世界经济界领导人通过投票，在几十项世界级议题中选出 6 项优先议题，气候变化位居第三。这些信息不仅显示了气候变化问题在诸多国际性问题中从未有过的分量，更明确地显示了其高度的政治性和挑战性。

从综合风险治理的角度对气候变化风险的研究刚刚起步。IPCC 第四次评估报告认为风险管理是继影响评估、适应性评估、脆弱性评估以及综合评估这传统的 4 种方法之后的第 5 种方法。气候变化风险管理是以决策为导向的，而不是研究驱动的，它是进行决策的一种有用的框架，其应用正在飞速扩展（IPCC，2007a）。当前对气候变化的风险管理已经发展了几个框架，有国际层次的，也有国家层次的。

在国际层次上，主要是 UNDP 的适应性策略框架（the UNDP adaptation policy framework），它描述了以脆弱性和适应性为中心的风险评估方法。主要包括 5 部分：规划适应性项目并确定其范围、评估现有的脆弱性、评估未来的气候变化风险、制定一套适应策略和适应性的后续过程（UNDP，2005）。同时，世界银行也在从事气候变化危害与风险管理的方法研究，重点关注的是气候变化适应的资金筹措（van Aalst and Shardul，2005）以及把气候变化研究纳入自然危害风险管理的架构中（Burton and van Aalst，2004；Mathur et al.，2004；Bettencourt et al.，2006）。

国家层次的评估框架用来构建国家级的适应策略，比较有代表性的是英国和澳大利亚的框架。英国的气候影响方案（气候适应：风险、不确定性和决策框架，UKCIP）（Willows and Connell，2003）提出了一个渐进的脆弱性和适应性评估方法。该框架可以帮助决策者及其顾问识别重要的风险因子，并且描述与之相关的不确定性，还确定了风险评估和预测、选择评估和决策分析的方法和技术，包括 8 个步骤：识别问题和确定目标；建立决策标准；评估风险；确定政策选择；评估选择；决策；实施决策；监测、评价和评议。可以看出英国的这个框架具有明显的决策导向性。澳大利亚的气候变化影响和风险管理框架（Australian Greenhouse Office，2006），源于澳大利亚/新西兰的风险管理标准（AS/NZS

4360，2004），包括5个部分：①建立情境，包括目标、利益相关者、标准、关键因素、气候情景；②识别风险，包括可能发生什么、如何发生；③分析风险，包括评议控制、可能性、结果、风险水平分析；④评估风险，包括风险评估、风险排序、筛除次要风险；⑤处理风险，包括确定处理选项、选择最佳发展规划、实施。此外还包括风险沟通和咨询，在风险管理的每个阶段都需要多元主体的参与，获取足够的信息；同时每个风险管理阶段完成之后都需要进行监控和回顾评议，以随时掌握情况的变化和新信息。在中国，国务院发布的国家应急管理预案将全球环境变化列为公共安全领域重要内容，同时国务院发布的《国家中长期科学和技术发展规划纲要》将全球环境变化列为面向国家重大战略需求的基础研究，但国家应急管理预案强调的是应急、恢复与重建，国家中长期科学和技术发展规划纲要更多强调的是全球环境变化的基础研究。从综合全球环境变化风险因素的识别、评价模拟、响应与适应及其防范技术体系构建方面考虑不多。因此，综合全球环境变化风险防范是实现我国国家第十一个五年经济和社会发展规划纲要目标，加强我国国家安全建设、实现国家可持续发展、构建和谐社会进程中迫切需要全面加强的重要领域，通过综合全球环境变化风险防范技术体系构建，支撑国家可持续发展技术体系建设。

1.3.3　气候变化风险分类体系

本研究借鉴 IRGC 的风险治理理念，特别是利用其新型风险分类体系对复杂多样的气候变化风险进行了分类，希望通过气候变化风险的 IRGC 分类推动中国气候变化综合风险治理体制的构建。国际风险管理理事会（IRGC）提出的新型风险分类体系（简单风险、复杂风险、不确定风险和模糊风险）（Renn，2005）是一个以解决问题为导向的分类体系，IRGC 提出了分别对这4类风险因素进行综合治理的风险预评估技术、风险综合评价技术、风险综合管理技术以及利益相关者参与方式的集成体系（表1-1）。这种对于不同种类的风险运用不同的方法可以简化风险管理的程序，使各种风险纳入系统化的框架里，有利于提高风险管理的效率，进行针对性的有效管理。

同时这种分类体系还可以促进风险评估的科学性，当前风险评估采用的主要是风险管理领域已经建立的一些科学方法，包括定量的和基于专家的风险评估方法、各种形式的科学实验和模拟、概率和统计理论、成本效益理论和决策分析以及贝叶斯和蒙特卡罗方法等，这些传统方法虽然已经为风险决策提供了一定基础（Byrd and Cothern，2000），但是由于这些方法都是基于两个基本参数——可能发生的事件（危害或结果）及与其联系的概率（可能性）（Stirling，2007），只适用于那些发生概率可以根据历史数据或是严密模型推导出来（Risbey and Kandlikar，2007）的"严格"意义上的风险，对于气候变化风险这种具有不同确定程度和复杂程度的风险系统，不考虑风险信息的可获取性、确定程度和争议程度，直接采用这种约简式的、"严格"的风险评估方法是不合理的、不科学的甚至具有误导性的（Stirling，2007）。因此，针对这些问题，亟须识别出气候变化引起的各种风险并对其进行系统的分类管理，区分出哪些风险可以用传统方法，哪些风险需要采用另外的方法。IRGC 提出的新型风险分类体系可以有效解决这些问题。

表 1-1 IRGC 风险分类管理的策略与方法

信息描述	管理策略	适当方法	利益相关者参与
简单风险	基于常规的策略：（容忍度/可接受性判断）（降低风险）	应用传统的决策方法： ●风险收益分析 ●风险权衡取舍分析 ●反复试验法（试错法） ●技术标准 ●经济驱动 ●教育、"贴标签"、信息 ●自愿协议	方法性的讨论
复杂性所致的风险	获取风险信息策略 （风险因子和因果关系分析）	描述可以获取的数据信息： ●专家达成共识的方法 ＊代尔菲法或者是一致性协商 ＊Meta 分析 ＊情景分析等 ●流入常规操作的结果	认识论方面的讨论
	以提高鲁棒性为中心的策略 （风险吸收系统）	通过以下方法提高风险标的的缓冲能力： ●增加额外的安全因子 ●设计冗余的和多样的安全设施 ●提高应对能力 ●建立可靠性高的组织	
不确定性所致的风险问题	基于预防的策略 （风险因子）	通过危害的特征，比如说持续性、普遍性等，作为风险评估的代用指标。方法包括： ●抑制方法 ●抑低方法（ALARA） ●尽量低方法（ALARP） ●可用的最好的控制技术（BACT）	反思性讨论（如圆桌会议、开放式论坛等）
	以提高弹性为中心的策略 （风险吸收系统）	提高应对突变的能力： ●用多样的方法来到达设想的收益 ●避免高脆弱性 ●考虑灵活弹性的响应策略 ●提高适应性的预备工作	
模糊性所致的风险问题	以讨论为基础的策略	应用达成共识或容忍性的冲突解决办法进行风险评估结果和管理方法的选择： ●综合利益相关者的讨论结果 ●强调风险沟通和社会广泛的讨论	参与式讨论

注：译自 IRGC 风险管理白皮书（Renn，2005）

　　总之，采用 IRGC 的新型分类体系进行分类，对气候变化引起的具有不同程度复杂性和不确定性的风险问题，可以有针对性地采用不同的方法进行分层次、分类别的评价和管理，为当前气候变化影响领域的风险评价和管理提供新的方法选择和流程化的模式，可以提高气候变化风险管理的效率并为科学的风险评估提供基础。而且最重要的是，从气候变化风险分类入手，可以自下而上地建立一个切实可行的气候变化综合风险治理体系，避免了自上而下构建一个空洞的框架之后却无法施行的尴尬。

1.4 中国综合气候变化风险的评估、表达与防范

中国综合气候变化综合风险研究的内容主要包括风险评估、风险表达与风险防范，其中风险评估是综合风险研究的基础，风险表达是风险评估结果的表现形式，风险防范则是综合风险研究的目的。

1.4.1 中国综合气候变化风险评估

风险评估是风险表达的前提，是风险防范的基础。风险评价偏重于定量分析，要求具体预计风险因素发生的概率、可能造成的损失或收益的大小，然后尽量用数据量化确定受险程度。风险评价是风险表达与风险防范的基础与前提，既包括给出风险发生的概率，也包括预测风险结果。与此同时，对综合风险的评价也十分重要，因为它为风险防范提供风险水平的总体显示，通过综合评价，可以得到不同地区、不同行业当前所面临的全球变化综合风险程度。

由于风险识别涉及很多决策变量的计算，应用传统的概率统计方法和专家判断的方法不能有效地解决这些问题。模糊层次分析法是一种定性和定量分析相结合的系统分析方法，它把一个复杂问题表示为有序的递阶层次结构，从而使得一个复杂的决策问题能使用简单的两两比较形式导出，实现了系统中各风险因素的重要度排序以及风险对策方案的选择，计算结果简单明确。

全球气候变化的风险是综合的，全球变化给不同生态系统所带来的风险具有不同的表现形式，因此不可能存在通用的评估指标来对全球气候变化综合风险进行定量研究，指标的选择往往是针对某一具体研究对象而设置的；同时，单一的风险评估方法不可能适合所有的全球变化综合风险研究。而且，风险源于事物发展的不确定性，其结果就既可能低于也可能高于事前的预期。气候变化本身的不确定性以及气候变化综合风险的不确定性，使得全球气候变化综合风险的评估也存在很大的不确定性，常见的风险评估方法也不能完全满足实际需要。鉴于此，本书将主要依据IPCC对全球变化不同情景的分析，结合中国实际情况，选择全球气候变化的B2情景和主要的风险种类，对中国气候变化的综合风险进行评估。

1.4.2 中国综合气候变化风险表达

风险的表达是对风险评价结果的直观表示，也是风险防范和风险决策的基础，本研究

采用地图的形式表达风险损失和风险等级的时空格局，其表达的内容包括各种风险和综合风险的程度，可为决策者和相关人员提供一目了然的综合性结论，为风险决策提供依据。

全球气候变化综合风险专题数据库是全球气候变化综合风险制图的基础。基于全球气候变化综合风险研究的需要，应首先建立全球气候变化综合风险专题数据库与信息系统，其中，专题数据库主要应包括风暴潮数据库、高温灾害风险等级动态变化、洪涝灾害风险等级动态变化、干旱灾害风险等级动态变化和综合气象灾害风险等级动态变化5个基础数据库；数据库信息管理系统则应包括数据的组织、存储、查询、更新和删除等操作，以及对基础数据的挖掘、处理，并对由数据生成的相关成果进行整理、转换、传输、集成及数据的共享等。

此外，全球气候变化的综合风险制图是在针对不同评价对象、选择不同评价指标进行综合评估的基础上，采用相应的制图软件（如 ArcGIS 或 SuperMap 等软件），将评估结果直观地表达在图件上。为了有效地评估全球气候变化对我国生态系统服务功能、粮食生产和社会经济发展带来的风险，有利于把风险研究成果科学地、快速地进行空间展示。本研究开发了全球气候变化风险制图系统（gECRMap），该系统的主要特征是突出综合全球气候变化与全球化风险制图社会服务功能，可为风险制图者提供科学、实用的制图服务，为科研人员在空间上快速展示风险科研成果提供支持。由于 gECRMap 是基于 SuperMap Objects 2008 的二次开发，针对全球气候变化背景下实现的专题制图功能，其采用的核心组件主要包括 SuperMap 中的对象关系、SuperMapLib 库中 SuperWorkspace 控件和 SuperMap 控件、SuperLegend 控件和 SuperLayout 控件，旨在实现专题制图功能。全球气候变化风险制图系统（gECRMap）的功能实现流程图如图 1-1 所示。

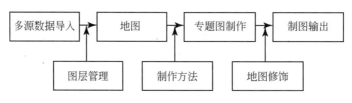

图 1-1　风险专题图制作流程

为了与中国现行的预警体制相适应，可采用四色图表达风险的高低，将全球气候变化综合风险划分为 4 级，即高风险、中风险、低风险和无风险。针对不同的风险类型，选择不同的评价指标进行风险评价并对评价结果进行图示。

1.4.3　中国综合气候变化风险防范

在对全球变化综合风险进行全面的风险评估和完成风险表达分析之后，就应根据风险评估结果，采取各种措施来实行风险防范，将可能损失的后果减小到最低限度。全球变化综合风险防范的主要策略包括风险规避、风险转移、风险预警和风险防范技术的开发与应用等。

（1）风险规避。当风险发生的可能性大、不利后果严重、又无其他防范措施时，就应采取风险规避策略，主动放弃某项目或改变项目目标与行动方案（如在面临海平面上升的风险时，主动放弃在近海岸的一些养殖利益等），从而达到规避风险的目的。风险规避能够在风险事件发生之前完全消除某一特定风险可能造成的种种损失，是最彻底的风险防范方法。但是彻底地放弃，也有不利的方面。其一，规避风险只有在对风险事件损失的严重性完全认知的基础上才具有积极的意义。实际上，由于自然界和社会活动的极端复杂性和人们认识能力的局限性，人们无法对全球气候变化的风险正确判断。简单地放弃项目，就会挫伤人们认知的积极性，对以后的发展（如风险控制与防范）极为不利。其二，避免风险是通过放弃某项计划作为代价而消除可能由此产生的风险与损失，但放弃某项计划就意味着也丧失了相应的收益，失去了发展和其他各种机会，使正常的后继的生产经营活动陷于停顿。因此，在采取风险规避策略之前，必须对风险有充分的认识。

（2）风险转移。风险转移是事前借用合同或协议，在风险事件一旦发生时将损失或与损失有关的不利后果转嫁给他人。对于不能完全规避的全球变化风险，可采用风险转移策略将自身承担的风险控制在一定程度内。风险转移一般有两种形式。一种形式是出售转移与联合投资，通过买卖契约将风险转移给第三者。这种方法在出售项目所有权的同时也就把与之有关的风险转移给了第三者；在联合投资中，风险的分摊意味着风险的一种转移，而风险转移又必然伴随着收益的分摊与转移。另一种形式是保险与担保，其中保险是转移风险最为常用的一种方法。参与保险旨在使被保险人能以确定的小额成本（保险费）来补偿大额不确定的损失，最高补偿金额以保险金额为限。保险是一种补偿措施，事件的承担主体不发生变化，但风险损失的承担主体发生了变化。当全球变化造成的损失已经发生时，保险公司将承担部分损失。没有风险产生，保险公司则从保费中取得了收益。除了保险，也常用担保转移风险，实行风险转移这种策略要遵循两个原则：第一，必须让承担风险者得到相应的回报；第二，对于各种具体风险，谁最有能力管理就让谁分担。采用这种策略所付出的代价大小取决于风险大小。风险投资过程，投资主体是否转移风险以及采用何种方式转移风险，需要仔细权衡和决策。一般情况下，项目的资源有限，不能实行减轻和预防策略或风险发生频率不高但潜在的损失或损害很大时，可采用此策略。在全球气候变化的大背景下，极端恶劣天气等灾害发生的频率和强度都有可能进一步加大，灾害保险则是实现灾害风险转移的有效手段。

（3）预警体系（监测预报与预警技术）的建立。预警体系的建立是风险防范最为有效的措施之一，灾害的监测、预警和预报技术是减少灾害损失的关键，对灾害的准确预警对于减少灾害损失至关重要，因此预警体系的建立也是全球气候变化综合风险防范的关键技术之一。在受到全球气候变化影响的区域建立包括地面监测、海洋海底观测和高空观测一体化的监测体系，提高对自然灾害的监测、预警与预报能力，可有效提高我国应对、防范全球气候变化综合风险的能力。对全球气候变化的监测预警预报体系应在完善现有气象、水文、地质、海洋与环境等监测网站的基础上，适当增加监测密度，提高遥感数据的获取和应用能力，建立卫星遥感灾害监测系统，推进监测预警预报基础设施的综合运用与集成开发，加强预警预报模型、模式的开发与应用，要特别重视对与全球气候变化密切相关的洪涝、干旱、风暴潮、农林牧业有害生物灾害和极端天气事件等的监测预警预报能力的建设，完善全球气候变化综合风险预警预报决策支持系统。

全球变化导致的综合风险是人类面临的共同挑战，因此应加强各部门、各行业的合作，在更高的层次上建立和完善重大自然灾害的综合防御与救援机制，形成统一的综合观测体系、综合信息发布系统以及防灾、减灾、抗灾和救援系统，及时发布预警，在第一时间将风险预警信息发布给相关利益群体，并通过增强对各部门防灾救灾力量的协调与管理，迅速组织救援，防止灾害连锁反应和灾害损失的扩大。

（4）综合风险防范技术的开发与应用。综合风险防范技术的开发与应用包括针对自然生态系统、粮食安全与社会经济系统的风险防范技术的开发与应用，以及相关防灾减灾工程的建设、风险管理等。风险防范技术的开发与应用是综合风险防范能力中最为关键的一环，它包括针对不同风险类型的各种防范技术和措施。对自然生态系统而言，全球气候变化可能会使得部分生态系统的生产力和碳吸收能力下降，因此相应地应开发和采用一些保护性耕作技术、退化土地的植被恢复技术、湿地的恢复与保护技术等；对全球气候变化可能导致的物种多样性减少的风险，应加强防止外来物种入侵技术和人工封育技术等；针对气候变化可能会给全球和我国粮食生产和食品安全带来的严峻挑战，应把促进农业生产和保障粮食安全作为应对气候变化的首要任务，依靠科技进步，通过开发与发展节水农业技术、天然降水利用技术、农业生物工程技术等开展气候变化风险管理和风险防范。在社会经济领域，应重视不同灾种的综合风险防范技术的开发与应用。对干旱灾害风险而言，人工增雨及拦截和蓄存雨水、兴修灌排工程以缓解流域内的季节性缺水、修建跨流域调水工程以缓解区域性缺水等都是应对干旱灾害风险的有效技术与措施；对洪涝灾害风险而言，除兴修水利工程外，还应特别注重雨洪调蓄技术的应用，尤其是对于一些防洪设施已经达到一定规模的城市地区，应大力进行非工程措施的研究，如洪涝灾害风险决策支持系统的开发与完善等；对高温灾害风险而言，除要加强高温与极端天气事件的监测与预报技术的开发、提高之外，还应注意工程类的风险防范技术的开发与应用，如增加城市的绿化面积、开发利用清洁新能源等。

总之，综合风险防范是在风险尚未发生或已经发生时采取一定的方法和手段以减少风险损失、增加风险收益所进行的活动。无论哪一种风险防范的技术与措施，都旨在根据实际的风险抵抗能力、风险的可能损失、规避风险的费用支出等因素来确定自身承担的风险，将全球气候变化带来的综合风险控制在最低程度。

同时，应把全球气候变化科学问题上升到国家安全的高度来对待，加强对气候和环境变化的风险防范研究，将自然科学、社会科学和国情研究有机地结合起来，加强对应对气候变化国家安全对策的研究，并将其纳入国家重大突发事件的应急反应系统中。

此外，为了在环境外交中争取主动，我国的全球环境变化研究必须为我国参与环境多边谈判，尤其是关于全球气候变化的国际谈判提供坚实的科技支撑，为在新一轮谈判中确定合理的国际义务、维护我国权益提供决策依据。同时为进一步加强我国在这一领域的工作，使我国的全球环境变化科学研究更好地服从、服务于国家利益，我国有必要进一步加强对这一领域的科学研究的组织和协调；需要把全球环境变化研究的舞台逐步扩大到相邻地区乃至全球，以进一步提升我国在全球环境变化研究中的国际地位。

本书通过综合全球环境变化风险防范关键技术与示范研究，应用综合风险分类与评价技术研究、综合风险防范的关键技术、综合风险防范技术集成平台研究、综合风险防范救助保障与保险体系示范、中国综合风险防范政策与制度保障体系研究等方面的研究成果，从综合全球环境变化角度完成风险源识别与风险分类、风险评价、风险制图、风险防范技术体系构建及珠江三角洲风险防范技术示范研究，为我国综合风险防范关键技术研究与示范提供必要的技术支撑与示范研究。

根据联合国气候变化框架公约控制温室气体的目标，将大气中温室气体的浓度稳定在防止气候系统受到危险的人为干扰的水平上，这一水平应当足以使生态系统能够自然地适应气候变化、确保粮食安全和维持经济可持续发展（UNFCCC，1992）。因此，本书分别选择陆地生态系统、粮食生产和社会经济系统作为暴露单元。需要说明的是，由于自然灾害是社会经济系统受到损害的最直接风险源之一，而在自然灾害中，气象水文灾害与气候变化关系最为密切，因而在本书中用气象水文灾害替代社会经济系统暴露单元。

第 2 章　气候变化风险识别与分类[*]

识别气候变化风险，并对气候变化风险进行科学的分类是进行气候变化风险评估与管理的基础和前提。本章主要对气候变化风险的定义及其内涵进行深入的分析和界定，同时明确气候变化风险的特性和需要识别的风险事件、风险源与风险后果的范畴，对气候变化风险进行系统的识别；在识别的基础上，建立气候变化风险的分类体系。

2.1　气候变化风险识别

2.1.1　"危险的气候变化"与气候变化风险识别

1. "危险的气候变化"与气候变化风险的界定

"危险气候变化"的概念源自《联合国气候变化框架公约》第二条中的目标："根据本公约的各项有关规定，将大气中温室气体的浓度稳定在防止气候系统受到危险的人为干扰的水平上。这一水平应当在足以使生态系统能够自然地适应气候变化、确保粮食生产免受威胁并使经济发展能够可持续地进行的时间范围内实现。"（UNFCCC，1992）但是其中"危险"这个词是一个模糊的表述，对谁或什么是危险的？何处危险？何时危险？在什么地理尺度上、严重程度上以及气候变率下，气候变化的影响变得危险？多少人或什么人或物中会受到不利影响，会影响到什么程度？什么水平的温室气体浓度会造成这些危险的影响，多长时间内这种影响会显现，科学不确定程度有多少等方面还没有定论，产生了诸多争议（Anthony and Leiserowitz，2005；林而达，2005）。"危险"这个概念本身包含着如何对气候变化带来的复杂的、多学科交叉的风险进行响应的问题。气候变化科学群体主要依赖风险评估来描述系统的不确定性，识别危险的界限，科学群体的这种重要作用已经得到了承认，但是仅仅凭此来制定长期的政策是不够的。决策需要包括其他的考虑，例如，潜在风险的价值判断，社会和个人对气候变化的感知和反应的放大和缩小的社会和文化过程，这些往往是有争议的（Lorenzoni and Pidgeon，2005）。

确定气候变化的危险水平和阈值不仅在科学上具有不确定性，而且是决策者的一种价值判断，不同立场的标准可能完全不同，即便如此，依然有一些基本原则可以遵守，即要考虑当代的公平和代际的公平，也是可持续发展的要求。当然，科学成果可以提供确定危

---

[*] 本章完成人：中国科学院地理科学与资源研究所的张月鸿、戴尔阜、吴绍洪、潘韬。

险水平的基础，如危险的气候变化对未来有哪些影响、程度如何以及是否会威胁到粮食安全、生态安全和可持续发展等问题。有研究者试图通过确定一种确切的临界值的方法来定义危险水平，但其合理性还难以定论。一般认为，要估算这样的临界值会受到很多难以控制因素的影响，如初始条件、边界影响、影响的经济损失、影响的不可逆性和适应性以及减缓气候变化的措施等，这些因素在确定危险水平时是不能不考虑的（林而达，2005）。鉴于这种认识的争议性，IPCC 的第四次评估报告中没有出现这两种说法，代之以评价气候变化的关键脆弱性和风险，这是一种概念弱化了的评价，IPCC 当前所关注的气候变化风险指的是气候变化对自然生态系统和社会经济系统造成危害的可能性。

对气候变化风险的界定，还需要根据联合国教科文组织对预防原则的定义中提到的道德上无法接受、在科学上虽不能确定但似乎可能的损害，包括威胁到人类的生命或健康、或严重和实际上无法挽回的损害、或对当代或后代不公平的损害、或未有充分地考虑那些受影响者的人权而实施的损害（世界科学知识与技术伦理委员会，2005）。这样定义气候变化的风险可能具有更强的社会、价值观上的意义，因为气候变化风险的复杂性、影响的广泛性和深远性、价值观念的争议性并不是一个简单的阈值能够表达出来的。因此，对于气候变化风险我们不仅仅要研究各种"突发性"风险，同时也要研究"蠕变性"（Glantz，2004a）的可能跨代的风险，这种风险可能更有隐蔽性，危害可能更大。

此外，气候变化风险强调"变化"产生的风险，即在变化了的气候背景下，分析可能引起的各种风险，与传统的气候灾害研究或气候风险研究有所不同。传统的气候灾害研究或风险研究，是基于过去气候灾害发生的概率统计规律进行的研究，没有把"变化"了的气候因素考虑在内。

综上所述，本研究认为气候变化风险是一个较为广义的概念，主要强调气候"变化"（气温升高、降水变化、极端气候事件和气候变化频率的增加等）这个复合风险因素对各种自然生态系统和社会经济系统造成危害的可能性，包括各种突发性的风险和长期的蠕变性（creeping）风险。

2. 气候变化风险的特性与识别内容

气候变化风险主要表现为两大特性：极端复杂的系统性和高度不确定性。首先，气候变化风险的影响涉及社会、经济、环境的方方面面，是一个复杂的巨系统，内部风险之间相互作用关系错综复杂，需要从 OECD 定义的"系统风险"的角度进行综合研究（OECD，2003）。同时，气候变化风险又是一个具有高度不确定性的系统，这是因为作为风险源的气候系统极端复杂，具有内在混沌的特性，并包括各种时间尺度的非线性反馈；对于气候变化对自然生态系统或人类社会经济系统影响的认识，也存在着类似的复杂性和观测的不确定性；此外，有关气候变化的任何预估都必须在某种程度上考虑人类应对气候变化的行为和决策，与这些人为因素相关的不确定性很难被定量化（Manning，2006），进一步增加了其不确定性。因此，对气候变化风险进行管理首先就是要设法处理好这两大主要挑战。此外，对于气候变化风险应该特别重点研究的是气候变化这个风险源与可能影响结果之间的因果关系，这样不仅能够明确受影响的程度、适应的潜力，而且可以根据这种因果关系确定程度的不同，进行相应的风险管理和相关政策的制定。

风险识别是查找、列出和描述风险事件、风险源和后果等风险要素的过程，因此，气候变化风险识别的主要任务就是确定其风险事件、风险源以及风险后果。但是，全球气候变化风险的情况比较复杂：人类社会经济快速发展致使温室气体过量排放，加剧了气候变化，如气温升高、降水变化、极端气候事件、气候变化频率的增加以及海平面上升等，这些气候变化又对自然生态系统和人类社会经济系统造成极大的影响，人类对气候变化的应对和适应又会作用于社会经济系统。整个气候变化风险系统是一个循环的互为因果的体系，人类社会系统既是风险源又是风险结果的承受者。为了简化研究程序，避免风险源和风险结果夹缠不清，根据前面气候变化风险的定义，本研究把研究目标锁定在这个循环中最核心的一环，即对气候变化引起的风险进行研究，把气候变化作为风险源，其可能引起的各种自然生态和社会经济损害为风险后果。

气候变化的风险事件不仅包括洪水、风暴等常见的气候相关的突发性事件，现在国际上也逐渐开始提倡对一些低概率、高损失事件，以及变化幅度和速率较小的蠕变性（Glantz，1999；Jones，2004）风险事件（如生态系统结构和功能的改变，土壤盐碱化）进行研究。气候变化的风险源主要包括两个方面：一是气候状况（气温、降水、海平面上升）；二是极端气候变化（热带气旋、风暴潮、极端降水、河流洪水、热浪与寒潮、干旱）（IPCC，2007a）。气候变化风险的后果有很多，包括经济损失、生命威胁、各种系统的产出、特性以及系统本身的变化等（《气候变化国家评估报告》编写委员会，2007）。本研究分别从风险源和风险后果两方面对风险事件进行了系统的识别。

此外，气候变化对一个部门、组织或个人造成的风险，可能并不是直接由气候变化或是气候相关变量本身产生的，而是可能由一个因果链作用而产生的。因此，在风险识别过程中还要分外注意这种风险因果链的识别。

2.1.2 气候变化风险源及风险事件识别

1. 气候变化的主要风险源

1）平均气温升高

IPCC 第四次评估报告（AR4）中指出，过去 100 年（1906～2005 年）来，地表平均温度上升约 0.74℃；预计到 21 世纪末，全球地表平均增温将达 1.1～6.4℃，在这种大规模的全球变暖背景下，我国气候也产生了较大变化，近 100 年来我国地表年平均气温升高了 0.5～0.8℃（IPCC，2007a）。21 世纪我国地表气温将继续上升，与 2000 年比较，2020 年我国年平均气温预计将增加 1.1～2.1℃，2030 年增加 1.5～2.8℃，2050 年增加 2.3～3.3℃（《气候变化国家评估报告》编写委员会，2007）。

2）降水变化

从 20 世纪 80 年代以来，无论在陆地和海洋上空还是在对流层上层，平均大气水汽含量都有所增加，这与较暖空气能够容纳更多水汽总体一致。但年均降水量变化趋势不显著，区域降水年际波动较大，高纬地区的降水，很可能增多，而多数副热带大陆地区的降水量可能减少，大多数陆地上的强降水事件发生频率有所上升（IPCC，2007a）。近一百年来中国的年降水量出现了明显的年际和年代际振荡，但趋势变化不明显，仅有微弱的减少。根据 IPCC 排放情景中 B2 情景下对全国和区域气候模式的预估结果，21 世纪中国年降水量可能明显增加，但不同区域降水量变化差异较大，有些地区可能变干（《气候变化国家评估报告》编写委员会，2007）。

3）海平面上升

IPCC 第四次评估报告（AR4）预计到 21 世纪末海平面可能上升 0.18～0.59 m。1961～2003 年，全球平均海平面上升的平均速率为 1.8（1.3～2.3）mm/a，1993～2003 年该速率有所增加，为 3.1（2.4～3.8）mm/a，尚不清楚 1993～2003 年出现的较高速率反映的是年代际变率还是长期增加趋势。19～20 世纪，观测到的海平面上升速率的增加具有高可信度。20 世纪海平面上升的总估算值为 0.17（0.12～0.22）m（IPCC，2007b）。中国沿海海平面近 50 年来总体呈上升趋势，平均上升速率约为 2.5 mm/a，略高于全球海平面上升速率。各海区上升速率也有差异，东海为 3.1 mm/a，黄海、南海和渤海分别为 2.6 mm/a、2.3 mm/a 和 2.1 mm/a，长江三角洲和珠江三角洲沿海海分别为 3.1 mm/a 和 1.7 mm/a（《气候变化国家评估报告》编写委员会，2007）。

4）极端气候事件

气候变化可能导致极端气候事件的频率和强度增加，气候平均变化和极端事件之间的关系是非线性的，对于模拟和预测有很大的难度，但是由于极端气候和突变事件的灾难性风险后果，已经引起科学家的关注，如由气候变暖引起的大西洋经向翻转环流（MOC）的减弱已用多个全球耦合模式做了新的模拟。但对何时会导致气候发生不可逆或灾难性的突变（气候变冷）仍未有定论。目前通过各种模拟得出的结果大致是：热事件、热浪和强降水事件的发生频率很可能将会持续上升；未来热带气旋（台风和飓风）可能将变得更强，并伴随更高峰值的风速以及与热带海表温度持续增加有关的更强的降水；热带外地区的风暴路径会向极地方向移动引起风、降水和温度场的相应变化；干旱与洪涝频率和持续时间增加；可能会产生更大的风暴潮等（IPCC，2007a）。

2. 按风险源进行的气候变化风险事件识别

气候变化的风险源分类主要是根据气候变化的主要风险源，对其可能引起的风险进行系统的整理（表2-1），这种识别方法最大的缺点是分类的归属有重复，因为一个风险后果可能是由不同风险源的协同作用引起的，而且无法体现其内部因果联系的紧密程度。

表2-1　按气候变化风险源进行的气候变化风险事件识别

气候相关变化（风险源）	可能影响（风险后果）
平均气温升高	农作物产量和市场价格波动；灌溉需水量；农作物病、虫、鼠害；渔业产量和质量变化；水质恶化；冰川消融；干旱；生境的丧失和物种的灭绝；生态系统结构、功能受损；土地沙漠化扩展；珊瑚白化与死亡、海藻过剩与赤潮风险；促进媒介传染病（血吸虫、疟疾、登革热、流行性出血热）传播；加剧城市热岛效应；基础设施；高寒地区的基础设施（青藏铁路）；高寒特色旅游业；能源风险
部分地区降水减少	农作物减产；干旱灾害；河流径流量及水资源供给短缺；水质恶化；河流湿地生态系统；水域地区旅游业

续表

气候相关变化（风险源）		可能影响（风险后果）
海平面上升		海岸侵蚀；沿岸低地的淹没；海水入侵（河口、地下水）；沿海湿地、珊瑚礁等生态系统的退化；海啸、风暴潮灾害；滨海旅游业风险；增大沿海地区洪涝风险；沿海地区土地盐碱化；沿海地区人居环境；间接导致金融业风险
极端气候事件	热事件、热浪频率增加	农作物减产、死亡；供水紧张；影响人类健康（中暑、心血管疾病、心理疾病等发病率和死亡率增多）；能源消耗短期内达到高峰，易引起能源供给风险
	强降水事件增多	引起洪涝灾害；诱发泥石流和滑坡；农作物减产；造成水产养殖的破坏；交通设施破坏；水利设施破坏
	台风强度增加、风暴强度和路径变化	海岸侵蚀；沿岸低地的淹没；海水入侵（河口、地下水）；沿海湿地、珊瑚礁等生态系统的破坏；增大沿海地区洪涝风险；沿海地区人居环境；沿海居民生命财产损失；港口设施；交通设施
	干旱频率和持续时间增加	农作物减产；荒漠化加剧；生态系统结构、功能受损；与水相关工业产业受到影响，尤其是水力发电业；供水紧张；森林火灾；加重农作物病虫害
	洪涝频率和持续时间增加	大型水利工程；血吸虫、疟疾等媒介传染病；污水和垃圾处理
大气成分的变化（CO_2浓度增加）		陆地生态系统结构、功能受损；海洋酸化

2.1.3 按部门领域进行的气候变化风险事件识别

从农业、森林、草原和渔业、水文与水资源、海岸带、自然生态系统、环境、人类健康、重要基础设施与产业风险等分部门、分领域的角度对气候变化风险及其风险源和结果进行了系统的归纳和总结（IPCC，2001；IPCC，2007a；《气候变化国家评估报告》编写委员会，2007；国家气候变化对策协调小组办公室，2004；陈宜瑜等，2005；吴绍洪等，2005；慈龙骏等，2002；田晓瑞等，2003；张建敏等，2000；马丽萍等，2006；周启星，2006；周晓农等，2002a，2007b；杨坤等，2006；Obersteiner et al.，2001；Booij，2005；Kleinen and Petschel-Held，2007；Lenton，2004；Luketina and Bender，2002；Araújo et al.，2005；Boisvenue and Running，2006）（表2-2）。

表2-2 按部门领域的气候变化风险事件及其风险源与后果识别

部门与领域	气候变化风险	风险源（气候变化）	可能风险后果
农业	农作物及其市场价格波动	气温升高，CO_2浓度增加，干旱，洪水，热浪频率的增加	除少数地区外，大多数地区会产生负面影响，作物减产；作物市场价格可能会产生波动
	灌溉需水量增加	气温升高，干旱	增加农业灌溉用水量，加剧水资源供需矛盾
	农作物病虫害增加	气温升高，热日增多，CO_2浓度增加，极端气候事件增加	增加许多主要农作物害虫和杂草的数量、生长速度和地理分布的范围
	极端低温冷害	极端气候事件变率增加	作物受损或死亡，农业减产

部门与领域	气候变化风险	风险源（气候变化）	可能风险后果
森林、草原和渔业	森林生产力与木材市场	气温升高，干旱，病虫鼠害	气温升高一般增加森林生产力，干旱、病虫鼠害会降低生产力木材供给的变化会影响市场
	草场与畜产量变化	气温升高，干旱，病虫鼠害	温带地区升温有利于草原生产力和畜产量的提高，但季节性干旱和热带地区相反，病虫草害和干旱会带来负面影响
	森林草原火灾	气温升高，干旱，热浪	世界各地发生森林火灾的次数增加、规模扩大
	渔业和水产业风险	水温升高，海平面上升，极端天气事件	影响鱼类种群数量种类和分布范围的变化，并最终影响到渔业资源的数量、质量及其开发利用，导致某些鱼种灭绝
水文与水资源	供水短缺	气温升高，干旱、热浪、降水变化，海平面上升	气候变化对径流量和地下水补给量的影响在不同地区和不同模式下是不同的，主要依赖降水变化情况而定
	水质恶化	较高的水温和变率，海平面上升，降水减少和变率增加，干旱等极端气候事件	水质退化将影响人体健康和生态系统的结构和功能，河流的水温升高和变率加大可能促进藻类、细菌和真菌繁殖，高强度的降雨将导致土壤中的污染物流入水体，在河口和内陆河段流量可能减少，导致水体盐度增加
	冰川消融	气温升高，降水变率增加	大多数冰川加速融化，许多小冰川可能消失
	极端降水事件	气候变率、极端气候事件增加	暴雨和暴雪的频率都可能加大，可能造成洪涝与雪灾
	洪涝与干旱	气温升高、降水变率增加，海平面上升，热带气旋、风暴潮等极端事件增加	干旱和洪涝等极端事件发生的频率和强度都可能增大
海岸带	海岸侵蚀	海平面上升，热带气旋，风暴潮	提高海岸侵蚀率、导致海岸退化
	沿岸低地的淹没	海平面上升，热带气旋，风暴潮	淹没沿岸土地，造成严重社会经济损失
	盐水入侵（河口、地下水）	海平面上升，风暴潮，洪水	地表水和地下水的盐水入侵都可能恶化，严重影响供水
	沿海湿地、珊瑚礁等生态系统的退化	气温升高，海平面上升，热带气旋，风暴潮，海水酸化	沿海湿地退化、珊瑚礁白化，甚至消失，进而影响相关生态系统的结构和功能
	热带气旋、风暴潮灾害风险	气温升高，海平面上升	热带和副热带地区热带气旋可能会增加，产生更大的巨浪和风暴潮，进而造成严重的社会经济和环境影响
自然生态系统	生境的丧失和物种的灭绝	气温升高，干旱，野火，病虫害	引起生境变化甚至是丧失，加剧生物多样性损失，物种灭绝的风险增加
	陆地生态系统结构、功能破坏	气温升高，CO_2 浓度增加，极端气候事件	生态系统结构、范围发生变化（有向两极移动的趋势），提供的物质和服务功能降低
	海洋酸化对海洋生物的风险	气温升高，CO_2 浓度增加	导致海洋生物死亡、珊瑚礁生态系统破坏、生物多样性丧失

部门与领域	气候变化风险	风险源（气候变化）	可能风险后果
生存环境	城市大气污染	气温升高，CO_2 浓度增加	加重臭氧污染，同时加剧城市已有的空气污染
	城市热岛效应	气温升高，CO_2 浓度增加，极端气候	热岛效应在气候变暖的背景下可能加剧
	水土流失	气温升高，降水变化，极端气候	加剧水土流失程度
	土壤盐碱化和沙漠化	气温升高，海平面上升，降水变率的增加，干旱等极端气候	在主要的干旱和半干旱区，沙漠化土地面积可能增大，土壤盐碱化可能加剧
	沙尘暴	气温升高，降水变率的增加，干旱等极端气候	气候变化对沙尘暴的影响还不确定，可能加剧，减弱，也可能无影响
人类健康	极端天气事件导致的疾病、伤亡	气温升高，极端气候	使某些疾病死亡率、伤残率、传染病的发病率上升，并加大社会心理压力
	媒介传染病（血吸虫、疟疾、登革热、流行性出血热）	气温升高，极端气候	一些传染病及并发症的感染区域和季节将会扩展，如果气候变化超过了媒介适宜传播的极限，传染性疾病将有所降低。血吸虫的分布和种群数量可能会变化；气候变化对疟疾有不同的影响，有些区域感染区域和季节将会扩展，有些区域将缩减；登革热的影响范围可能扩大
	空气质量引起的呼吸系统疾病	气温升高，极端气候	造成心肺呼吸系统、免疫系统的损伤
重要基础设施与产业风险	大型水利工程	气温升高，洪水、火灾、风暴、长期干旱等极端气候事件	危害大坝安全，可能产生滑坡、泥石流灾害，并可能诱发地震，气温升高与长期干旱导致水利工程发电和运营风险
	交通和传输系统	气温升高；极端气候事件，如洪水、滑坡、火灾、风暴等	道路变形、毁坏，供水系统、食物供给以及能源输送系统，信息系统，和废物处理系统可能受到影响或破坏
	金融保险业风险	海平面上升，极端气候事件，如洪水、滑坡、火灾、风暴等	各种灾害的增加，尤其是一些极端气候灾害可能提高巨灾风险评估中保险精算的不确定性，导致保险费用增加以及保险覆盖面的降低；考虑到巨灾风险成本可能增加，再保险公司也可能持保守观望态度，整个保险业可能受到抑制
	旅游业风险	气温升高，海平面上升，极端气候	可能是直接或间接的，主要为负面影响，降低旅游资源的吸引力、对旅游者安全和行为将产生影响，降低旅游经济收入
	能源需求风险	气温升高	影响能源的消费和生产，取暖需求会降低，制冷耗费会增加，能源的成本也可能提高

同时，可以根据风险识别的结果，参考相关文献，对气候变化的主要风险的风险源与可能结果之间的作用过程和因果关系进行描述（表2-3），有助于对气候变化风险形成一

个更深层次的认识。

表 2-3　气候变化主要风险的描述

风险事件	作用过程	因果关系描述
农作物产量与市场价格	气温和降水的变化直接影响作物产量，温带地区适度变暖可能提高产量（降水、蒸散），但在季节性干旱和热带地区升温一定会减产，通过干旱、高温、洪涝、台风、沙尘暴等极端天气气候事件、海平面上升淹没耕地等导致减产。如果全球年均气温升高几度或更高，则粮食供给能力的增长会滞后于需求的增长，进而粮食价格会升高，不完全确定的	气候变化对农作物产量的影响不确定因素众多；用大尺度、综合评估模型定量估算气候变化对收入和价格影响的可信度还很低，无法确定是否是风险
灌溉需水量	气温升高可能增加作物的潜在蒸散量，使土壤水分有效性下降；而气候变暖背景下不同区域降水量的变化也会有影响	因果关系较为明确
农作物病、虫、草害	延长其生长季节、繁殖代数增多；与气温升高相伴的 CO_2 增加，加重 C3 杂草蔓延，同时还严重影响害虫及其捕食者和寄生者之间的物种相互作用	虽然其因果关系比较明确，但影响病虫害的干扰因素还有很多，很难量化其数量关系
极端低温冷害、冻害	温度偏低，使农作物的生殖生长过程发生障碍而导致减产，极端低温下，造成冻害引起植株体冰冻丧失一切生理活动，甚至死亡	气候变化与极端冷害之间的因果关系还不十分明确，还存在较大的争议
森林草地健康和生产力	气候变暖，森林物质积累增加，全球森林净初级生产力中短期会有一个小幅的增长；通过干旱、高温、洪涝、台风、沙尘暴等极端气候事件及其诱发的病虫害、鼠灾等对森林和草原的健康和生产力产生破坏	影响因素众多，不同区域响应关系复杂，不确定性较高
森林草原火灾	气温升高和极端干旱事件的增加导致森林草原森林火险期延长	已经根据森林火灾的气候资料对环境条件和天气气候条件进行了研究，并形成了一些森林火险天气等级、监测和预报方法气候变暖与森林火灾相关的证据也较多，不确定性低
渔业产量和质量	气候变化引起的海水温度升高会直接影响鱼类的生长、摄食、产卵、洄游、死亡及渔业物种的多样性，同时水质的变化也会对其产生影响	因果关系较为确定，但影响因素众多，较为复杂
供水短缺	气候变化，尤其是降水对地表径流、水库及水库群供水的影响，个别地区需要考虑对地下水的影响	流域产流过程复杂，影响因素很多，如水文状况随时间的变率、器测记录时间短和其他非气候变化因素，因此，判定是气候变化导致了径流量变化趋势的可信度还很低
水质恶化	水温升高、降水强度和变率，以及长期较低的径流量加重水污染，包括沉积物、营养物质、可溶有机碳、病原体、农药、盐和热污染	IPCC 认为其因果关系是高可信度的
冰川雪盖消融风险	气温升高，冰川雪盖加速融化	因果关系清楚，已经达成共识

续表

风险事件	作用过程	因果关系描述
极端降水事件	暴雨和暴雪的频率都可能加大，可能造成洪涝与雪灾	其发生的机理还不太明确，虽然可以进行一定信度的预报，但还具有不确定性
干旱与洪涝风险	平均气候变化趋势和极端气候事件共同作用，沿海区域再加上海平面上升可能的洪涝影响	干旱和洪涝有其发生规律，已经可以进行一定信度的预报，但是近年来人类活动及气候变率的增加，加剧了其复杂性
海岸侵蚀	在气候变暖，海平面加速上升，河流入海泥沙量减少，以及风暴潮、台风等极端气候事件的影响下，加速海岸侵蚀	因果关系较为明确、简单。海岸侵蚀有海平面上升、泥沙量减少、还有动力变化等多种原因，基本上是协同作用
沿岸低地的淹没	海平面上升直接造成低地淹没，风暴潮、台风、海啸等极端事件加重其影响	因果关系较为明确、简单
盐水入侵（河口、地下水）	海平面与河流水位和地下水位之间的差位决定了盐水入侵的距离，因此海平面上升和气候变暖和极端干旱事件都会引起盐水入侵	因果关系较为明确，但海平面上升与河流流量以及地下水位综合作用影响盐水的入侵，影响因素众多，预测较为复杂
沿海湿地、珊瑚礁等生态系统的退化	水温升高会导致珊瑚礁白化或大量死亡，海平面上升超过其生长速度，热带风暴的增强也会也会抑制其生长 海平面上升导致海区潮水浸淹频率过高，过强的波浪作用等都可能导致红树林等湿地植物退化难以更新	气候变化对于湿地生态系统和珊瑚礁生态系统的影响的研究已经较为深入，其因果关系基本明确，但还不能确定其定量关系
台风、海啸、风暴潮灾害风险	全球变暖一方面使海水升温，为台风生成创造了条件；另一方面又使高层大气风速加大，干扰了其生成，与厄尔尼诺是否有关仍未知。气候变暖和海平面上升以及极端气候使风暴潮的频率和强度加强，已经进行了深入的研究；海啸的破坏程度与气候变化导致海平面上升有关	台风模拟和预估的难度以及不确定性还很大。例如，有研究认为变暖会增大台风发生概率，另有结果则完全相反，认为西太平洋和中国地区的台风数量会减少。 气候变化对海啸和风暴潮确实存在影响，而且密切相关，但相关度的大小、作用机理还没有完全清楚，还存在很多不确定性
生物多样性损失和物种灭绝	气候变暖超过了一些生物的生态幅，濒危物种增多，甚至灭绝，尤其是脆弱性较高的生态系统，比如珊瑚礁、高纬生态系统、山地生态系统等	因果关系清楚简单
陆地生态系统结构、功能受损	气候变暖以及与其联系的 CO_2 增加可能改变生态系统内生物间相互作用的关系，进而改变其结构和功能，并通过改变生境使其地理分布范围发生变化；生物物种活动范围的变化将导致迁入地和迁出地生物链出现混乱；极端气候可能引起火灾、加重病虫害等	因果关系明确，但其内在相互作用机制较为复杂，但其受影响的程度可以根据边缘物种的变化来鉴别
海洋酸化对海洋生物的风险	CO_2 增加，大量被海水吸收，改变了海水的化学性质，可能增加海洋的酸度，威胁珊瑚和其他依靠溶解的碳酸盐来构建骨骼的海洋生物	研究刚刚起步，现在科学家还在继续进行海洋酸化的全面影响研究

风险事件	作用过程	因果关系描述
土地荒漠化（沙漠化、盐碱化和水土流失）	气温和降水的变化对沙漠化影响极大；盐碱化主要受降水的影响，沿海地区还与海平面上升有关；气候变化主要通过降水、风以及冻融过程的改变加速水土流失	荒漠化与人类活动的水利工程、植被破坏等还有很大关系，气候变化与荒漠化之间的关系较为复杂
沙尘暴	冬季增温明显，春旱加剧以及沙漠化加强导致沙尘现象日趋明显和严重；气候越暖，东亚冬季季风越弱，冷空气爆发次数减少，沙尘暴次数也随之减少；沙尘天气无关气候变暖	因果关系争议较多，属于解释性模糊风险
水土流失	气温的升高和降水量的变化，将在植物生长、生态环境变化等方面有所响应，进而对水土流失造成影响；气候变率与极端气候增加导致的大雨到暴雨次数和强度的增大，会直接导致水土流失的增强	因果关系较为明确，但关系复杂
城市人居环境风险（热岛效应、"烟霾岛"效应、污水和垃圾处理）	气候变暖加重了城市热岛效应的影响，极端气候事件还对供水、污水和垃圾处理以及城市交通等产生影响，海平面上升还将严重影响沿海地区的生存环境	虽然气候变化对城市人居环境影响的主要因素已经较为明确，但相互作用的关系和具体量化还不太确定
极端天气事件导致的疾病和伤亡	通过高温热浪引起的中暑、心血管疾病等发病率和死亡率增多；沙尘暴导致的呼吸系统疾病；干旱导致饥饿和营养不良；洪涝、台风等直接造成人员伤亡和疾病传播，这些极端气候灾害事件还可能增加社会心理压力，造成更大的社会损失	因果关系较为明确，但极端天气事件对健康的影响作用机制很复杂
媒介传染病（血吸虫、疟疾、登革热、流行性出血热）	大部分媒传疾病是通过吸血生物进行传播，如血吸虫、蚊子和扁虱，这些生物的生存取决于气候和生态因子的相互作用，温度和极端气候可能改变其分布范围、生存季节，进而改变传染病的地理分布和染病时节	血吸虫与温度关系研究积累较多，已建立了较可信的关系，气候变化对疟疾的影响较大。对于气候变化是否会增加登革热和流行性出血热的风险还不太确定
污染物风险	极端高温加剧光化学烟雾影响，气候变化还可延长尘螨等过敏源的作用时间，增温会增加地面臭氧浓度，对呼吸系统产生严重负面影响；气候变化还通过对水质影响增加痢疾等的发生概率	部分污染物联合作用的机理已经基本清楚，但其剂量关系还不是太明确，气候变化对许多其他空气污染物的影响研究还较少，不确定性较高
海洋生物毒素风险	与温水相关的生物毒素，如热带海区的鱼肉中毒现象会向高纬度地区扩展（低可信度）。较高的海面温度也将延长有毒藻类的生长期（中等可信度），而在其生长期和人类中毒间存在复杂的关系	IPCC 认为是中低可信度，不确定性较高，剂量关系也较为复杂
大型水利工程（三峡工程、南水北调）	气候均值的变化可能引起入库水量增加，超过库容；极端水文事件，可能造成水库防洪调度的风险，并可能引发地质灾害。气候变化对南水北调工程作用过程和机理还不明确，是否会产生预料的风险结果也不确定	气候变化与可能风险结果之间的因果关系较为明确，但作用机制复杂。南水北调气候影响目前的研究较少，对于是否造成影响都不太明确

续表

风险事件	作用过程	因果关系描述
交通设施 （青藏铁路）	未来升温可能引起冻土融化，危害铁路安全；洪水、沙尘暴、大风等极端气候也可能破坏交通设施	因果关系简单、明确，已达成共识
港口设施	海平面上升与极端气候事件联合作用，可能对港口设施造成严重破坏	因果关系简单
危险品储备库、核设施等	对温度敏感的危险品可能受到气候变暖的影响，极端气候事件可能对危险品储备库造成破坏	影响因素多，而且因果链复杂，不确定性较高
受气候影响大的工业	通过干旱、高温、洪涝、台风、沙尘暴等极端天气气候事件影响工业原料的获取和产品的运输、市场等方面	影响因素和结果都比较多，因果关系复杂
金融保险业风险	极端气候可能导致自然灾害的发生频率和强度都增大，海平面上升对海岸带高度发达的社会经济的影响等将增大保险和再保险的赔付额	气候变化对于各种可能损失的影响由于极端气候预测的不确定性以及各地脆弱性不同，因果关系的不确定性极大
旅游业风险	气候变化可能使雪山融化和海平面上升，影响自然保护区和国家森林公园等以生态环境和物种多样性为特色的旅游景点；极端气候可能降低旅游资源的吸引力并影响旅游者的安全、海平面上升可能对海岸带和小岛屿的旅游产生毁灭性的打击	因果关系较为明确，但干扰变量较多，影响因素复杂，对不同的地区影响不同
能源需求风险	制冷所需要的能源需求增多、取暖所消耗的能源需求减少	有无影响，影响有多大还不太明确

2.2　气候变化风险分类

2.2.1　气候变化风险国际风险理事会（IRGC）分类的理念模式

1. IRGC4 种风险类别的内涵与分类标准

1）IRGC4 种风险类别的内涵与关系

a. 简单风险

简单风险（simple risk）指那些因果关系清楚，并且已达成共识的风险。对于简单风险，决策者应该根据现有的法律手段或是基于先例进行处理。简单风险基本上可以按照传统的决策制定进行管理，统计分析可以提供数据，法律和法规可以确定目标，风险管理的作用可以确保所有风险缓解措施的实施。但应当注意的是简单风险并不等同于小的和可忽略的风险，此处的关键问题是潜在的负面影响十分明显并且保留的不确定性很低。

b. 复杂风险

复杂风险（complex risk）指那些很难识别或者很难量化其因果关系，往往大量潜在的致灾因子和可能结果造成的风险。对于复杂风险，为了最恰当地评估对于所虑风险的特征，应该进行认识论方面的深入讨论，应该由不同的科学阵营、技术专家和了解相关信息者参与，他们可能来自学术界、政府、工业产业界或公众社会。但他们参与的条件是可以给谈判进程带来新的或额外的知识和信息，目的是解决认识论方面的冲突。复杂风险问题往往和一些科学争议相联系，如复杂的剂量－效应关系或降低脆弱性所采用的措施的有效性（对于风险复杂型指的是风险动因及其因果关系以及风险承受系统及其脆弱性）。

c. 不确定风险

不确定风险（uncertain risk）指那些尽管影响问题的因素已经被识别出来了，但有些不利影响的可能性或者不利影响自身还不能被准确地描述的风险。由于其相关知识是不完备的，其决策的科学和技术基础缺乏清晰性，在风险评估中往往需要依靠不确定的猜想和预测。需要在潜在的损害及其可能性未知或高度不确定的情况下，判断一种情况的严重性。

d. 模糊风险

模糊风险（ambiguous risk）指对于某些公认的风险评估结果，新的数据或信息形成的几个有意义的和合理的解释。对于模糊风险，应该进行参与性的讨论，以作为各种争议、信仰、价值观公开讨论的平台。关于风险和决策制定，模糊性这个术语有几个不同的含义，一些分析者认为模糊性是过程中参与者的目标冲突（Skinner，1999），其他人认为在无法估计某个事件发生的可能性时，才应该使用这个术语（Gosh and Ray，1997；Ho et al.，2002；Stirling，2003），而在目前这个风险分类框架下，模糊性可理解为对于公认的某一评估结果，产生的几个均有意义的与合理的解释，可以分为解释性的模糊（即对于同一个评估结果有不同解释）和标准化的模糊（即对于道德、生活参数的质量，风险收益的分布等，什么标准可以视为是可容忍的不同的观念）。当问题在于对一定的价值观、优先权、假定、界限用于定义可能结果，出现不同意见时，可能出现模糊性风险。许多风险评估和管理领域的科学争议指的并不是在方法论、测量方法或剂量反应功能上的不同，而是所有这些对人类健康和环境保护意味着什么还不明确。

e. 四类风险之间的区别和联系

以上四类风险之间的区别和联系主要表现在以下三个方面。

（1）由于许多看起来似乎简单的风险，往往证明比最初评估的更复杂、不确定或者是更模糊，因此，有必要对这些风险进行有规律的重复评估，并且仔细监测其结果。简单风险可能向复杂风险和不确定性风险以及模糊风险演化，需要经常进行回顾评估。

（2）不确定性不同于复杂性风险，但是往往是由于在模拟因果链时不完全地或不充分地降低复杂性时引起的。

（3）高度复杂性和不确定性风险可能导致模糊性风险的出现，但是也有相当多的简单风险和高概率风险导致争议，进而形成模糊风险。

2）IRGC 新型风险分类的标准

IRGC 的风险分类体系只是一个概念型的体系，除了这些概念性的介绍外，并没有给出明确的分类标准，如果仅仅根据定义进行定性的划分，不同的人可能认识不同，对于风险的类别归属势必会产生分歧。为了处理这个极富挑战的问题，IRGC 主张建立一个"分类筛选小组"，包括科学家、不同风险的评估者、管理者和重要利益相关者（如行业、非政府组织和相关政府和管理机构代表）等，共同进行协商以获得比较折中的意见（Renn，

2005）。而在实际研究中，该"小组"在人员选择、组织管理、意见协调与经费支持等方面都存在很大的问题，从机制、组织和管理等方面来看，这种工作方法不易实现，必须设法在其定性类别描述的基础上构建一种定量/半定量的、可操作的分类方法。

要建立其分类的方法体系，首先就要分析其分类的依据和本质。IRGC 新型风险分类系统与风险或风险源的内在性质无关，主要是根据已知的风险或风险源相关知识、信息的状态和质量进行分类的，即风险源及其可能风险后果之间的因果关系建立的难易程度、可靠程度，以及对于可能的风险结果是否采取措施时使用的价值观的争议程度（Renn，2005）。从 IRGC 四类风险的分类依据和各个类别的定义可以看出 IRGC 风险类别的划分与风险相关知识和信息的不确定性关系密切，它是按照对某一风险的现有知识、信息的掌握程度和确定程度来划分的。张月鸿等（2008）通过从后常规科学的角度对 IRGC 风险分类体系与处理不确定性的知识体系架构（Funtowicz and Ravetz，1992，1993）的对比分析，认为可以把"不确定性"作为 IRGC 分类的标准。

不确定性是反映对事物缺乏确切认识的程度，在某种完全确定到几乎完全缺乏可信度的范围内变化（Sayers et al.，2002；Burrough and Heuvelink，1992），可能是因为无知、偶然性、随机性、观测的不精确、无法进行充分测量、缺乏知识或模糊不清引起的，从这种广义的理解来看，不确定性基本涵盖了 IRGC 的四类风险，不同程度的"不确定性"可以用来表征简单风险、复杂风险、不确定风险以及模糊风险的梯级变化。如果所了解的信息和知识非常充分，已经有了深入的研究和既定的方法，剩余的不确定性很低，则属于简单风险；如果信息和知识充分，剩余的不确定性较低，但是风险的机制比较复杂、干涉变量比较多，则归为复杂风险；如果对一个风险目前所知还不多，知识和信息比较缺乏，不确定性较高，就属于不确定风险；如果对一个风险所知非常少甚至对它是否会导致不利影响都不太明确，或者是对其可容忍度和可接受程度的界限划分产生争议时，将其归为模糊风险。

因此，气候变化风险的分类就是要区分出各种风险相关的知识和信息，尤其是风险源、可能风险结果及其因果关系信息的不确定程度，根据不确定性将其归类。需要注意的是这里的"不确定性"是一种抽象的度量，而 IRGC 分类中的"不确定风险"只是通过其度量的一种风险类别，二者是两个维度上的概念。

2. IRGC 分类体系与 IPCC 不确定性的耦合与分类的理念模式

对于气候变化的不确定性问题，IPCC 的历次评估报告都提出了相应的处理方法，尤其是第四次评估报告对其做了进一步的完善，其中第二工作组重点关注气候变化对不同的部门、系统、区域所产生的影响及其所表现出来的脆弱性，与气候变化风险关系密切。而且第四次评估报告之前，IPCC 召开的气候变化科学不确定性的研讨会特别明确了其不确定性描述是以支持风险分析为目的的（Manning et al.，2004）。因此，从内容上看，IPCC 的不确定性评估可以用来进行风险分类。从形式上看，IPCC 的评估除了由许多相关领域的主要作者和几百位贡献作者组成外，还要经过各国政府组织、非政府组织人员和众多独立专家的评审通过，才能最终生成其评估报告，因此，IPCC 的第二工作组（WGⅡ）可以看做是气候变化风险领域一个有效的 IRGC "分类筛选小组"。此外，从时效上看，IPCC

在气候变化评估约五年更新一次，可以根据科学的发展，人类对气候变化问题认识的提高，更新对于不确定性的认识。

因此，无论在内容上、形式上，还是时效上，IPCC 第二工作组的第四次评估报告中的不确定性评估都可以作为气候变化风险 IRGC 新型分类的依据和参考。其描述不确定性主要术语包括信度（confidence）、可能性（likelihood）以及达成一致的程度和证据量（level of agreement and amount of evidence），其中信度和可能性是定量化的描述，而达成一致的程度和证据量则是一种定性指标（IPCC，2005）。因此可以通过"不确定性"这个纽带，把 IPCC 进行不确定性定性和定量描述的指标和 IRGC 四类风险的不确定属性之间建立对应关系，进而形成分类的定量方法和定性方法，两种方法互为补充，结合起来对气候变化风险进行分类，如图 2-1 为气候变化风险分类的理念模式。

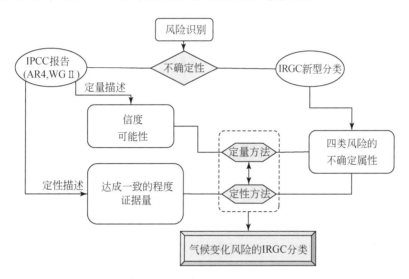

图 2-1　气候变化风险的 IRGC 分类的理念模式

2.2.2　气候变化风险分类的方法模式

1. 气候变化风险的定量分类方法

明确了气候变化风险的理念模式基础之后，就需要为这种模式构建一种数学方法作为载体。IRGC 的秘书长 Bunting 认为，IRGC 风险分类本身具有模糊性和中介过渡性，类别之间很难划出一条明确的界线，各类别并不是相互抵触和排斥的——分类的实质是要确定某个风险所属的主导类别（Bunting，2006）。而模糊数学的隶属度反映的就是处于过渡状态的事物对于差异一方的倾向程度，因此可以用隶属度和模糊子集来描述这种模糊的类属特性。

把气候变化风险设定为论域 $U = \{x_1, x_2, \cdots, x_n\}$，将简单风险 R_1、复杂风险 R_2、不确定风险 R_3、模糊风险 R_4 看做是论域 U 中的模糊子集。论域上的元素（各种风险）都在一定程度上属于每个模糊子集（风险类别），关键在于元素属于各集合的程度（隶属度）不同。隶属度是通过各特征参数的隶属函数 $\mu_{R_i}(x)$ 来计算的，其取值范围是 $[0, 1]$，表达了论域 U 中的某一风险 x 属于模糊子集 R_i 的程度，隶属度越高，元素属于集合的程度越大，$\mu_{R_i}(x) = 1$ 表示 x 完全属于集合 R_i，$\mu_{R_i}(x) = 0$ 则表示 x 完全不属于集合 R_i。通过最大隶属度原则就可以确定风险 x 所属的类别。定量分类方法主要分为三步：特征参数的抽取；建立 4 个风险类别模式的隶属函数；根据最大隶属度原则进行分类。

1）分类特征参数的抽取

特征参数的抽取是指从风险 x 中提取与分类有关的特征，并确定 x 在各个特征上的具体数据。如前所述，可以把风险相关知识的不确定程度作为其分类的主要特征，可以直接利用其表述不确定性的定量描述术语——信度和可能性作为分类的特征参数，建立它们与风险类别之间的对应关系，但在建立隶属函数之前需要分析信度和可能性本身的含义，以及两者之间的相互关系。

信度是指根据相关研究结果以及 IPCC 作者的专业判断对某个问题现有知识水平可信程度的理解和评估，按可信程度分为五级：非常高（至少九成是正确的）、高（约八成正确）、中等（约五成正确）、低（约二成正确）、非常低（少于一成正确）。可能性（likelihood）表述了自然界某一事件或结果的发生概率，它是由专家判断估算出来的，这与传统风险评估中事件发生的严格意义上的频率或概率不同（Risbey and Kandlikar，2007），是一种包含专家主观判断的较为广义的理解。因此，它不仅可以用来描述比较确定的事件，也可用来表达对不确定的甚至是模糊风险发生概率的主观判断。可能性分为七个级别：几乎确定（99% 以上的概率结果为真）、很可能（90% ~ 99% 的概率）、可能（66% ~ 90% 的概率）、中等可能性（33% ~ 66% 的概率）、不可能（10% ~ 33% 的概率）、很不可能（1% ~ 10% 的概率）、几乎不可能（小于 1% 的概率）（IPCC，2005；Manning，2006）。

对于不确定性的表述，"可能性"侧重的是结果的概率，而"信度"侧重于对一个问题的理解达成一致的程度，不应该将两者混淆（Manning et al.，2004）。IPCC "描述气候变化科学不确定性以支持风险分析和选择分析"研讨会（Manning et al.，2004）提供了区别"可能性"与"信度"这两个概念的方法。两个分离的轴分别向上和向右增加，代表着可能性和信度的增加，阴影区内灰度越大就可以越明确地表述（图 2-2）。低信度一般对应中等可能性，因为在信度很低的科学领域，设定的任何可能性都应该是适中的，若预期某种结果有很高或很低的可能性，都不合逻辑，如图 2-2 中所标注的 A 和 B 这种低信度却设定了高或低可能性的极端情况一般不会出现。而高信度对应高、中、低可能性的情况都存在：高信度与低可能性对应。例如，许多科学家都认为 2100 年西南极冰盖发生整体崩溃是"不可能"的这个说法是高信度的；高信度与中等可能性对应，比如对于抛硬币正面朝上概率大约为 50% 的结果具有很高的信度（图 2-2，D），并且这一情形与因缺乏知识和低信度而不得不指定一个中等可能性的情形（图 2-2，C）是完全不同的（Manning，2006）。高信度对应高可能性也是存在的，即几乎可以确定一个结果会发生。

因此，无论是信度还是可能性，如果单独用来进行不确定性描述的话，可能都是不完全的，信度和可能性在不确定性描述中是互补的（Manning et al.，2004；Manning，2006；IPCC，2005），两者结合起来可以更全面地描述气候变化风险的不确定性。按照第 2.1 节识别的风险源与风险结果，在 IPCC 第四次评估报告中可以查找出各种气候变化风险对应

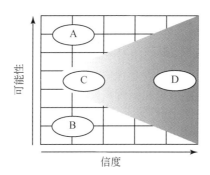

图 2-2 可能性与信度的相互关系图示（Manning，2006）

注：两个分离的轴分别向上和向右增加，阴影区内的结果可以被明确地表述

的信度水平和可能性级别，从而确定这两个特征参数的数值。

2）构建风险类别模式的隶属函数

构建各种风险类别模式的隶属函数，也可以分为三步：特征参数与四类风险关系的分析；变化趋势的大致图形表示；根据图形确定对应的函数。

首先要对两个特征参数与四种风险模式的关系进行分析。根据四类风险的定义以及信度与可能性之间的相互耦合关系，可以大致确定它们之间的关系（图2-3）。

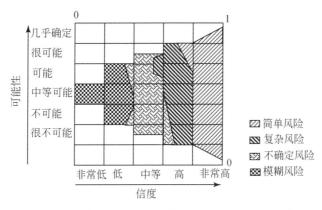

图 2-3 风险类别与可能性、信度的定量对应关系示意图

"非常高"信度的区域除两个极端可能性之外，不论风险出现的概率是多少，由于风险源和风险结果之间的因果关系确定，都可以看做是简单风险。对于"高"信度区域，由于干扰变量比较多而增加了对其认识的难度，但其确定程度还比较高，因此大部分划分为复杂风险类别；其中与"很可能"对应的单元格中，因为对于高概率事件，基于过去的经验我们对其的认识一般较为充分，对于其中较高可能性的部分，指定为简单风险；其中对应于"很不可能"的单元格，属于极低概率事件，由于过去经验较少，信息的获取受到限制，一般不确定性较高，划分为不确定性风险；对于"中等可能性"中信度偏低部分，因为不排除其因为缺乏知识而不得不指定一个中等可能性的情况，将其划为不确定风险。对于"中等"信度区域，主要划归为不确定风险，相应的，"高可能性"和"低可能性"由于前述原因分别向前和向后推移一格，划为复杂风险和模糊风险。对于"低"和"非常

低"信度的区域应该主要划分为模糊风险,因为其趋于"中等可能性"的概率是由于严重缺乏信息和知识,不得已而指定的,其中"低"信度中相对较高信度的区域对应的"可能"与"不可能"单元格,模糊性相对较低,指定为不确定风险。

因此,信度水平越高,毫无疑问确定程度也越大,随着信度水平的降低,应该逐次对应简单风险、复杂风险、不确定风险和模糊风险;可能性的两个极端(几乎确定、几乎不可能)本身暗含着较高的确定程度(Risbey and Kandlikar, 2007),由于基于过去的经验对高概率事件的认识一般较为充分,因此,可能性大的一端不确定性一般比小的一端要低;而"中等可能性",在信度较高时,其不确定程度介于两个极端之间,在信度较低的情况下,往往因为缺乏知识一般不得不指定一个居中的可能性,其不确定性往往高于两端。

根据以上分析和风险类别与可能性、信度的定量对应关系(图2-3)的大致描述确定了信度、可能性对于四种风险分类模式的隶属对应关系的变化趋势(图2-4)。

隶属函数计算得出的分类结果不应与公认的经验知识相矛盾,而且任何气候变化风险只能划归为唯一确定的类型。因此,参考黄崇福等(黄崇福和王家鼎,1992;黄崇福,2004;韦玉春等,2005)总结的常用隶属函数与其图形表示的对应关系,可以根据各个类别的隶属函数随信度与可能性的变化趋势(图2-4),确定其大致的函数类型,然后经过多次试算分别确定了四类风险的信度和可能性的分隶属函数。

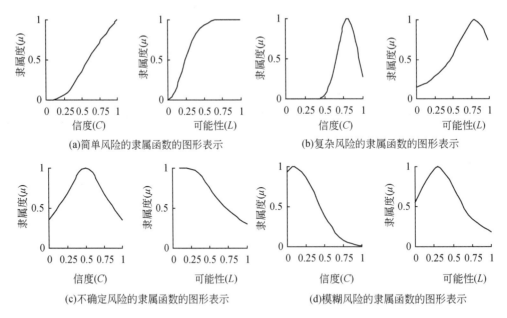

(a)简单风险的隶属函数的图形表示　　　　(b)复杂风险的隶属函数的图形表示

(c)不确定风险的隶属函数的图形表示　　　　(d)模糊风险的隶属函数的图形表示

图2-4　信度、可能性的四类风险隶属关系的图形表示

(1)简单风险的隶属函数:

信度 C 的分隶属函数:　　$\mu_{R_i}(C) = 2.72e^{-\frac{1}{C}}(C \neq 0)$　　　　　　　　(2-1)

可能性 L 的分隶属函数:　　$\mu_{R_i}(L) = 1 - e^{-(\frac{L}{0.3})^2}$　　　　　　　　(2-2)

通过以上分析发现,与可能性相比,信度与风险类别的划分更直接相关,根据信度与

可能性的相互关系和试算给定了两者的权重分别为 0.6 和 0.4，得出了简单风险的总隶属函数：

$$\mu_{R_1} = 0.6\left(2.72e^{-\frac{1}{C}}\right) + 0.4\left[1 - e^{-\left(\frac{L}{0.3}\right)^2}\right] \tag{2-3}$$

（2）类似的，定义了复杂风险的隶属函数：

$$\mu_{R_2} = 0.6\left[e^{-33(C-0.8)^2}\right] + 0.4\left[\frac{1}{1+9(L-0.8)^2}\right] \tag{2-4}$$

（3）不确定风险的隶属函数：

$$\mu_{R_3} = 0.6\left[\frac{1}{1+7(C-0.5)^2}\right] + 0.4\left[1 - e^{-\left(\frac{0.6}{L}\right)^2}\right] (L \neq 0) \tag{2-5}$$

（4）模糊风险的隶属函数：

$$\mu_{R_4} = 0.6\left[e^{-6(C-0.1)^2}\right] + 0.4\left[\frac{1}{1+9(L-0.3)^2}\right] \tag{2-6}$$

3）根据最大隶属度原则进行分类

把风险 x 的信度和可能性值，分别代入四类风险的隶属函数，求出 4 个隶属度值，根据最大隶属度原则确定风险 x (C, L) 的类别，将风险 x 归入具有最大隶属度的风险类型 R_i。

$$\mu_{R_1}(x) = \max_{1 \leqslant j \leqslant 4} \mu_{R_j}(C, L) \tag{2-7}$$

例如，海洋酸化对海洋生物的风险，从 IPCC 第二工作组第四次评估报告中查出的两个特征参数——"信度"和"可能性"分别为"中等信度"和"可能"，取其对应数值的中值 0.5 和 78%，根据隶属函数分别计算其对于四类风险的隶属度，简单风险 $\mu_{R_1} = 0.56$；复杂风险 $\mu_{R_2} = 0.33$；不确定风险 $\mu_{R_3} = 0.83$；模糊风险 $\mu_{R_4} = 0.55$。则根据最大隶属度原则：

$$\mu_{R_3} = \max_{1 \leqslant j \leqslant 4} \mu_{R_j}(C, L) = 0.83 \tag{2-8}$$

其最大隶属度的风险类型为 R_3——不确定风险，因此，将该风险划归为不确定风险。

2. 气候变化风险的定性分类方法

采用气候变化风险分类的定量方法可以对大多数气候变化风险进行分类，但在 IPCC 评估报告中提取"信度"和"可能性"指标值的过程中，发现一些风险并没有给出指标值，或只给出了其中一个，究其原因，可能是 IPCC 作者表述习惯造成的，但也有些不确定程度和模糊程度高的风险确实无法用定量结果来表示，如对于标准性模糊风险，需要斟酌具体风险的可容忍与可接受的界限是否明确，很难划分定量级别，这就需要根据"达成一致的程度和证据量"（level of agreement and amount of evidence）这两个 IPCC 描述不确定性的定性指标来分析，它们是从相对意义上对一个问题理解程度的科学判断，或对于无法进一步定量评估的结果的不确定表达（IPCC，2007a；Manning，2006）。本研究根据风险类别的定义设定了 IRGC 风险分类与达成一致的程度和证据量的简单对应关系（图 2-5）。采用此方法我们对没有给出信度和可能性指标的风险进行了补充分类。

但是因为 IPCC 指定的定性方式较为简单，是对可获得的证据量以及专家之间达成一致意见的程度进行的高或低的判断，只有在不能给出概率结果的情况下才使用，因此，对于气候变化风险的综合分类，主要还是以定量方法划分为主，定性方法只作为无法进行定量评估时的补充。

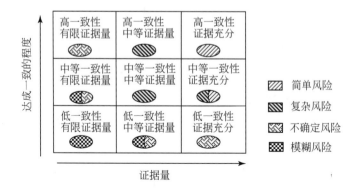

图 2-5　风险类别与达成一致的程度、证据量的定性对应关系

2.2.3　分类方法的补充——气候变化不确定性评估方法

对于气候变化风险根据 IPCC 的不确定性评估的指标进行分类，往往受制于 IPCC 给定的不确定性描述的影响，有些风险并没有同时使用信度和可能性两个定量指标进行描述，需要定性指标进行补充，而有些少数风险可能定量和定性的不确定性描述都没有。在这种情况下，就需要有一套不确定性评估方法来进行这些风险的不确定性评估或是对其进行补充。而且，这些方法还需要与 IPCC 的不确定评估方法具有一致性，这样采用这些不确定性评估结果进行的分类才有可比性。

最简便的方法就是分析 IPCC 的作者如何进行不确定性评估，采用 IPCC 的不确定评估方法应该是最有一致性的。我们首先分析了 IPCC 第三次评估报告（TAR）中 Moss 和 Schneider 为专家描述不确定性提供了一个多步骤的定量和定性的不确定评估方法（Moss and Schneider，2000）之后，我们又对其进行了进一步深入研究，对 IPCC 不确定性评估的研讨会中提倡的后常规科学的 NUSAP 评估方法进行了更深入的研究。

1. IPCC 不确定性评估的指标方法

1）信度的评估

Moss 和 Schneider 提出了一种确定和描述不确定性的多步式（multi-step）方法，该方法明确了专家判断的作用，强调了判断过程的透明度（Moss and Schneider，2000），已经在 2001 年的第三次报告中得到了系统的应用，2007 年完成的第四次评估报告也是以该方法的基础的。该方法主要是基于文献从 4 个方面进行考虑：专家之间达成一致程度（consensus，C）、形成的理论和数据的支持情况（theory，T）、模型结果的质量（model results，M）、观测证据的一致程度（observations，O）。可以用这 4 个维度来构建一个四边形，4 个边给予同等权重来决定四边形的面积和总的信度值。则

$$四边形的面积 = 0.5 \times (T \times O + O \times M + M \times C + C \times T) \tag{2-9}$$

总的信度根据四边形的面积来赋值。如把高信度（high confidence）定为4，则四边形的面积应该为16~25。

信度等级划分的5级。

（1）非常低：气候变化的影响极难预测，此时信度小于0.1，多边形面积＝0~8；

（2）低：气候变化的影响的预测通常较前者大，但仍小于中值，此时信度约为0.1~0.3，多边形面积＝8~18；

（3）中等：气候变化影响的预测中等，位于中值附近，此时信度约为0.3~0.7，多边形面积＝18~32；

（4）高：在影响的尺度上有显著的变化，信度约为0.7~0.9，多边形面积＝32~50；

（5）非常高：在各影响的情景之间变化较小，较为确定的类型，信度约为0.9~1，多边形面积＝50，此时信度已经替换为IPCC AR4的标准。

通过IPCC确定的面积与信度水平之间的关系，即可以确定信度水平（图2-6）。

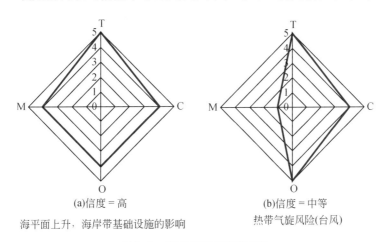

(a)信度＝高
海平面上升，海岸带基础设施的影响

(b)信度＝中等
热带气旋风险(台风)

图2-6　信度水平的确定方法

资料来源：IPCC，2001

2）可能性的计算方法

可能性主要可以通过贝叶斯统计和专家访谈进行确定。对于一些常规的风险，可以根据过去发生概率换算，即贝叶斯统计等一些统计方法计算发生的概率；由于可能性并不都是可以采用统计方法能够计算的，有些风险需要专家判断其发生的可能性；如果专家都无法判断，可以用定性的分类方法进行一些不确定性描述性评估，在这种不得以情况下，往往不确定性是比较高的。

3）达成一致的程度和证据量

对于信度和可能性都无法计算的风险，采用达成一致的程度和证据量进行描述性评估，这两个指标实际上是计算信度时的部分指标，也就是当对风险形成的理论和数据的支持情况（theory，T），以及模型结果的质量（model result，M），这两个指标无法度量时，可以暂时采用达成一致的程度和证据量进行一种定性的描述和判断，主要依靠专家的判断确定。

2. 不确定性评估及风险分类案例研究

1）对于信度指标缺失的气候变化风险

IPCC 第四次评估报告对于风暴潮的描述是在气候变化的背景下很可能（very likely）发生，没有指定信度，在这种情况下，根据前面提到的信度的评估方法进行分析。主要采用代尔菲法进行评估，专家之间达成一致程度为 3，形成的理论和数据的支持情况为 3，模型结果的质量，也就是模型的可信程度，主要对目前已有的一些模型进行了大致的分析，指定为 3；观测证据的一致程度为 4。

$$四边形的面积 = 0.5 \times (T \times O + O \times M + M \times C + C \times T)$$
$$= 0.5 \times (3 \times 4 + 4 \times 3 + 3 \times 3 + 3 \times 3)$$
$$= 21$$

因此，风暴潮风险的信度为中等偏低（medium），与很可能（very likely）组合之后，代入隶属函数，计算得风暴潮为不确定性风险。

2）对于可能性缺失的风险

可能性缺失的风险有两种情况，一种是可以计算而没有在报告中进行评估的，一种是我们对其了解甚少，无法计算的。这两类风险从给定的信度上一般可以看出来，如信度较高，一般是可以计算的，如信度较低，则一般是无法计算的。可以分别以海岸侵蚀和登革热为例进行说明。

对于海岸侵蚀，IPCC 给定的信度是非常高信度（very high confidence），没有指定可能性级别，因为没有涉及具体岸段，因此没办法采用统计方法计算其发生的可能性，还是采用专家评估，最终给定了高可能性，可以代入隶属函数进行计算。

对于登革热，IPCC 认为气候变化导致其风险增大的信度是低信度（low confidence），没有指定可能性，这一般是因为在模糊不清的情形下，无法进行可能性评估。在这种情况下，如前面的分析，不得以给它指定了一个居中的可能性，代入隶属函数计算的结果，为模糊风险。

3）对于信度和可能性均缺失的气候变化风险

这种情况以沙尘暴为例进行分析。对于沙尘暴，IPCC 第四次评估报告没有给出相应的评估，对于气候变化是否会对沙尘暴造成影响，目前还没有定论。通过 2.1 节对气候变化风险的识别，目前科学界主要有以下三种观点，冬季增温明显，春旱加剧以及沙漠化加强导致沙尘暴现象有日趋明显和严重；气候越暖，东亚冬季季风越弱，冷空气爆发次数减少，沙尘暴次数也随之减少；沙尘天气与气候变暖无关。

对于这种争议较大的风险，风险显然不能用信度进行分析，可能性也只能是针对某种情况进行分析，在这种情况下，可以用不确定的定性描述来进行分析。从以上分析可以看出"达成一致的程度"是比较低的，证据量各自有一些，但描述也不充分，比较有限。根据图 2-5 风险类别与达成一致的程度、证据量的定性对应关系，我们可以将其归为模糊风险。

3. NUSAP 系统评估方法

除 Moss 和 Schneider 提供的多步骤的定量和定性的不确定评估方法（Moss and Schneider，2000）外，IPCC 在其不确定性科学评估的研讨会中特别推荐了基于后常规科学不确定性评估方法 NUSAP（numeral，unit，spread，assessment，pedigree），即从数值、单位、离散、评估和谱系 5 个方面对不确定性进行定量和定性的评估和管理，该方法已经在能源、环境等不同的背景和领域得到了很好的应用（van der Sluijs et al.，2003a），并且发展了包括统计和结构不确定性在内的不确定性矩阵（van der Sluijs et al.，2003b）。这个方法的优势是对于各种风险模型的评估。NUSAP 系统不仅可以用来评估简单风险模型的不确定性，而且可以用来评估复杂风险模型甚至是风险链模型（chain of model）的不确定性。例如，气候变化－自然生态系统变化－健康和安全－生活环境风险可以在不同的情景下进行计算。这就可以比较科学的解决前文中风险链不确定性的确定问题。van der Sluijs 等分别利用谱系矩阵、诊断图等分析了 NUSAP 系统应用于简单的风险模型、复杂的风险模型和风险链模型的案例。

但是由于许多的影响和风险模型还没有建立，NUSAP 应用于气候变化风险不确定性的范围还很小。这就需要积极构建气候变化影响的各种模型，同时还要向把气候变化与经济、运输、能源、农业和自然等方面的变化相联系起来的综合评估模型努力。当这些模型建立之后，进行不确定评估将更具有实际意义。同时可以推进气候变化科学研究的进展。

不确定性评估的意义不仅在于区分不确定性的程度从而为风险管理服务，而且对于科学研究的深入发展也具有很大的意义，不确定性评估可以很明确的指出知识薄弱的环节，把研究重点放在那些潜在问题最大的参数和假设上。同时如果有了具体的不确定度量方法，也有利于灵活地更新不确定程度，同时也有利于填补我国在气候变化的不确定评估中的空白。可以促进各种气候变化风险研究，不确定性的存在说明知识和信息存在不足和缺陷，很可能预示了未来的研究和改进的方向。可以明确和细化科学问题。

2.2.4　气候变化风险分类结果及其意义

1. 气候变化风险的分类结果

按照以上定量和定性的分类方法以及通过不确定性评估的补充，对识别出的气候变化风险进行了归类，获得了初步的分类结果（表 2-4）。但需要注意的是气候变化风险类别的划分，强调的是根据气候变化的风险源及其造成的风险结果之间的关系的确定程度进行划分，与该风险本身的复杂程度或大小没有直接关系。

表 2-4　气候变化风险的分类结果

风险类别	气候变化风险事件
简单风险	冰川消融；海岸侵蚀；沿岸低地的淹没；沿海湿地、珊瑚礁等生态系统的退化；生境的丧失和物种的灭绝；媒介传染病（血吸虫、疟疾）
复杂风险	农业灌溉需水量增加；森林草原火灾；农作物病虫害增加；供水短缺；水质恶化；洪涝与干旱；盐水入侵（河口、地下水）；生态系统结构、功能受损；土壤盐碱化和沙漠化；水土流失；极端天气事件导致的疾病、伤亡；交通和传输系统风险

续表

风险类别	气候变化风险事件
不确定风险	农作物产量；森林生产力；草场与畜产量变化；渔业和水产业风险；极端降水；风暴潮；海洋酸化对海洋生物的风险；城市大气污染；海洋酸化对海洋生物的风险；空气质量引起的呼吸系统疾病；大型水利工程风险；金融保险业风险；旅游业风险
模糊风险	农作市场价格波动；森林木材市场；热带气旋；沙尘暴；极端低温冷害

本研究对气候变化风险进行的分类（表 2-4）只是一个初步的结果，不仅因为其分类方法还需要进一步完善，而且是由其分类的不确定本质决定的。在后续的风险分析中，由于新的数据和信息的加入，不确定程度可能会有变化需要做"中期方向修正"（亨利·N. 波拉克，2005），根据新获取的信息和遇到的具体问题对该分类进行调整。

2. 气候变化风险分类的意义

IRGC 的新型风险分类是一个以解决问题为导向的分类体系，尤其可以解决我国当前气候变化风险管理所面临的问题。

首先，我国进行的一些气候变化风险研究，主要是由相关的脆弱性研究和灾害研究发展而来，延续了分部门和分领域的管理模式，各部门更关注的是各自领域内的研究内容，对于复杂程度和确定程度不同的各种风险都笼统的采用同一套方法或模式进行管理，不利于提高风险管理的效率。而 IRGC 为每一类风险都提供了鲜明的风险评估方法、管理策略选择和利益相关者参与的方式，可以把表 2-4 所示的分类结果直接纳入 IRGC 四类风险的管理路径（表 2-2），对气候变化引起的各种程度的复杂性和不确定性风险问题，有针对性的采用不同的方法进行分层次、分类别的评价和管理，这种分类体系为当前气候变化影响领域的风险评价和管理提供了新的方法选择和流程化的模式，可以提高风险管理的效率。

其次，各部门和领域采用的主要是当前风险管理领域已经建立的一些科学方法，包括定量的和基于专家的风险评估方法、各种形式的科学实验和模拟、概率和统计理论、成本效益理论和决策分析以及贝叶斯和蒙特卡罗方法等，这些传统方法虽然已经为风险决策提供了一定基础（Byrd and Cothern，2000），但是由于这些方法都是基于两个基本参数——可能发生的事件（危害或结果）及与其联系的概率（可能性）来表达的（Stirling and Kandlikar，2007），只适用于那些发生概率可以根据历史数据或是严密模型推导出来（Risbey and Kandlikar，2007）的"严格"意义上的风险，对于气候变化风险这种具有不同确定程度和复杂程度的风险系统，不考虑风险信息的可获取性、确定程度和争议程度，直接采用这种约简式的、"严格"的风险评估方法，是不合理的、不科学的甚至具有误导性（Stirling，2007）。因此，针对这些问题，亟须要识别出气候变化引起的各种风险并对其进行系统的分类管理，并区分出哪些风险可以用传统方法，哪些风险需要采用另外的方法。本研究进行的分类可以有效解决这些问题。其中简单风险属于严格意义上的风险，可以直接使用传统风险评价方法，对于除此以外的复杂风险、不确定风险和模糊风险，IRGC 针对各自的特点分别提出了相应的评价和管理方法，是对传统评估方法的进一步完善和扩展。

再次，可以促进气候变化科学研究与风险管理政策的融合，过去把科学知识与风险管理政策当做是截然二分的区域，科技专家负责输入事实，政治家负责输出政策，并且认为科学是为政策服务的单向线性发展，但是对气候变化风险进行 IRGC 综合分类后，可以发现，通过对气候变化不确定性和复杂性的有效管理同样可以极大地推进气候变化科学本身的发展。

第3章 气候变化下中国陆地生态系统风险[*]

1992 年《联合国气候变化框架公约》第二条提出其目标为：将大气中温室气体的浓度稳定在防止气候系统受到危险的人为干扰的水平上。这一水平应当在足以使生态系统能够自然地适应气候变化、确保粮食生产免受威胁并使经济发展能够可持续发展（UNFC-CC，1992）。使生态系统能够自然地适应气候变化是《联合国气候变化框架公约》提出的目标之一。本章选择生态系统生产功能与碳吸收功能为主要指标项，评估气候变化情景下中国陆地生态系统的风险水平及其分布格局。

3.1 评估方法与风险等级划分

3.1.1 指标选取

1. 生产功能风险

一般而言，生态系统对气候变化的适应和调节能力只能在一定情形下起作用，如果气候变化幅度过大、胁迫时间过长或短期的干扰过强，超出了生态系统本身的调节和修复能力，生态系统的结构功能和稳定性就会遭到破坏，造成不可逆转的演替，这个临界限度，称为"气候变化对生态系统影响的阈值"。从外力角度分析，生态阈值决定于外力的类型、强度、节奏、持续时间等诸多性质；从生态系统自身来讲，系统的结构（系统物种的多样性、等级层次、营养结构、联结方式）、功能（生产功能如第一性生产力、生态功能等）、成熟程度等都影响到生态系统的阈值高低。一般来说，生态系统的物种多样性越高、系统成分和营养结构越复杂、生产力越高，系统的稳定性就越大，对外界扰动的抵抗能力也越强，生态阈值也就越高。相反，某些自然生态系统和部分人工生态系统，组分单调、结构简单、适应能力较低，生态阈值也就较低。因此，当每个生态系统的净初级生产力超过其正常范围的最低值时，也就是超过了生态阈值，生产力显著减少，随之而来就会出现个体生长不良、结构缺损、生态功能变异、逆行演替等现象。随之，生态系统的生产功能风险产生。

植物净初级生产力（NPP）指绿色植物在单位时间和单位面积上所能累积的有机干物质，是表征生态系统生产功能的一个重要参数。本研究选择 NPP 的变化来表征生态系统生

---

[*] 本章完成人：中国科学院地理科学与资源研究所的吴绍洪、石晓丽、潘韬。

产功能风险。

2. 碳吸收功能风险

气候变化与陆地生态系统碳循环双向反馈。陆地生态系统中的碳以植物为轴心，在大气圈－生物圈－土壤圈中进行着往复循环（王庚辰和温玉璞，1996）。植物通过光合作用吸收大气中的二氧化碳，将碳储存在植物体内，固定为有机化合物。一方面一部分有机物通过植物自身的呼吸作用（自养呼吸）和土壤及枯枝落叶层中有机质的腐烂（异养呼吸）返回大气，这样就形成了大气—陆地植被—土壤—大气整个陆地生态系统的碳循环。气候变暖可以影响植物的光合作用（通常为增加），同时高温还会增加潜在蒸散和植物的呼吸作用，蒸散的增强可以导致植物的水分胁迫，进而导致净生态系统生产力的降低。另一方面温度的增加和水分胁迫的发生可以导致土壤可利用性氮素的增加，导致净生态系统生产力增加（徐小锋等，2007）。

净生态系统生产力（NEP）是由生物活动（不包括自然物理过程和人为干扰，如火灾和森林砍伐）所导致的整个生态系统生物量或有机碳储量的净变化量，是净初级生产力减去异养生物呼吸消耗的部分（全国科学技术名词审定委员会，2007）。在不考虑第二性生产时，NEP 可以被计算为植被和土壤有机碳储量净变化量，用来衡量生态系统与大气之间的净碳通量。理论上，当生态系统处于成熟阶段，即顶级群落时，它与环境即气候和土壤处于平衡状态，碳的收支平衡，NEP 应近似为零，但当环境变化时，如气候状态的变化，生态系统的碳收支是不平衡的。当 NEP > 0 时，生态系统是一个碳汇，植物吸收大气中的二氧化碳并将其固定在植被或土壤中，从而降低大气中二氧化碳浓度，对减缓气候变化具有重要的意义。反之，生态系统是一个碳源，向大气中释放碳，给大气二氧化碳浓度的增加提供更多的碳素，形成正反馈，导致大气温度的加速上升（Cox et al.，2000），气候变化趋势更明显。本研究选择 NEP 的变化来表征生态系统碳吸收功能风险。

3.1.2　评价方法

1. 气候情景

本研究采用的未来气候数据来自中国农业科学院农业环境与可持续发展研究所气候变化研究组（许吟隆等，2005，2006），利用英国 Hadley 中心 PRECIS（Providing Regional Climates for Impacts Studies）（Jones et al.，2004）模拟分析 IPCC《排放情景特别报告》（SRES）（Nakicenovic et al.，2000b）中给出的 B2 情景下中国区域 21 世纪的气候变化（1961～2010 年），水平网格为 50km×50km。结果显示中国绝大部分区域将是升温的趋势，与基准时段（1961～1990 年）相比，B2 情景下，中国将平均增温 2011～2020 年为 1.16℃，2041～2050 年为 2.20℃，2071～2080 年为 3.20℃，相应地降水增加状况分别为 3.7%、7.0% 和 10.2%（许吟隆等，2005）。中国陆地自然生态系统的植被按功能共分为 14 类：常绿针叶林、常绿阔叶林、落叶针叶林、落叶阔叶林、混交林、有林草地、草地、高寒草甸、郁闭灌丛、开放灌丛、农作物、农作物与自然植被混杂、荒漠草原和荒漠（张时煌等，2004a)，本研究选用去掉农作物与自然植被混杂后的 13 类分类。土壤按质地分为石砾、砂、粗砂土、细砂土、面砂土、砂粉土、粉土、粉黏土、粉壤土、壤土、壤黏土和黏土（张时煌等，2004b）。

本研究中时段按照 IPCC 的定义进行划分，基准期为 1961 ~ 1990 年、近期为 1991 ~ 2020 年、中期为 2021 ~ 2050 年、远期为 2051 ~ 2080 年，各时段以 30 年平均值进行探讨。

根据对上述数据对中国区域气候的模拟能力的验证，其在基准期对我国气温和降水模拟的准确性较高（Xu et al.，2006；尹云鹤，2006）。因此，此数据在基准期的结果可满足本研究在宏观尺度研究生态地理区域对气候变化响应的要求，结果的可信度较高。为了数据时空尺度的统一，现状气候数据也采用上述数据。

2. 大气–植被相互作用模型（AVIM2）模拟

未来中国陆地自然生态系统状况应用大气–植被相互作用模型（atmosphere vegetation integrated model 2，AVIM2）模拟。AVIM2 是我国研究人员开发的具有自主知识产权且得到国际同行认可的动态陆地生物圈模型。AVIM2 是在 AVIM（Ji，1995）基础上经发展和改进而形成的新版本（季劲钧和余莉，1999）。AVIM2 由三个模块组成：第一个为描述植被–大气–土壤之间辐射、水、热交换过程的陆面物理过程模块（PHY）；第二个是基于植被生态生理过程（如光合、呼吸、光合同化物的分配、物候等）的植被生理生长模块（VEG）；第三个是土壤有机碳的转化和分解、氮的矿化作用等生物地球化学子模块，如图 3-1 所示。

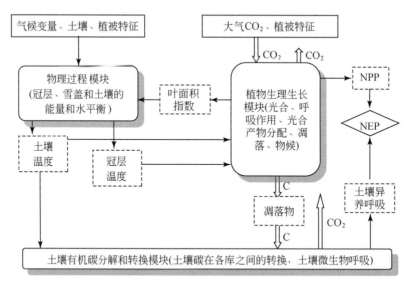

图 3-1　AVIM2 模型结构示意图

当气候变量、植被状况和土壤状况输入模型的物理模块后，物理模块输出冠层以及各层土壤的温度和湿度。冠层和土壤的温度、湿度与大气二氧化碳一起作用于植物生理模块，植被开始生长。植被的生长又反作用于物理模块，从而影响土壤和冠层的温度及湿度。植被生理生长模块输出的 NPP 与土壤碳氮动力学子模块输出的异养呼吸之差为 NEP。三个模块是不可分割的整体，大气、植被和土壤间的相互作用建立在完全动态、内部协调的互动过程基础上。气候变化影响土壤状况和植被生长，土壤温度、湿度的变化既影响植被生长，又影响土壤有机物的分解和转换。AVIM2 模型通过不同时间步长的耦合，将三个过程有机地结合在一起。其中，物理模块采用隐式计算方案，积分步长为 30 min；植物生理过程中光合、呼吸过程等随气温、湿度的变化有明显的日变化，时间步长为 1 h；同化物的分配、器官生物量的积累以及土壤有机质的分解等时间步长为 1 a。在内蒙古半干旱草原、长白山森林、华北农田、青藏高原和全球大气状况强迫下，AVIM2 模拟了各类生态系统净初级生产力，以及植被与大气间的二氧化碳通量，取得了令人满意的结果。

基准期、未来近期、中期和远期中国生态系统净初级生产力与净生态系统生产力分布如图 3-2、图 3-3，分辨率为 50 km × 50 km。

3. NPP 风险评价方法

基于 van Minnen 等提出的"关键的气候变化"方法，结合本研究实际情况，确定对气候变化下生态系统生产功能风险评价的"关键的气候变化"方法主要包括以下 4 步（van Minnen et al.，2002）：

（1）选择表征气候变化对生态系统生产功能影响的合适指标；
（2）辨识气候变化对此指标影响的不能接受的水平；
（3）计算气候变化情景下超过关键气候变化影响的区域，即风险区域；
（4）根据风险标准对其等级进行划分。

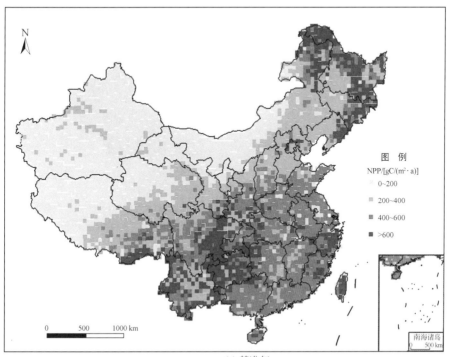

(a) 基准年

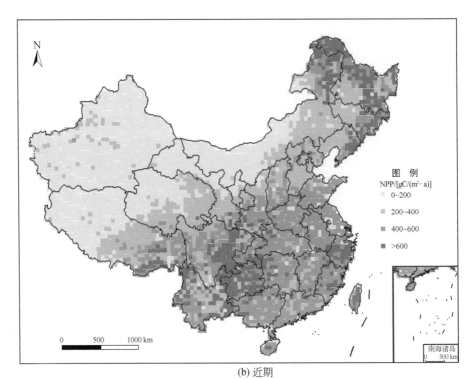

(b) 近期

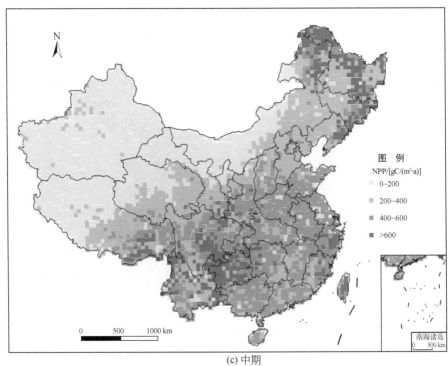

(c) 中期

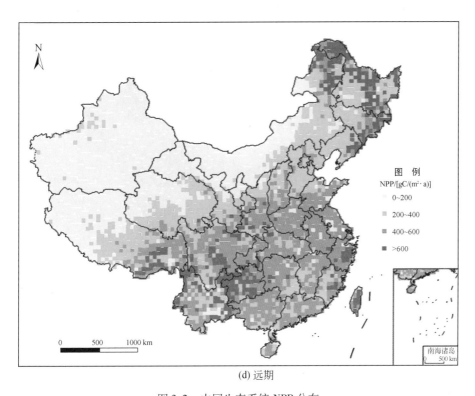

(d) 远期

图 3-2　中国生态系统 NPP 分布

注：基准期，1961～1990 年；近期，1991～2020 年；中期，2021～2050 年；远期，2051～2080 年（下同）

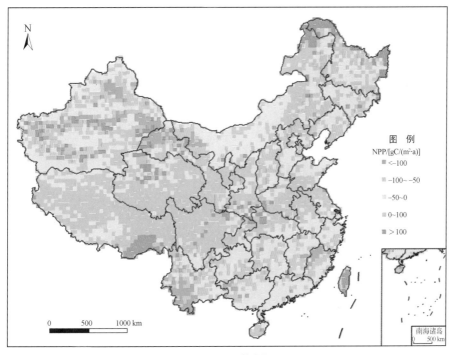

(a) 基准期

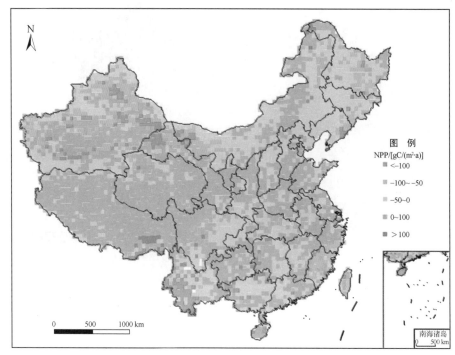

(b) 近期

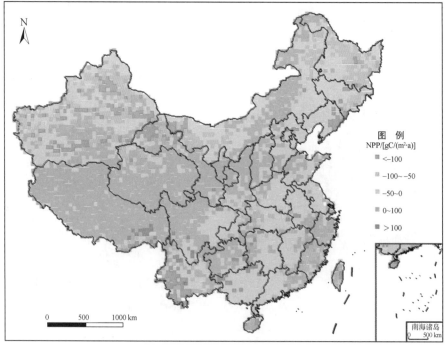

(c) 中期

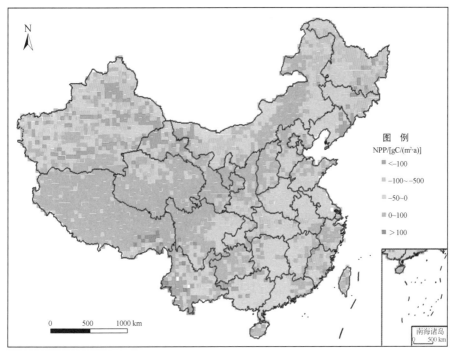

(d) 远期

图 3-3　中国生态系统 NEP 分布

　　一般而言，每个生态系统的净初级生产力都有其正常范围，Lieth 等（1975）曾经对世界上主要陆地生态系统的净初级生产力的范围进行了总结（表 3-1）。同样地，对于气候变化而言，每个生态系统都有各自的温度、降水或其他参数的变化阈值，超过各自系统的阈值后，生态系统就会处于风险之中。因此，本研究以表 3-1 为依据来辨识不同生态系统净初级生产力的阈值，以确定其风险标准。

表 3-1　全球主要陆地生态系统净初级生产力范围

生态系统类型	NPP/ [gC/ (m² · a)]	
	平均值	范围
常绿针叶林	800	250 ~ 1500
常绿阔叶林	1500	600 ~ 3500
落叶针叶林	500	200 ~ 1500
落叶阔叶林	1000	400 ~ 2500
混交林	1000	600 ~ 2500
郁闭灌丛	700	250 ~ 1200
开放灌丛	400	150 ~ 700
有林草地	600	200 ~ 2000
草地	500	100 ~ 1500
高寒草甸	250	90 ~ 400
农田	650	100 ~ 4000
荒漠草原	70	10 ~ 250
荒漠	3	0 ~ 10

资料来源：Lieth et al. ，1975

根据 van Minnen 等的思想，假设不能接受的气候变化对生态系统生产功能的影响是某种程度的 NPP 损失，即气候变化造成 NPP 的损失如果超过了此类生态系统 NPP 的自然波动范围，就认为其发生风险（van Minnen et al.，2002）。该研究根据世界气象组织对"异常"的定义（即超过平均值的±2 倍标准差）（Jones et al.，1999；Hulme et al.，2008），选取两套数据对中国生态系统 NPP 的正常波动范围进行计算以便互相验证（一套是中国科学院资源环境科学数据中心的 GLO-PEM 模型模拟结果；另一套是 AVIM2 模拟结果），计算结果分别为 9.9% 和 8.5%，与 van Minnen 等计算的欧洲 NPP 的自然波动范围（10%）非常接近。因此，选择相对于平均值 10% 的损失作为"不能接受的影响"的参考。

4. NEP 风险评价方法

NEP 持续减少，表示生态系统碳吸收能力逐渐减少，生态系统趋于成为碳源，气候变化趋势明显。反之，碳吸收能力逐渐增强，有利于缓解气候变化。根据"关键的气候变化"方法，首先确定将净生态系统生产力作为衡量生态系统碳吸收功能的指标。其"不能接受的影响水平"则需根据每个网格的时间序列的形态来进行具体分析。

对基准期和 1991～2080 年的各年 NEP 构成的时间序列进行线性倾向估计，选择最小二乘法，对每个网格的 NEP 进行一元线性回归方程拟合，构建方程为

$$y = ax + b \tag{3-1}$$

式中，y 为某年 NEP 的数值；a 为斜率，代表 NEP 的趋势倾向，$a > 0$ 时，说明 NEP 随时间的增加呈上升趋势，反之，呈下降趋势；b 为方程中的常数项，代表基准期的 NEP。全国所有网格的拟合方程可以归纳为 8 种类型，不同类型与风险等级的对应关系如图 3-4 所示。

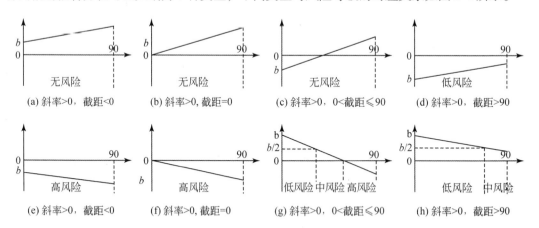

图 3-4　全国生态系统 NEP 时间序列趋势线类型及其与风险等级关系

注：图中横坐标代表年数，纵坐标代表 NEP

3.1.3　风险等级划分

1. NPP 风险等级划分

以生态系统生产功能"不能接受的影响"为参考，来确定各生态系统的风险标准，将

各生态系统分为无风险、低风险、中风险和高风险。无风险主要包括三种情况：一是某时期 NPP 大于基准期 NPP，即 NPP 呈增加趋势；二是 NPP 的无值区，大都是一些荒漠、裸岩地区；三是 NPP 减少幅度并未超过"不能接受的影响"。除无风险区域外的其他区域，根据其 NPP 与所属生态系统 NPP 的正常范围的关系来决定风险等级。如果某时期 NPP 与基准期平均 NPP 相比是减少的，并且其值小于此类生态系统 NPP 平均值的 90% 时，开始产生风险。当其继续减少到小于此类生态系统 NPP 最小值时，认为发生了高风险。介于两者之间的属于中风险。构建风险表达式如下：

$$
f(x_i) = \begin{cases} 0 & \mathrm{NPP}_i > \mathrm{Mean}_i \times (1\% - 10\%) \\ 1 & [\mathrm{Min}_i + \mathrm{Mean}_i \times (1\% - 10\%)]/2 < \mathrm{NNP}_i < \mathrm{Mean}_i \times (1\% - 10\%) \\ 2 & \mathrm{Min}_i < \mathrm{NPP}_i < [\mathrm{Min}_i + \mathrm{Mean}_i \times (1\% - 10\%)]/2 \\ 3 & \mathrm{NPP}_i < \mathrm{Min}_i \end{cases}
$$

$$(3-2)$$

式中，$f(x_i)$ 为生态系统生产功能的风险等级；NPP_i 为某时期 i 种生态系统的 NPP（相对于基准期 NPP 均值为减少的）；Min_i 为第 i 种生态系统 NPP 的正常范围的最小值；Mean_i 为第 i 种生态系统 NPP 的正常范围的均值；0、1、2、3 分别代表无、低、中、高风险。

具体标准参如图 3-5 和表 3-2 所示。

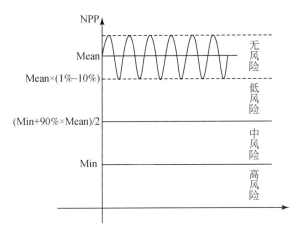

图 3-5　中国生态系统生产功能风险等级划分示意图

表 3-2　中国生态系统生产功能风险等级划分标准

生态系统类型	风险等级对应的 NPP 范围/[gC/(m² · a)]		
	低风险	中风险	高风险
常绿针叶林	485 ~ 720	250 ~ 485	< 250
常绿阔叶林	975 ~ 1350	600 ~ 975	< 600
落叶针叶林	325 ~ 450	200 ~ 325	< 200
落叶阔叶林	650 ~ 900	400 ~ 650	< 400
混交林	750 ~ 900	600 ~ 750	< 600
郁闭灌丛	440 ~ 630	250 ~ 440	< 250

生态系统类型	风险等级对应的NPP范围/[gC/(m² · a)]		
	低风险	中风险	高风险
开放灌丛	255～360	150～255	<150
有林草地	370～540	200～370	<200
草地	275～450	100～275	<100
高寒草甸	158～225	90～158	<90
农田	343～585	100～343	<100
荒漠草原	37～63	10～37	<10
荒漠	1.35～2.7	0～1.35	<0

2. NEP 风险等级划分

当 NEP 从正值下降到负值时，生态系统由碳汇转换为碳源，其对气候变化的影响发生了实质性变化，从减缓转变为增强，此时认为生态系统的碳吸收功能面临高风险。中低风险则由某时期 NEP 相对于基准期的减少幅度确定。

表 3-3   中国生态系统碳吸收功能风险等级划分标准

斜率	截距	NEP 变化率/%	风险等级
>0	(−∞, −90]	(−∞, ∞)	无风险
>0	>90	(−∞, ∞)	低风险
<0	≥90	(−50, 0]	低风险
		(−100, −50]	中风险
		(−∞, −100]	—
	0～90	(−50, 0]	低风险
		(−100, −50]	中风险
	≤0	(−∞, −100]	高风险
		(−∞, ∞)	高风险

注：NEP 变化率是指某时期 NEP 相对于基准期的变化率，"—"表示不在研究时段范围内

3.2　气候变化下中国生态系统生产功能风险评价

3.2.1　生产功能风险空间分布格局

由图 3-6 可以看出，IPCC SRES-B2 情景下，气候变化下中国生态系统生产功能风险区域在不同时期有相似的地理格局，主要集中在西北地区、内蒙古地区、东北地区、东南地区和西南地区。风险范围可能随着增温幅度的增加而扩展。IPCC SRES-B2 情景下，近期、中期和远期全国均温分别增加 0.84℃、1.77℃ 和 2.74℃，与此同时，全国风险区域面积

从 727.78 万 km² 扩大到中期的 746.85 万 km²，远期时风险面积高达 752.89 万 km²，占全国总面积的 78.4%（图 3-6）。

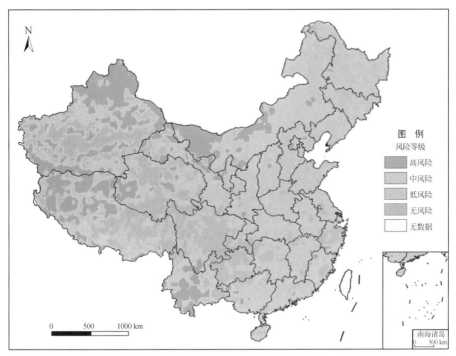

(a) 近期

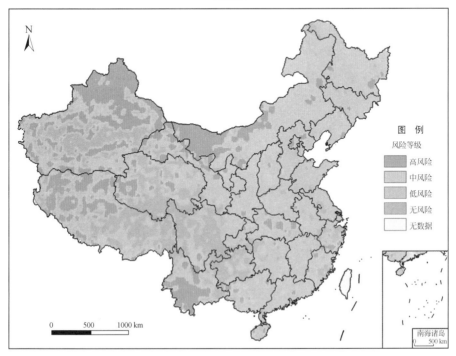

(b) 中期

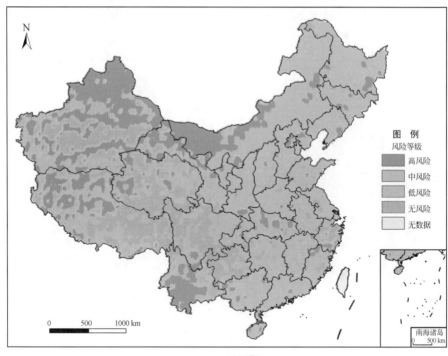

(c) 远期

图 3-6 中国生态系统生产功能风险分布

为了进一步阐明风险的发展逆转趋势，将风险程度的变化划分为 5 级，风险程度增加 1 级、2 级、3 级，分别归为弱发展、中发展和强发展，与此相反，风险程度减弱 1 级、2 级、3 级分别归为弱逆转、中逆转和强逆转。从图 3-7 可以看出，近期到中期，841.96 万 km^2 的生态系统风险程度保持不变，占到全国总面积的 87.70%。92.45 万 km^2 的生态系统呈发展趋势，占到全国总面积的 9.63%，主要分布在东北地区、西北地区和东南地区。其中，91.49 万 km^2 为弱发展，占到全国总面积的 9.53%；中发展和强发展的面积分别为 0.72 万 km^2 和 0.24 万 km^2，占到全国的 0.08% 和 0.03%。与此同时，25.59 万 km^2 的生态系统呈逆转趋势，其中，弱逆转为 24.38 万 km^2，占全国总面积的 2.54%；中逆转和强逆转分别为 0.97 万 km^2 和 0.24 万 km^2。

中期到远期，风险程度变化趋势与前一时期相同，但风险加剧的范围（65.42 万 km^2）小于前一阶段，占到全国总面积的 6.81%，主要分布在北方地区（图 3-7）。其中，弱发展面积最大，为 63.97 万 km^2，占全国总面积的 6.66%；中发展和强发展面积分别为 0.48 万 km^2 和 0.97 万 km^2，分别占全国总面积的 0.05% 和 0.10%。与此同时，24.86 万 km^2 的生态系统风险减缓，占到全国总面积的 2.59%。

由此可以得知，就变化趋势而言，两个阶段均为发展＞逆转，且以弱发展占主要地位。就变化幅度而言，后一阶段（中期到远期）较前一阶段（近期到中期）变化温和。

3.2.2 不同等级生产功能风险

就不同等级风险的变化趋势而言，低风险持续减少，其面积由近期的 312.36 万 km^2

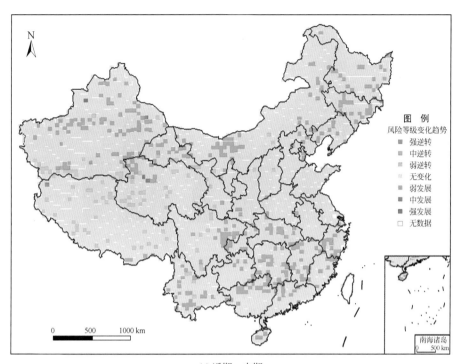

(a) 近期—中期

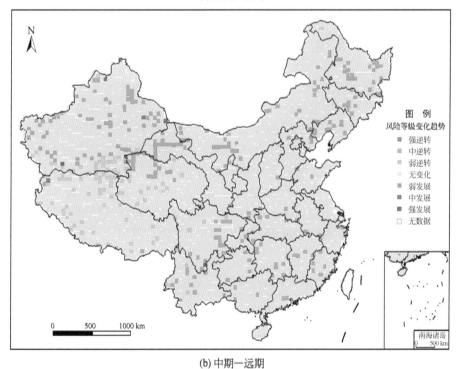

(b) 中期—远期

图 3-7 中国生态系统生产功能风险程度变化

减少到中期的 301.01 万 km^2，后又缩小至 293.05 万 km^2。中风险先增加后减少，其面积由近期的 275.91 万 km^2 增至中期的 289.18 万 km^2，到远期减少至 280.49 万 km^2。高风险范围则持续剧烈扩展，其面积从近期的 139.52 万 km^2 增加至远期 179.35 万 km^2，幅度高达 28.55%（图 3-8）。

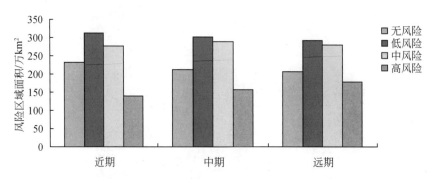

图 3-8　近期、中期和远期中国生态系统生产功能不同等级风险面积

就不同时期风险等级结构而言，低风险以占全国总面积 30.53% ~ 32.54% 的比例占据了主导地位，连片分布较为明显，尤其是在东北地区（图 3-6 和图 3-7）。中风险占全国的比例为 28.74% ~ 30.12%。高风险在远期的分布密度增大，集中在除东北北部地区之外的其他风险区域。三个时期，风险等级均呈现出低风险 > 中风险 > 高风险的结构。

3.2.3　不同生态系统生产功能风险

近期、中期和远期，9 种生态系统的风险等级结构保持稳定。其中，常绿针叶林、草原一直保持中风险 > 低风险 > 高风险的结构；混交林和郁闭灌丛一直保持中风险 > 高风险 > 低风险的结构；有林草地和农田一直保持低风险 > 中风险 > 高风险的结构；开放灌丛、常绿阔叶林和荒漠草原一直保持高风险 > 中风险 > 低风险的结构。其余生态系统均发生不同程度的结构变化。具体而言，落叶针叶林由近期中期的低风险 > 中风险 = 高风险的结构变为远期的低风险 = 中风险 > 高风险的结构，落叶阔叶林近期为中风险 > 低风险 > 高风险，中期为中风险 > 低风险 = 高风险，远期为中风险 > 高风险 > 低风险；高寒草甸结构在近期为中风险 > 低风险 > 高风险中远期为低风险 > 中风险 > 高风险，荒漠生态系统没有风险（表 3-4）。

表 3-4　近期、中期和远期各生态系统生产功能风险等级结构

生态系统类型	风险等级	时期		
		近期	中期	远期
常绿针叶林	低	3.38	1.45	0.72
	中	8.21	10.38	11.10
	高	0.00	0.00	0.00

续表

生态系统类型	风险等级	时期		
		近期	中期	远期
常绿阔叶林	低	0.00	0.00	0.00
	中	2.66	2.41	2.41
	高	2.90	3.14	3.14
落叶针叶林	低	0.24	0.24	0.24
	中	0.00	0.00	0.24
	高	0.00	0.00	0.00
落叶阔叶林	低	7.48	4.59	3.62
	中	20.52	20.28	20.52
	高	1.45	4.59	5.31
混交林	低	5.55	1.21	1.45
	中	38.86	40.07	37.66
	高	12.31	15.69	17.86
郁闭灌丛	低	0.48	0.24	0.24
	中	25.35	21.72	18.59
	高	3.14	6.76	10.14
开放灌丛	低	3.14	2.41	2.17
	中	15.45	16.66	16.90
	高	52.62	51.42	50.93
有林草地	低	38.14	30.66	25.83
	中	4.10	11.83	16.90
	高	0.48	0.48	0.48
草原	低	44.66	43.45	41.28
	中	64.45	64.93	63.97
	高	6.28	5.55	7.24
高寒草甸	低	16.41	17.62	20.04
	中	18.59	15.69	11.10
	高	3.38	2.66	3.38
农田	低	162.70	175.97	175.01
	中	31.38	38.86	46.83
	高	1.45	1.45	2.17
荒漠草原	低	30.17	23.17	22.45
	中	46.35	46.35	34.28
	高	55.52	64.93	78.69
荒漠	低	0.00	0.00	0.00
	中	0.00	0.00	0.00
	高	0.00	0.00	0.00

由此可知，三个时期内，常绿针叶林、草原、混交林、郁闭灌丛、有林草地、农田、开放灌丛、常绿阔叶林和荒漠草原风险等级结构稳定，其余生态系统均有变化。

就不同生态系统而言，三个时期，开放灌丛一直是风险指数最高的生态系统；其次为常绿阔叶林。荒漠则一直是最安全的生态系统。除了远期郁闭灌丛和混交林排序互换之外，三个时期风险指数排序基本一致。

就风险指数的变化趋势而言，荒漠一直未发生风险，风险指数始终为0；常绿阔叶林先增加后不变，落叶针叶林先不变后增加，草原先减少后增加。开放灌丛和高寒草甸持续降低，其他生态系统持续风险程度持续加重。这说明，随着增温幅度的增加，大部分的生态系统风险程度加剧（表3-5）。

表3-5　近期、中期和远期各生态系统生产功能风险指数及排名

生态系统类型	近期		中期		远期	
	分值	排名	分值	排名	分值	排名
开放灌丛	2.67	1	2.64	1	2.62	1
常绿阔叶林	2.52	2	2.57	2	2.57	2
混交林	2.11	3	2.25	3	2.29	4
郁闭灌丛	2.09	4	2.21	4	2.34	3
荒漠草原	2.00	5	2.15	5	2.26	5
落叶阔叶林	1.80	6	2.00	6	2.06	6
常绿针叶林	1.64	7	1.84	7	1.90	7
草原	1.50	8	1.48	8	1.49	8
有林草地	1.09	9	1.28	9	1.40	9
农田	0.88	10	0.99	10	1.05	10
高寒草甸	0.67	11	0.60	11	0.55	11
落叶针叶林	0.08	12	0.08	12	0.25	12
荒漠	0.00	13	0.00	13	0.00	13

3.3　气候变化下中国生态系统碳吸收功能风险评价

3.3.1　碳吸收功能风险空间分布格局

不同时期中国生态系统碳吸收功能风险分布格局相似，主要分布在西北地区、东北山区、长江中下游平原地区、华南地区以及西南地区。另外，风险分布范围随增温幅度的增加而扩展。近期、中期和远期中国平均温度分别增加0.84℃、1.77℃和2.74℃，与此同时，风险范围从最初的520.65万km^{2}增加到了中期的560.46万km^2，增加幅度为7.65%，随后扩展为远期的572.69万km^2，中期到远期增加幅度（2.18%）远远小于前一时期。21世纪远期，风险区域将会占据全国59.66%的面积（图3-9）。

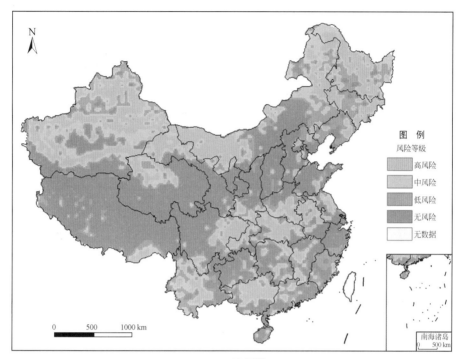

(a) 近期

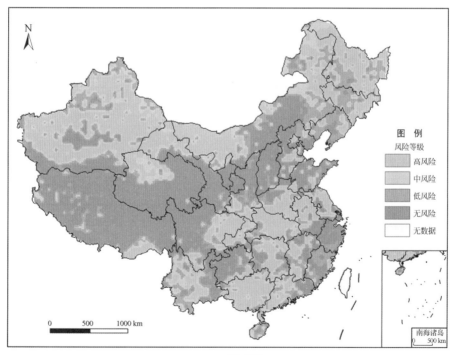

(b) 中期

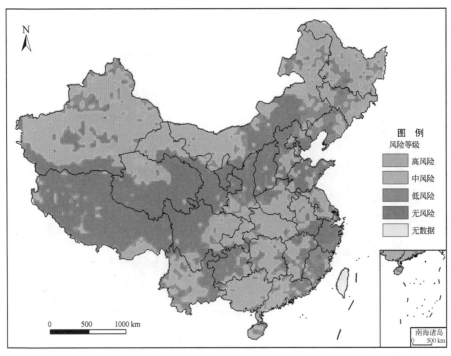

(c) 远期

图 3-9　中国生态系统碳吸收功能风险分布

　　从图 3-10 可以看出，近期到中期，857.60 万 km^2 的生态系统风险程度保持不变，占全国总面积的 89.33%。99.53 万 km^2 的生态系统呈发展趋势，占全国总面积的 10.37%。其中，66.91 万 km^2 为弱发展；中发展和强发展的面积分别为 4.56 万 km^2 和 28.06 万 km^2，占全国总面积的 0.47% 和 2.92%。与此同时，2.88 万 km^2 的生态系统呈逆转趋势，其中，弱逆转为 1.44 万 km^2，占全国总面积的 0.15%；中逆转和强逆转面积分别为 0.24 万 km^2 和 1.20 万 km^2。近期到中期的变化以弱发展为主。

　　中期到远期的变化趋势与前一阶段相似，但不如其明显。41.97 万 km^2 的生态系统呈发展趋势，约为前一阶段同类趋势范围的一半。其中，呈弱发展趋势的生态系统面积仍旧是最大（30.22 万 km^2），占全国总面积的 3.15%；中发展和强发展分别为 1.92 万 km^2 和 9.83 万 km^2，占全国总面积的 0.20% 和 1.02%。另外，2.88 万 km^2 的生态系统呈逆转趋势，只占到全国总面积的 0.30%。

　　由此可知，随着增温幅度的增加，中国生态系统碳吸收功能风险程度主要呈发展趋势，且以弱发展为主。风险程度的加深主要集中在近期到中期阶段。

3.3.2　不同等级碳吸收功能风险

　　就生态系统碳吸收功能风险等级构成而言，高风险一直占据主导地位，三个时期分别占全国总面积的 28.30%、35.82% 和 38.77%；其次为低风险，占全国的面积为 16.81% ~ 17.81%；中风险所占比例最小，为 4.07% ~ 8.12%（图 3-11）。

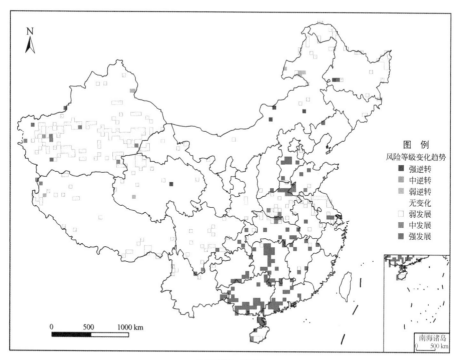

(a) 近期—中期

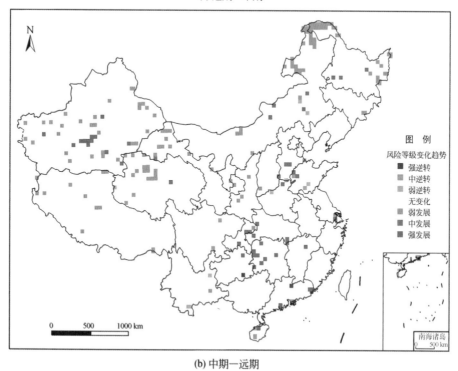

(b) 中期—远期

图 3-10　中国生态系统碳吸收功能风险程度变化

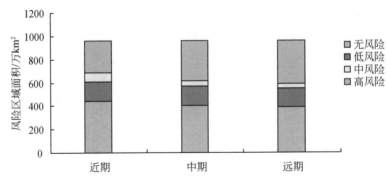

图 3-11　近期、中期和远期中国碳吸收功能不同等级风险面积

就不同等级风险区域的变化趋势而言，中、低风险持续降低，中风险的范围由近期的 77.94 万 km² 下降到中期的 48.44 万 km²，继续下降到远期的 39.09 万 km²，其缩减幅度为 49.85%。而低风险缩减幅度（5.61%）远远小于中风险，其面积由近期的 170.99 万 km² 减少至中期的 168.11 万 km²，远期降至 161.40 万 km²。与中、低风险变化趋势相反，高风险呈持续增加趋势，其范围从近期的 271.72 万 km² 增加至中期的 343.90 万 km²，后增加至远期的 372.20 万 km²，增加幅度为 36.98%。这一现象从图 3-11 也可以得到印证，高风险连片分布在风险区域，且集中程度随时间的推移而越发明显。中、低风险在近期尚为连片分布，到了中、远期逐渐被高风险侵占而呈零星分布，低风险只是小片分布在东北地区。

3.3.3　不同生态系统碳吸收功能风险

按照各生态系统的风险等级结构，近期，常绿针叶林、落叶阔叶林、开放灌丛、草地、高寒草甸以低风险为主；落叶针叶林和荒漠以中风险为主；其余均以高风险为主。中期，落叶针叶林、落叶阔叶林和荒漠变成以高风险为主，其余生态系统与近期保持一致。远期，除草地变成以高风险为主之外，其余生态系统风险主导风险等级与中期保持一致。就三个时期风险等级结构的稳定性而言，共有九种生态系统等级结构未发生变化，具体而言，常绿针叶林、高寒草甸一直为低风险＞高风险＞中风险的结构；开放灌丛一直保持低风险＞中风险＞高风险的结构；常绿阔叶林、混交林、郁闭灌丛、有林草地、荒漠草原和农田均保持高风险＞低风险＞中风险的结构不变；其余生态系统发生结构改变（图 3-12）。

近期，混交林风险指数最高（2.37），随后为荒漠草原（2.27）和落叶针叶林（2.17）。中期和远期，以上三种生态系统的排名在前三名内发生改变，落叶针叶林跃居为最危险的地区，混交林退居第二，荒漠草原成为第三。开放灌丛一直是最安全的生态系统，其次为高寒草甸和草地，三者始终占据后三位，中间的几种生态系统排序发生改变。

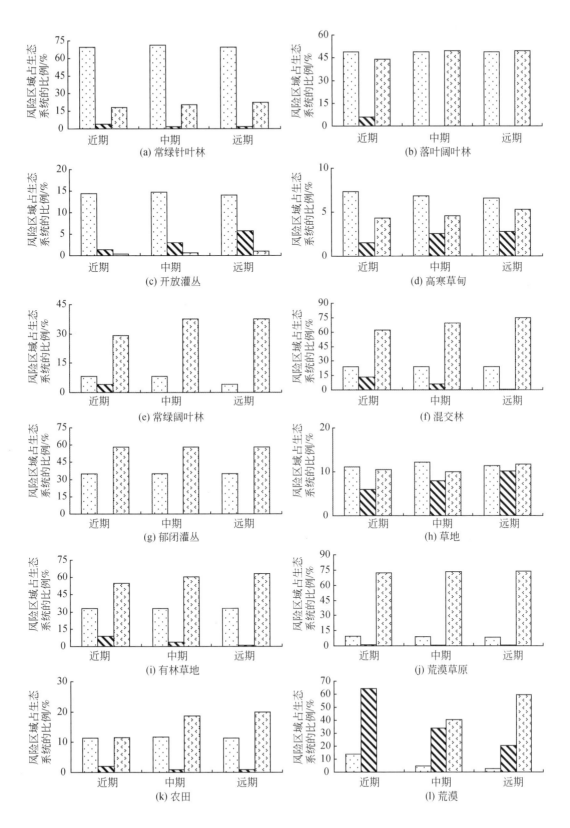

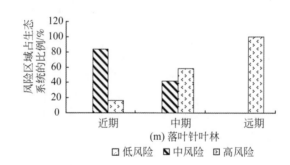

图 3-12　近期、中期和远期各生态系统碳吸收功能风险等级结构

风险指数的变化趋势显示，郁闭灌丛保持不变；落叶阔叶林先增加后不变；常绿阔叶林先增加后减少；其余生态系统均持续增加。由此可知，除郁闭灌丛、落叶阔叶林和常绿阔叶林之外的生态系统的风险程度均随着增温幅度的增加而加大（表 3-6）。

表 3-6　近期、中期和远期各生态系统碳吸收功能风险指数及排名

生态系统类型	近期		中期		远期	
	风险指数	排名	风险指数	排名	风险指数	排名
混交林	2.37	1	2.44	2	2.50	2
荒漠草原	2.27	2	2.29	3	2.31	3
落叶针叶林	2.17	3	2.58	1	3.00	1
有林草地	2.15	4	2.22	4	2.25	4
郁闭灌丛	2.10	5	2.10	5	2.10	6
落叶阔叶林	1.92	6	1.98	6	1.98	7
荒漠	1.43	7	1.94	7	2.22	5
常绿针叶林	1.33	8	1.37	8	1.41	8
常绿阔叶林	1.04	9	1.21	10	1.17	10
农田	0.96	10	1.34	9	1.40	9
草地	0.55	11	0.58	11	0.67	11
高寒草甸	0.23	12	0.26	12	0.28	12
开放灌丛	0.18	13	0.23	13	0.29	13

3.4　气候变化下中国生态系统综合风险评价

3.4.1　评价方法与风险等级划分

未来气候变化下中国生态系统综合风险是指某个县域内风险总值除以县域的总面积的

值，即单位面积上承担的风险程度，可以表示县域的总体安全级别。按照风险等级，暂将无风险定为 0 分、低风险为 1 分、中风险为 2 分、高风险为 3 分，认为生产功能风险和碳吸收功能风险权重相等，将两种风险进行加权求和。某县域的综合风险计算如下

$$R_i = \left(0.5\sum_{j=1}^{3} R_{Pj}S_{Pj} + 0.5\sum_{j=1}^{3} R_{Cj}S_{Cj}\right)/S_i \qquad (3\text{-}3)$$

式中，R_i 为某县域的综合风险；R_{Pj} 为不同等级的生产功能风险；S_{Pj} 为不同等级生产功能风险对应的面积；R_{Cj} 为不同等级的碳吸收功能风险；S_{Cj} 为不同等级碳吸收功能风险对应的面积；S_i 为县域总面积。根据计算结果，将综合风险分为无、低、中和高 4 个等级。

3.4.2　生态系统综合风险空间格局

近期、中期、远期三个时期，处于风险的县域个数持续增加，从近期的 1977 个增加至中期的 2082 个，到远期达到 2097 个，占全国县数的比例从近期的 82.62% 增加至远期的 87.63%。综合风险分布范围在三个时期大致相似，除西藏东南部、四川、青海和甘肃三省接壤的部分没有风险之外，其余区域全处于风险之中。高风险县域集中分布在新疆北部、东北地区、长江中下游地区和云南，广西地区也有零星分布。在高风险县域的周围，有小范围连片分布的处于中风险的县域，集中在新疆、东北三省、长江中下游地区、西南地区和华中地区南部 5 个区域。处于低风险的县域则是中风险区域的向外渲染，覆盖了全国 80% 以上的县域（图 3-13 ~ 图 3-15）。

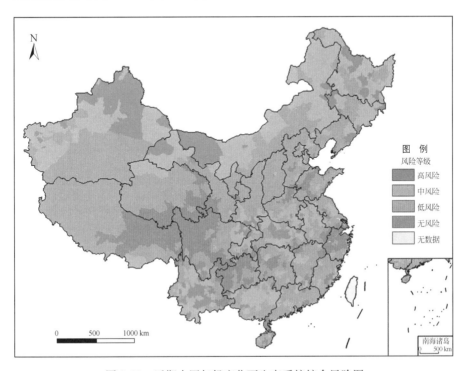

图 3-13　近期中国气候变化下生态系统综合风险图

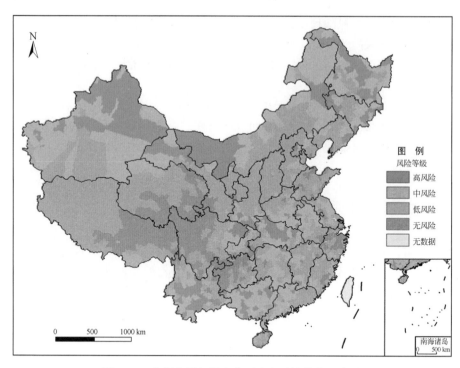

图 3-14 中期中国气候变化下生态系统综合风险图

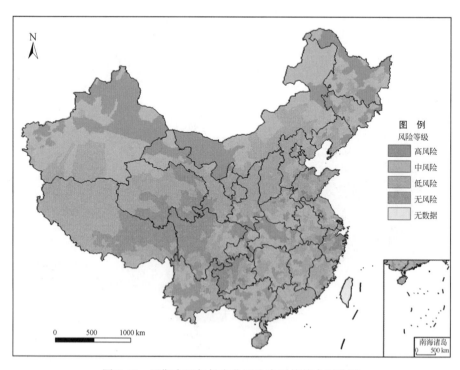

图 3-15 远期中国气候变化下生态系统综合风险图

　　按照综合风险的等级，三个时期均处于低风险的县域最多，占全国县域总数的比例为45.47%~55.83%；其次为中风险，占全国县域总数21.10%~30.21%；处于高风险的县数最少，占全国总县数的5.68%~11.95%。从不同风险等级变化看，低风险县数持续减少，从近期的1336个减少至远期的1088个，减少了248个；中风险持续增加，由近期的505个增加至远期的723个，增加了218个；高风险县域个数持续增加，从136个增加至286个，增加了一倍多。图3-16显示，随时间进程，无风险、低风险在减少，而中、高风险在增加。因此，整体风险呈上升趋势。

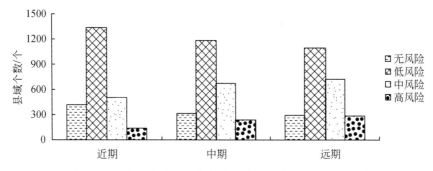

图 3-16　近期、中期和远期综合风险不同等级县域个数统计

第4章　气候变化下中国粮食保障风险[*]

在全球气候变化背景下，粮食安全这一全球性的问题备受关注。中国作为全球农业大国和人口大国，粮食安全将会继续面临重大挑战。因此，气候变化将会给粮食安全带来怎样的影响方面的研究工作，既是《气候变化框架公约》（UNFCCC，1992）最终目标实现过程中的重要内容，也是对上述目标实现程度的重要测度。对于中国来说，这不仅符合中国应对风险的迫切要求，更重要的是，将会给中国政府制定综合有效的风险管理和气候适应性管理措施提供科学依据，有利于提高中国的综合风险应对能力。本章着重分析未来气候变化下中国的粮食生产和粮食供需平衡风险。

4.1　气候变化的粮食保障风险分析

4.1.1　气候变化下的粮食保障风险

气候变化下的粮食保障风险涉及的范围很广，如气候变化将会导致气候带的迁移，进而影响到农作物生产格局，同时影响到作物产量（蔡运龙和Smit，1996；Tao et al.，2008），并且对作物产量的影响在不同作物、不同地区和不同农业系统上都存在显著的区域差异（蔡运龙和Smit，1996；Parry and Rosenzweig，2004），以及从膳食营养供给方面造成的饥饿人群数量的变化、粮食价格变动等（Parry and Rosenzweig，2004）。在上述众多研究范畴中，本研究着重探讨气候变化影响下的粮食生产和供给以及相应的粮食供需平衡问题，不考虑农作物生产格局的变化和贸易等的空间转移等方面。

本章中，气候变化下粮食生产和粮食供需平衡的变化固然可以反映粮食安全对于气候变化的响应，但是，系统所受到的影响是否超越了粮食安全系统的"可接受范围"以及超越程度如何则更能深刻地体现粮食安全所面临形势的严峻程度，超越程度越大，则粮食安全风险形势越严峻。因此，气候变化影响下的粮食安全风险是指气候变化给粮食生产和粮食供需平衡造成的不利影响及其程度。如果上述影响程度超过了系统变化的"可接受范围"，那么，系统将处于风险之中，超越程度越大，所面临的风险水平越高。

---

* 本章完成人：中国科学院地理科学与资源研究所的吴绍洪、周巧富、潘韬、戴尔阜。

4.1.2　气候变化粮食保障风险源分析

风险源是指引起风险的源头，所以，风险源是风险产生和存在与否的首要必要条件，同时，风险源的变异强度也是影响风险后果的重要制约因素（苏桂武和高庆华，2003）。本章的气候变化下粮食保障风险源主要是未来排放情景特别报告（SRES）中的 B2 情景下的气候条件，主要要素包括气温、降水和干燥度。

B2 情景下，全国范围内气温呈现增加趋势，与基准时段（1961~1990 年）相比，未来三个时段内，我国平均气温分别将会增加 1.44℃、2.42℃和 3.37℃。平均气温变化速率格局显示，2020 年以后，增温速率超过 0.5℃/10a 的区域主要集中在东北平原、长江中下游和黄河中下游平原、新疆北部以及云贵高原中南部；青藏高原区则呈现略微的降温态势；其他区域增温速率相对较小。2050 年，全国增温速率相对较小。长江以北地区以 0.3~0.4℃/10a 为主，以南地区以 0.2~0.3℃/10a 为主，只有新疆北部增温速率略高为 0.4~0.5℃/10a。2080 年以后，黄河以北地区增温速率超过 0.4℃/10a，以南以 0.3~0.4℃/10a 为主，东南沿海地区增速较缓，青藏高原气温也呈略微增加趋势。

从 B2 情景我国平均降水变化格局来看，我国全国范围内降水呈现增加趋势，与基准时段（1961~1990 年）相比，未来三个时段内，我国平均降水分别将会增加 38.96 mm、58.44 mm 和 77.30 mm。2020 年以后，我国降水变化速率空间分异显著。①华南和华中地区降水增加速率超过 100 mm/10a；②黄河流域、内蒙古及长城沿线区、东北平原部分地区降水减少比较明显，下降速度超过 50 mm/10a，甚至高于 100 mm/10a；③青藏高原西部和新疆南部降水增加速度较高。2050 年以后，长江和黄河之间的区域和东北平原东部的降水主要呈减少趋势，降低速率在 50 mm/10a 以内，除此之外，全国的其他区域降水均将增加，增速为 0~50 mm/10a。与 2050 年以后相比，2080 年以后降水速率变化格局与 2050 年以后具有类似性，但是其降水减少区域范围有所扩大，尤其是黄淮海平原和东北平原等地区将会遭遇较少的降水。

干燥度指数（aridity index，AI，本研究特指气候干燥度）是表征一个地区干湿程度的指标，在地理学和生态学研究中长期应用，近来成为全球变化研究中经常涉及的气候指标之一。结合气温和降水综合反映的干燥度格局来看，B2 情景下全国范围内呈现增加趋势，仅有青藏区西部、长江中下游地区的东南部以及华南区的西部等区域干燥度有较明显降低，且随着时间的推移，上述范围呈缩减趋势。甘新区东部、内蒙古及长城沿线区西北部干燥度增加的幅度和覆盖范围也将随时间而增加。甘新区西部干燥度变化差异较大，增加和降低幅度都比较明显，并呈相间分布。2080 年以后，东北区的中西部也出现干燥度增幅显著的小范围区域。

本章研究 IPCC 未来排放情景特别报告（SRES）中的 B2 情景下的粮食保障风险，同样分为三个时段：近期（1991~2020 年）、中期（2021~2050 年）和远期（2051~2080 年）。

4.1.3 风险受体和风险评价终点选择

风险受体是指任何承受风险源作用的载体,风险评价终点是指风险源对风险受体造成的非愿望后果。所以,根据上述对气候变化下粮食安全风险的定义,本章的风险受体为粮食供需平衡系统,主要涉及粮食生产和粮食消费两个方面,具体地包括土地的粮食生产能力、人口及其结构的发展变化和人们生活水平的提高等;风险评价终点为气候变化给粮食生产和粮食供需平衡带来的影响及其影响程度。

4.2 中国粮食生产时空格局

粮食生产是粮食安全保障的重要基础,其时空格局的变化在很大程度上影响着粮食安全尤其是区域粮食安全。而气候变化作为影响粮食生产及其格局的重要因素,它对粮食作物的生产形成的影响以及粮食作物对气候变化的响应如何,直接关系到中国未来粮食安全面临的风险形势,进一步影响到相应粮食安全发展战略的制定。

4.2.1 中国粮食生产总量发展形势

自1949年以来,随着农业科技力量的增强和投入以及国家及时有效的农业政策,大力推动了中国粮食产量的大幅提升(图4-1),由1949年的1.13亿 t 提高到2007年的4.97亿 t,尤其是1998年粮食生产获得全面大丰收,总产量高达5.12亿 t,粮食自给能力显著增强,人民生活水平显著提高。其中,2007年以前粮食产量的两个局部低谷时期分别对应于1959~1961年的三年自然灾害时期和1998年以来的国家退耕还林政策的实施阶段,导致粮食明显减产,虽然自2004年以来,随着农业政策的相应调整,粮食产量呈现

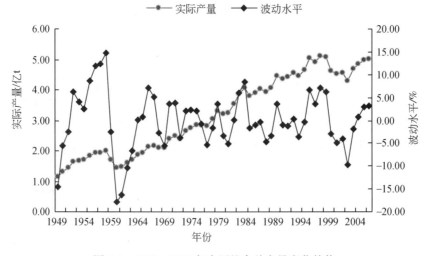

图 4-1　1949~2007 年中国粮食总产量变化趋势

增加态势，但依然处于恢复阶段。

　　从粮食生产的波动水平来看，20 世纪 60 年代以前粮食产量波动幅度较大，之后尤其是 1963 年以后波动水平大体维持在 7% 以内，其中，2003 年波动水平出现了近年来的低谷，达到 −9.62%。

　　中国粮食作物无论从种植面积还是产量方面，稻谷、小麦和玉米三者在中国粮食作物中长期以来均居于绝对重要地位（图 4-2）。

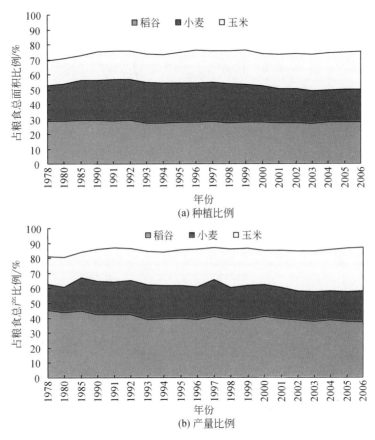

(a) 种植比例

(b) 产量比例

图 4-2　中国三种主要粮食作物

　　总体平均状况，稻谷、小麦和玉米三者的平均总种植面积约为 8 130.4 万 hm²，约占粮食总面积的 74%，平均种植比例为 1.34∶1.19∶1，稻谷的种植面积最广，种植比例约为 28%；三者平均产量比例为 1.86∶1∶1.12，可见，稻谷的产量最大，总平均产量约为 38 260 万 t，超过粮食总产量的 85%，相对的，小麦的产量则较低。而从长期的变化趋势来看，自 1978 年以来，三种作物的总种植面积呈减少趋势，2006 年总面积为 7 922.7 万 hm²；而总产量呈现可喜的上升态势，到 2006 年总产量为 43 252 万 t，这主要归结于粮食单产的提高，中国粮食作物的平均产量从 1950 年的 1155kg/hm² 提高到 1978 年的 2527 kg/hm²，再到 2006 年的 4715 kg/hm²，分别增加了 219% 和 187%，充分说明中国的农业政策和农业科技投入效果显著。而对于每一种作物的种植面积和产量的变化情况又各不相同。

其中，小麦种植面积以平均1.18%的速率递减，稻谷也以大约0.8%的速度在减少，只有玉米的种植面积略有增加；而相应的小麦、稻谷和玉米产量的年平均增幅比例表现为1.74：4.35：6.15，其中，小麦的单产提高幅度最为明显，由1978年的1845 kg/hm² 到2006年的4550 kg/hm²，增加了247%。

4.2.2 中国粮食生产空间区域差异显著

中国的粮食生产不仅在时间序列上表现出不稳定性，同时在空间尺度上也表现出显著的区域差异。图4-3显示了中国各省（自治区、直辖市）的粮食总产和三种主要粮食作物产量的时空变化情况，以1984年、1998年、2003年和2006年为例（图4-3）。

中国粮食生产大省主要分布在中国的中东部平原，其中，长江中下游地区和华北地区占有非常重要的位置，产粮大省主要包括河南、山东、河北、江苏以及东北三省等，其中，河南粮食连年持续增产，由1950年836万t增加到2006年的5010万t，在全国所占比例也由6.33%增加到10.07%。此外，就粮食产量在全国所占比例的变化情况而言，总体来说，北方大于南方，中部高于东部。具体地，华北地区、东北地区和西北地区的比例略有上升，长江中下游地区、华南区和西南地区的比例略有下降，中国粮食生产重心北移趋势明显。图4-4更加直观清晰地表征中国粮食生产重心的迁移格局。

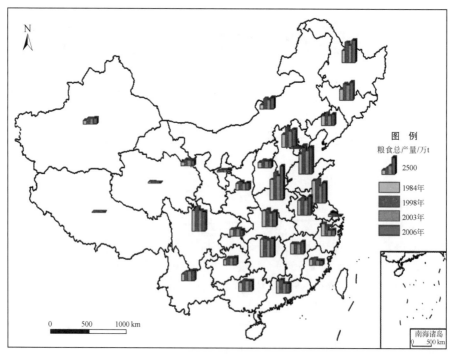

(a) 粮食总产

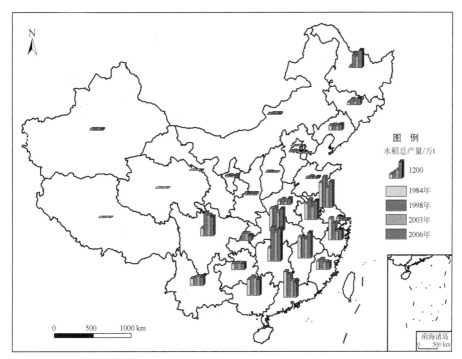

(b) 水稻总产

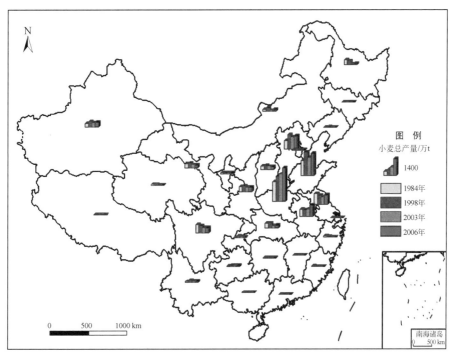

(c) 小麦总产

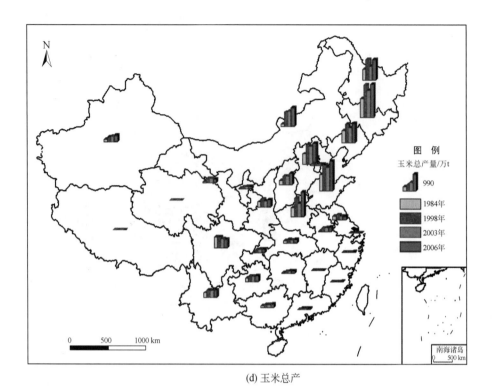

(d) 玉米总产

图 4-3　中国各省（自治区、直辖市）粮食总产和三种主要粮食作物产量时空变化

注：图中不同颜色代表不同年份（1984 年、1998 年、2003 年和 2006 年），柱状长短表示各省
（自治区、直辖市）不同年份相应作物产量占粮食总产的比例大小

中国三种主要粮食作物的生产格局具体表现为以下几个方面。①稻谷：稻谷生产多年来均保持长江中下游地区、西南地区和华南地区为主导的基本格局。虽然，这些年以来东北地区的稻谷产量增幅较大，长江中下游地区以及南方的广大地区的比例略有下降，但并没有影响到上述的主导格局。②小麦：中国小麦主产区集中在黄淮海地区，华北地区一直以来都占据绝对重要位置，主产省份主要为河南、山东、河北、安徽和江苏 5 省，以上省份的小麦产量多在 1000 万 t 以上，5 个省份小麦总产达到了全国小麦总产的 70% 以上。③玉米：中国玉米生产保持以东北和华北地区为主导的基本格局，其中，吉林和山东的玉米产量基本保持稳定，均在 1700 万 t 以上。

在粮食生产空间分布不均衡状态下，其重心位于粮食生产的集中分布地区，粮食产量分布不均衡程度越严重，重心的位置距离粮食产量低的分布区就越远。粮食生产的格局会随着时间的推移发生改变，重心的位置也会随之发生位移。所以，粮食生产的重心不仅可以反映粮食生产的均衡程度，也可以表现粮食生产的伸展方向和未来发展趋势。

整理 1985 ~ 2006 年不同时段内全国各县（市）的粮食产量数据，通过 ArcGIS　9.2 的空间分析模块对中国粮食生产重心迁移情况进行分析，运行结果如图 4-4 所示。1985 年以来，中国的粮食生产重心一直都位于河南省，并且呈现显著的"北移"趋势，由驻马店市逐渐北上至周口市再到开封市。上述规律表明，中国粮食生产的不均衡状态依然严重，

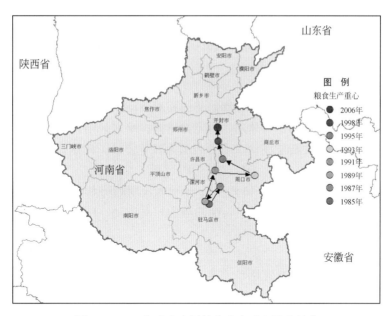

图4-4　1985年以来中国粮食生产重心转移趋势

粮食生产的集中地区在向北部偏移，究其原因，应该是粮食播种面积减少和粮食单产增加共同作用的结果。上述两个因素是影响粮食生产重心移动的基本因素（郭柏林，1992），而自20世纪80年代以来，中国东南沿海地区粮食播种面积大量减少，从粮食盈余或基本自给状态逐渐转变为粮食调入地区。从粮食安全的角度来看，粮食生产重心的北移与人口重心逐渐移动方向相反，这无疑导致粮食供需矛盾的进一步加剧。

4.2.3　气候变化情景下中国粮食生产格局及其风险

本研究主要针对水稻、小麦和玉米三种在中国粮食生产中居于绝对重要地位的未来粮食作物。数据由中国农业科学院农业环境与可持续研究所应用区域作物生产模型（regional crop model for Chinese agriculture，RCMCA），以 CERES（crop-environment resource synthesis）驱动模块为核心模拟得到（熊伟等，2005）。分别模拟出 B2 情景下三种作物（小麦、玉米和水稻）、三个评价时段［当前（1991～2020年）、中期（2021～2050年）和远期（2051～2080年）］、四种管理情景下（考虑 CO_2 肥效作用和不考虑 CO_2 肥效作用，考虑灌溉和不考虑灌溉）全国各网格作物产量，并依次计算出作物产量在各种方案下相对于当前产量的变化情况。空间分辨率为 50km×50km。

4.2.4　气候变化情景下粮食生产风险分析

1. 评估方法和粮食生产风险等级划分标准的建立

粮食生产风险是指粮食生产由于气候变化造成的粮食产量低于预期的非正常情况，因此，本研究采用粮食生产波动水平的变化程度来体现粮食生产风险水平的高低。以温度上升为主要趋势的气候变化及其变异程度的增加，将会加大粮食生产的波动，如果未来粮食产量的波动程度超过了当前波动水平的平均波动范围，那么，粮食生产将会面临风险，进而会加剧粮食安全风险形势。

1）粮食产量波动水平

该指标揭示出了粮食产量相对于长期趋势的相对波动，它消除了趋势的影响，相对波动越大，说明粮食产量离长期趋势越远，稳定性越差；反之，则说明粮食产量距离长期趋势越近，稳定性越好。粮食产量波动水平可表示为如下公式（林燕和于冷，2006）：

$$X = (Y_t - Y'_t)/Y'_t \tag{4-1}$$

式中，Y_t 为 t 时刻的粮食产量；Y'_t 和 $Y_t - Y'_t$ 分别为长期趋势和消除了长期趋势之后的粮食产量的绝对波动额；X 为粮食产量对长期趋势的相对波动，同时它还能表示粮食产量的稳定程度。

2）等级划分标准

结合农业部门和民政部门减灾活动需要，本研究采用如下定义：对某一相对产量波动水平 F，低于 -2% 的年份定义为歉年，低于 -5% 的年份定义为灾年（邓国等，2002），并以此作为粮食生产风险标准确定的临界值，具体表达为

$$
\begin{cases}
F \geqslant 0 & \text{无风险} \\
-0.02 \leqslant F < 0 & \text{低风险} \\
-0.05 \leqslant F < -0.02 & \text{中风险} \\
F < -0.05 & \text{高风险}
\end{cases} \tag{4-2}
$$

2. 粮食产量波动计算方法——粮食滤波法

HP 滤波法是由 Hodrick 和 Prescott 于 1980 年在分析美国战后的经济景气时首先提出，这种方法被广泛地应用于对宏观经济趋势的分析研究中。HP 滤波法是一种时间序列在状态空间中的分析方法，相当于对波动方差的极小化。该方法的原理可以表述为（Hodrick and Prescott，1980；高铁梅，2005）：

设 $\{Y_t\}$ 是包含趋势成分和波动成分的经济时间序列，$\{Y_t^T\}$ 是其中含有的趋势成分，$\{Y_t^C\}$ 是其中含有的波动成分。则

$$Y_t = Y_t^T + Y_t^C \quad t = 1,2,\cdots,T \tag{4-3}$$

计算 HP 滤波就是从 $\{Y_t\}$ 中将 $\{Y_t^T\}$ 分离出来。

一般地，时间序列 $\{Y_t\}$ 中的不可观测部分趋势 $\{Y_t^T\}$ 常被定义为下面最小化问题的解：

$$\min \sum_{t=1}^{T} \left\{ (Y_t - Y_t^T)^2 + \lambda [c(L) Y_t^T]^2 \right\} \tag{4-4}$$

式中，$c(L)$ 为延迟算子多项式，即

$$c(L) = (L^{-1} - 1) - (1 - L) \tag{4-5}$$

则 HP 滤波的问题就是使下面损失函数最小，即

$$\min \left\{ \sum_{t=1}^{T} (Y_t - Y_t^T)^2 + \lambda \sum_{t=2}^{T-1} \left[(Y_{t+1}^T - Y_t^T) - (Y_t^T - Y_{t-1}^T) \right]^2 \right\} \tag{4-6}$$

最小化问题用 $[c(L)Y_t^T]^2$ 来调整趋势的变化，并随着 λ 的增大而增大。不同的 λ 值决定了不同的随机波动方式（趋势要素对实际序列的跟踪程度）和不同的平滑程度。当 $\lambda=0$ 时，满足最小化问题的趋势等于序列 $\{Y_t\}$；随着 λ 的增加，估计趋势中的变化总数相对于序列中的变化减少，即 λ 越大，估计趋势越光滑；λ 趋于无穷大时，估计趋势将接近线性函数，这时，HP 滤波就退化为用最小二乘法估计趋势。从统计意义上讲，λ 值的选取是任意的，因为任何一个非平稳时间序列都可以分解成为无数个非平稳趋势成分与平稳周期成分的组合。但 λ 的取值决定着趋势要素对实际序列的跟踪程度和趋势光滑度之间的权衡选择。分别用 σ_1^2 和 σ_2^2 表示时间序列中趋势成分和周期成分的标准差，那么，λ 的最优取值即为 $\lambda=\sigma_1^2/\sigma_2^2$。根据一般经验，$\lambda$ 的取值为

$$\lambda = \begin{cases} 100 & 年度数据 \\ 1600 & 季度数据 \\ 14\,400 & 月度数据 \end{cases} \tag{4-7}$$

HP 滤波的运用比较灵活，它不像阶段平均法那样依赖于经济周期峰和谷的确定。它把经济周期看成宏观经济波动对某些缓慢变动路径的偏离，这种路径在期间内单调地增长，所以称之为趋势。HP 滤波增大了经济周期的频率，使周期波动减弱。

3. 粮食生产风险时空分析

结合上述划分标准及粮食产量波动水平的计算方法，借助 Matlab 工具对粮食产量数据进行前期处理及运算，通过 ArcGIS 进行空间分析，得到未来气候变化情景下不同时段内中国粮食生产风险的时空特征。

时间序列上的粮食生产风险分析结果揭示出（表 4-1），未来三个时段内，中国大约有 30% 的县（市）将会面临粮食生产风险（其中高风险比例均在 5% 以内），按照时段将风险水平由高到低排序为：远期 > 近期 > 中期。远期内，有风险区域所包含县（市）比例相对较高，约为 33.75%，其中高风险和中风险区比例分别为 4.43% 和 12.91%；中期内，有风险区域所包含县（市）比例略有降低，约为 28.72%，其中，高风险和中风险区所包含县（市）比例在三个时段内处于较低水平，分别为 1.75% 和 5.84%；近期内，虽然有风险区所包含县（市）比例较低，但是高风险和中风险区比例在三个时段中处于中间水平，高风险县（市）比例相对较高约为 4.47%。不同时间段内的空间格局具体表现如图 4-5 所示。

表 4-1　B2 情景不同时段内中国县（市）粮食生产风险统计　　　（单位:%）

风险等级	近期	中期	远期
无风险	71.58	71.28	66.25
低风险	15.89	21.13	16.40
中风险	8.05	5.84	12.91
高风险	4.47	1.75	4.43

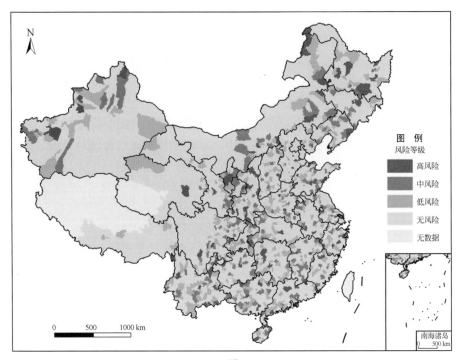

(a) 近期

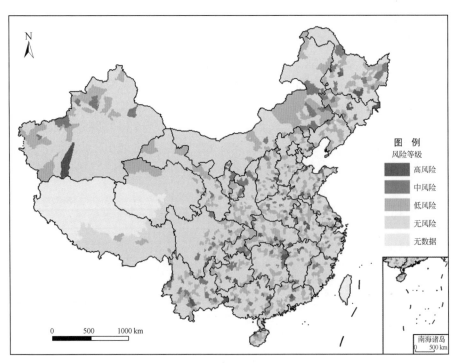

(b) 中期

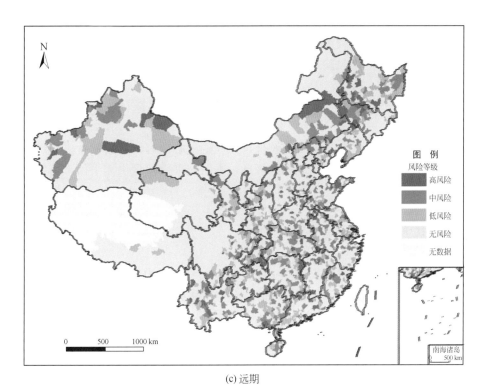

(c) 远期

图4-5 B2情景下不同时段内中国粮食生产风险分布格局

近期内，我国面临粮食生产风险的县（市）比例约为28.42%，其中大约有4.47%和8.05%的县（市）将会面临高风险和中风险局面，多分布在我国的第二大阶梯范围区域内，并以东北部和中西部相对较为集中；低风险比例相对较高为15.89%，空间上在我国的东部和南部的广大地区均有零散分布；该时段内无风险县（市）比例达到70%，我国西部粮食生产无风险趋势较为明显，同时东部的黄淮海平原、长江下游平原的大部分地区内粮食生产波动也相对较小，相应的风险形势比较良好。从气候变化下的粮食产量变化分析，较其他时段，该时段内虽然小麦的增产幅度相对较低，但是水稻的增产范围相对较广，同时，玉米减产的幅度也相对较低，各作物产量不同表现的综合结果使得该时段内的粮食生产风险局面处于居中水平。

较近期而言，中期内我国粮食生产面临的风险呈现比较明显的转好态势，高风险和中风险县（市）比例均有所降低（二者比例分别为1.75%和5.84%），向低风险方向发生转移，低风险县（市）所占比例高达21.13%；同时，全国约有71.28%的县（市）的粮食生产也将不会面临风险。究其原因，该时段内，B2气候情景下的气候环境条件对作物的生长相对比较有利，粮食产量表现为较为明显的增加趋势，尤其是小麦，大部分地区增产幅度均超过60%。

远期，我国粮食生产风险形势相对较为严峻，面临生产风险的县（市）比例高达33.75%，其中，高风险和中风险县（市）分布范围最广，二者比例高达17.34%，尤其在我国的东北平原地区粮食生产风险形势相对较为严峻；同时在长江流域及以南的很多区域的风险形势要引起相关部门的高度重视。B2 情景下的该时段，上述风险水平较高的区域内，水稻和玉米均表现为较为明显的减产趋势，减产幅度大约分别为 10% 和 30%，由此将会面临较高的粮食生产风险水平。

4.3 气候变化情景下中国粮食保障风险评价

粮食供需平衡状况是粮食安全及粮食保障风险的核心内容，自给粮食供应程度可以较好表征粮食供给和需求之间的平衡状况。因此，本研究采用粮食供需平衡来衡量气候变化下的粮食保障风险。

4.3.1 数据源及数据预处理

数据及其来源：气候情景数据同本书第三章。粮食主量模拟数据同 4.2.3 节。1986～1990 年（由中国自然资源数据库提供）和 2006 年（来自全国 32 个省（自治区、直辖市）统计年鉴，2007）[①] 中国各县（市）的人口、城市化水平，1990 年中国各县（市）粮食作物播种面积及产量（由中国自然资源数据库提供）三种主要粮食作物产量和粮食总产量以及中国省（自治区、直辖市）城乡居民饮食消费结构数据。

数据预处理。①数据空间分辨率匹配。由于统计数据的统计单位均为县（市），所以为了使 B2 情景和统计数据的空间分辨率达到一致，借助 ArcGIS 的 Intersect 和 Dissolve 分析模块，将 B2 情景下 50km×50km 的粮食产量数据进行整理至县域尺度。②统计数据整理。由于中国部分区县行政界线发生了变化，故所有统计资料均与所用全国区县行政地图进行了校正。

4.3.2 指标及方法

粮食供需平衡问题是粮食安全的核心内容，尤其是自给粮食所呈现的供应程度能够更加深刻地揭示粮食安全的实质。本研究参照 1986～1990 年我国各县（市）的自给粮食供需平衡状况，分析未来气候变化对我国粮食供需的影响程度，进而表征气候变化带来的粮食供需平衡风险。如果上述影响程度超过一定限度，粮食供需平衡风险则将会面临风险，并且超出范围越大，面临的风险级别越高。

粮食供需平衡主要涉及粮食供给和粮食需求两个方面，而粮食供给和需求又受诸多条件的影响，如气候变化、土地利用格局改变、种植结构调整、人口发展变化及城市化进程、区域间的贸易流通等。而这些都将会成为影响粮食供需平衡风险的风险要素，它们的发展方向和强度将会对未来的风险局面起到加强或者缓解的作用。

由于本研究重点关注气候变化的作用，重点关注粮食的生产与供给问题，同时结合相应条件下人口和人均消费水平构建的粮食消费情景，综合来反映气候变化给我国粮食供需

---

① 由 1987～2007 年《中国统计年鉴》和 2007 年全国各省、自治区和直辖市统计年鉴得。

平衡带来的风险水平，故不谈及土地利用变化、植物结构调整、人口变化及贸易空间转移的影响。分析过程中采纳的具体指标和方法如下所述。

1. 粮食供给（S）

粮食生产总量是构成自给粮食的重要组成部分，粮食生产总量越大，粮食供给能力就越高，相应的粮食供给风险就相对较低。

2. 粮食需求（D）

主要分解为人口数量（P）和人均粮食消费水平（C）两部分，公式表达为

$$D = P \times C \tag{4-8}$$

1）人口数量（P）

人口数量的发展变化是影响粮食需求的重要因素之一。一方面，人口总量的增加和人均消费水平的提高将会引起粮食需求的刚性增长；另一方面，由于城镇人口的人均粮食消费较农村人口要低很多。所以，不断推进的中国城市化进程将会使粮食总需求量增加的速度放缓（王世海，2007）。

假定未来时段中国各县（市）人口数量和城市化水平的发展变化趋势与全国保持一致。考虑未来技术进步在经济增长中的不同贡献以及在本世纪中叶左右中国人口达到高峰值的大小差异，《气候变化国家评估报告》（《气候变化国家评估报告》编写委员会，2007）形成了高、低两种中国社会经济情景方案。本章取上述两种方案的平均值作为中方案来构建未来人口发展情景（表4-2），根据该方案，2006年以后，中国人口增速将逐渐减缓，总人口一直持续增加至2040年达到最高峰，之后人口将呈现减速逐渐加大的下降趋势。根据全国老龄工作委员会办公室发布的《中国人口老龄化发展趋势预测研究报告》，到2100年，中国总人口将降至10亿人左右，许多学者综合考虑资源环境、社会发展等多方面因素也认为在远期内该人口数量比较合理。

表4-2　中国中长期人口发展情景

情景	方案	2010年	2020年	2030年	2040年	2050年	2080年	2100年
人口情景/亿人	高方案	13.70	14.65	15.40	15.90	15.80		
	低方案	13.60	14.50	15.20	15.60	15.40		
	平均值	13.65	14.58	15.30	15.75	15.60	15.10[a]	10.00[b]
城市化水平情景/%	高方案	46	53	58	64	70		
	低方案	44	50	55	60	65		
	平均值	45	51.5	56.5	62	67.5	77	87[c]

a. 参照中国社会科学院数量经济与技术经济研究所《中国未来社会经济情景研究报告》（姚愉芳等，2003）；

b. 依据《中国人口老龄化发展趋势预测研究报告》（2006）；

c. 按照与2050～2080年发展速度一致的估算值；其他数据参照《气候变化国家评估报告》（2007）

2）人均粮食消费水平（C）

粮食消费水平直观地反映了一国或地区的生活水平和生活质量，是不同社会发展阶段

的最基本写照。人均粮食消费水平的提高将会直接导致粮食需求的增加。中国社会科学院数量经济与技术经济研究所气候变化课题组将中国和日本的不同发展阶段作对比，在2080年的预测期内将中国人均粮食425kg作为消费上限（姚愉芳等，2003）。借鉴该标准并结合中国社会发展阶段，本研究认为，近期、中期和远期内中国人均粮食消费水平分别为：400kg、410kg和425kg。

人们对粮的消费主要包括口粮（直接消费）、饲料用粮（间接消费，主要用于生产肉禽蛋奶及水产品等）、工业用粮和种子用粮等（何忠伟，2005）。根据对中国粮食消费结构进行统计分析，近年来，口粮和饲料用粮占粮食消费总量的88%左右。所以本研究仅对这两种用粮进行预估，然后按照该比例对粮食消费总量进行估算。值得注意的是，中国的人均粮食消费水平区域差异和城乡差异显著（高启杰，2004；王川和李志强，2007）。考虑到数据可获得性，区域差异暂以省为单元，通过分析省份尺度上城乡居民消费水平与全国平均水平的比例关系，同时，结合近年来中国城乡居民粮食消费差异变化规律，估算未来时段内中国城乡居民粮食消费水平。其中，用于生产肉禽蛋奶及水产品类的饲料用粮量通过相应转换系数转换成原粮（郜若素和马国南，1993；刘晓俊，2006）。

3. 粮食供需平衡风险等级标准

粮食供需平衡风险等级标准主要依据未来时段自给粮食供应程度相对于当前时段的变化程度来确定。其中：

$$V = [S(t) - S(t_0)]/S(t_0) \quad S = Y/D \tag{4-9}$$

式中，V 为自给粮食供应程度变化率；S 为自给粮食供应程度，是指自给粮食满足粮食需求总量的程度；$S(t_0)$、$S(t)$ 分别为1961~1990年这一当前时段和未来时段自给粮食供应程度；Y 为自给粮食生产量；D 为代表粮食需求量。

根据2008年颁布的《国家粮食安全中长期规划纲要（2008~2020年）》（国家发展和改革委员会，2008），中国的粮食自给率应该稳定在0.95以上。如果考虑中长期的国际合作协议和期货市场的支持，将中国的粮食自给率下降到0.90左右的情况下，也并不会危及中国的粮食安全（陈百明和周小萍，2005）。同时，联合国粮农组织规定世界粮食安全储备标准为0.17~0.18（年末粮食库存与年度粮食消费量之比），鉴于此，在不考虑贸易的前提下，如果将0.18的粮食储备率放至中国县（市）尺度用以保证0.9的粮食自给率，那么本研究认为，当前状况下的粮食安全状况划分为

$$\begin{cases} S(t_0) < 0.72 & \text{最不安全} \\ 0.72 \leq S(t_0) < 0.9 & \text{比较安全} \\ 0.9 \leq S(t_0) < 1 & \text{安全} \\ S(t_0) \geq 1 & \text{很安全} \end{cases} \tag{4-10}$$

在上述基础上，如果某区域未来自给粮食供应程度变化率降低越快，那么该区所面临的粮食供需平衡风险越高。假如未来自给粮食供应程度变化率以0、-0.2和-0.5作为临界情景，结合当前自给粮食供应程度，对中国未来粮食供需平衡风险进行划分，具体如表4-3所示。

表 4-3 中国粮食供需平衡风险划分标准

当前自给供应程度 $[S(t_0)]$	$V \geqslant 0$	$-0.2 \leqslant V < 0$	$-0.5 \leqslant V < -0.2$	$V < -0.5$
$P \geqslant 1$	无风险	无风险	低风险	低风险
$0.9 \leqslant P < 1$	无风险	低风险	低风险	中风险
$0.72 \leqslant P < 0.9$	低风险	低风险	中风险	高风险
$P < 0.72$	低风险	中风险	高风险	高风险

注：对 V 和 $S(t_0)$ 数据按照所代表严重程度从低到高分别赋予 0、1、2、3，然后两者进行叠加，对其值域 $R \in [0, 6]$ 进行划分：$R \in [0, 1]$ 对应无风险，$R \in [2, 3]$ 对应低风险，$R \in [4]$ 对应中风险，$R \in [5, 6]$ 对应高风险

上述风险等级标准，用自给粮食供应水平及其相对变化程度共同表征粮食供需平衡风险。既表达出不同的自给供应水平面临着不同程度的粮食供需平衡风险，同时也体现出，即使不同区域具有相同的自给粮食供应水平，也会因为自给供应水平的相对变化程度不同而有差异。或者理解为，即使不同区域存在着相同程度的自给供应水平的变化程度，它们所面临的风险水平也可能因为当前自给水平的差异而不同。

4.3.3 气候变化情景下的中国粮食保障风险分析

1. 中国县域尺度上粮食供需平衡风险

根据上述确定的粮食供需平衡风险等级划分标准（表 4-3），对中国县（市）将会面临的粮食供需平衡风险进行统计分析，结果如表 4-4 和图 4-6 所示。总体来看，未来气候变化情景下中国粮食供需平衡将面临低风险主导的局面，按照时段，粮食供需风险局面严峻形势由高到低排序为中期 > 远期 > 近期。具体的，中期面临的供需风险的县（市）比例高达 66.99%，其中中风险和高风险区域范围最广，两者所占比例高达 29.5%；近期风险形势相对较为缓和，上述比例降低到 25.54%，其中高风险县（市）比例较低约为 10.72%；远期风险形势优于中期，但不及近期。

表 4-4 B2 情景下中国粮食供需平衡风险县（市）比例统计 （单位:%）

风险等级	近期	中期	远期
无风险	46.16	33.01	33.35
低风险	28.31	37.49	37.32
中风险	14.82	9.82	9.44
高风险	10.72	19.68	19.90

未来气候变化情景下中国粮食供需平衡风险的空间格局如图 4-6 所示。B2 情景下，中国的黄淮海平原、西南部以及东南部的部分地区的粮食供需平衡状况则不容乐观，不仅自给粮食供应程度较低，而且未来还呈现较大幅度的降低态势，粮食保障风险形势较为严峻。

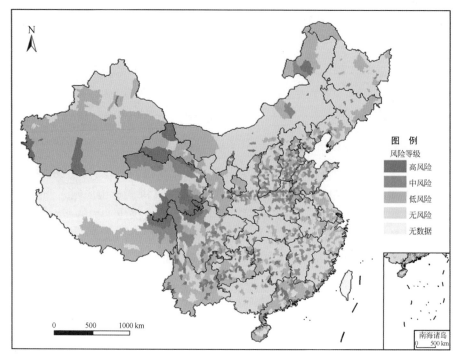

(a) 近期

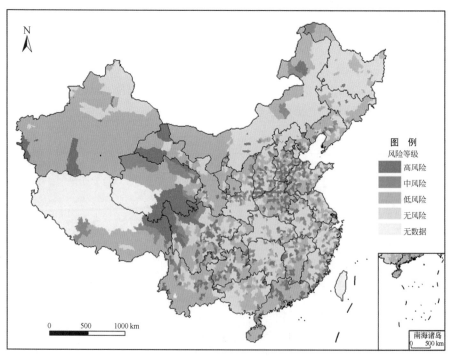

(b) 中期

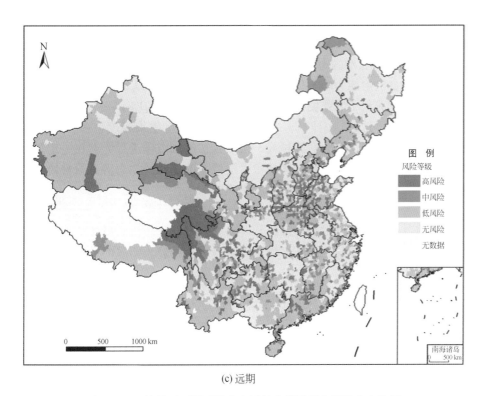

(c) 远期

图 4-6   B2 情景下不同时段内中国粮食供需平衡风险分布格局

1）近期

在未来三个时段内，近期粮食供需状况相对较好，高风险县（市）比例相对较低约为10.72%，集中分布在中国的黄淮海平原、青藏高原的东缘，同时在中国的西南、东南部的部分地区也有分布。具体而言，黄淮海平原尤其是其西北部粮食供需形势较为严峻，究其原因主要是该区域的粮食消费增加较快，随着人们生活水平的不断提高，随之对间接粮食的消费提出了更高的需求，致使粮食供需亏缺量在 10 万 t 左右，有些县（市）甚至超过 20 万 t。另外，在中国西南云贵高原的中西部以及青藏高原东缘，由于这些地区城市化进程较慢，自然地理环境条件较差，粮食生产对气候变化具有较强的负敏感性；然而人们对粮食的需求依然处于增加趋势，最终导致粮食亏缺量都在 10 万 t 以上，有的甚至超过 30 万 t，自给粮食供应程度多低于 0.5。该时段内，中度风险县（市）比例约为 10%，主要镶嵌分布在高风险县（市）的周边区域。在中国的西北部和西南的云南省以及长江中下游大部分地区的粮食供需状况比较良好，处于低风险状况，所包含县（市）比例占全国的28.31%。除上述区域外，中国东北部及中部平原的粮食供需将不会面临风险，在全国所占比例约为 46.16%，这些地区不仅在当前时段具有较高的自给粮食供应水平，并且在近期内也将会有所提高，区域的粮食安全保障形势良好。

2）中期

该时段内粮食供需平衡风险状况较差，有风险县（市）比例高达 66.99%。较近期而言，供需风险总体呈现北移东扩的态势，其中，高风险县（市）比例提高了近 9 个百分点，在空间上，黄淮海平原、西南和东南部分地区的高风险范围呈现出向周边扩散的态势，东南沿海地区表现相对较为明显，相应的部分中风险县（市）转化为高风险县（市）。中部和南部的部分地区由无风险向低风险方向转移，风险水平略有提高。中国东部的广大平原地区粮食供给能力略有提高，尤其是长江中游的广大地区，作物模型模拟粮食产量显示，气候变化有利于农作物增产，粮食产量增幅均在30%以上；同时，位于黄河下游地区的山西、山东等地区以及四川盆地等地区粮食产量增加幅度也多在15%以上。但是，该时段内中国的总人口将会达到顶峰，虽然较快的城市化进程能够在一定程度上减缓人们对粮食的需求，但是并不能阻挡区域粮食消费量的迅猛增加态势，给自给粮食供给带来了不可持续性的压力，粮食安全形势不容乐观。

3）远期

较中期而言，中国粮食供需平衡风险状况将会出现一丝转机。虽然整体空间格局上变化不大，但是高风险和中风险的分布区域范围有所缩小，较为明显的是西南部和东南部的部分地区。

2. 中国九大农业区内粮食供需平衡风险分析

1）不同时段内九大农业区粮食供需平衡风险分析

B2情景下不同时段内中国农业区（周立三，1981）粮食供需平衡风险分布格局如图4-7所示。

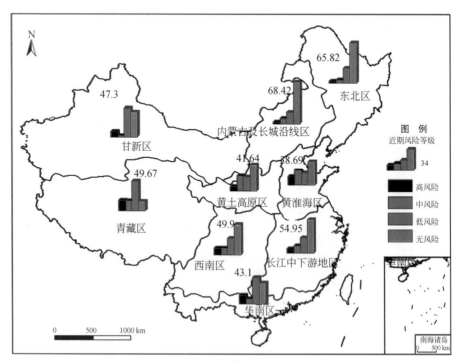

(a) 近期

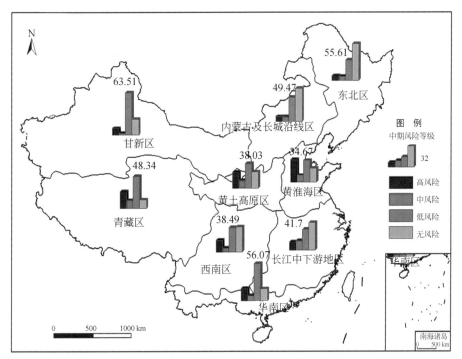

(b) 中期

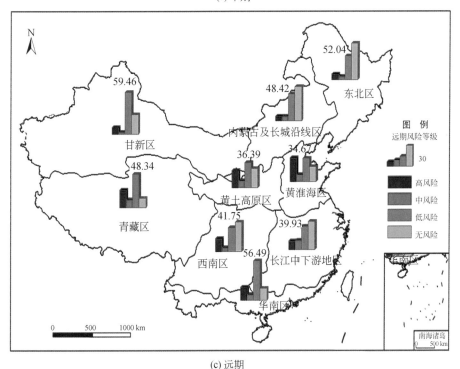

(c) 远期

图 4-7　B2 情景下不同时段内中国农业区粮食供需平衡风险分布格局

注：图中不同颜色代表不同的风险级别，柱状长短表示某农业区内处于某一风险级别的县（市）个数占该区县（市）总数的比例，其中最高比例值用数字显示在该区内（单位:%）

a. 近期

九大农业区均以无风险或低风险为主导。就无风险区的比例而言，东北区和内蒙古及长城沿线区相对较高，分别为65.82%和68.42%，表明这两个区域的粮食安全形势良好；青藏区相对较低，仅为15.89%。各农业区中，青藏区的低风险比例较高达49.67%，内蒙古及长城沿线区相对较低约为18.95%。九大农业区无风险与低风险累计所占比例均超过50%，其中东北区相对较高，达到90.31%，其次为甘新区，为87.84%，较低的是黄淮海区，为59.80%，其他区域均在65%以上。这表明黄淮海区即将面临的粮食供需平衡风险形势最为严峻，这一地区高风险县（市）比例高达14.82%。青藏区粮食供需平衡风险形势也颇为严峻，虽然中、高风险县（市）比例为34.44%，比黄淮海区略低，但是高风险县（市）比例在九大农业区中居于较高水平，达到17.88%。

b. 中期

粮食供需平衡风险形势趋于紧张，各农业区无风险县（市）比例均减少，高风险县（市）比例都呈上升趋势。东北区无风险县（市）比例相对较高，为55.61%，内蒙古及长城沿线区次之，为49.47%，青藏区的比例仍较低，为13.25%。与近期相比，除青藏区外，其他各农业区的低风险县（市）比例均增加，甘新区低风险比例相对较高，为63.51%，东北区则相对较低，为31.12%。而中风险县（市）的比例，长江中下游地区相对较高，达14.31%，甘新区相对较低，为2.70%。各农业区高风险县（市）比例均比近期有所增加，黄淮海区的增幅较高，所占比例也较高，达到了34.67%，其次为青藏区，比例为25.83%，较低的是东北区，为7.14%。

c. 远期

与中期相比，远期内各农业区划区的供需风险变化不大。东北区无风险县（市）比例仍较高，为52.04%，内蒙古及长城沿线区次之，为48.42%，这两个区域的比例均比中期有所下降；青藏区的比例仍较低，为13.91%。甘新区低风险县（市）的比例相对较高，为59.46%，黄淮海区则相对较低，为33.67%。而中风险县（市）的比例，长江中下游地区处于较高水平，为13.78%，甘新区处于较低水平，为2.70%。除内蒙古及长城沿线区外，其他各农业区高风险县（市）比例与中期相比，或保持不变或有所增加，黄淮海区的比例仍居于较高水平，为34.67%，其次为青藏区，比例为25.83%，内蒙古及长城沿线区高风险县（市）比例相对较低，为6.84%。

综上所述，中国粮食供需平衡风险局面日趋紧张。

2）各农业区内不同等级风险水平随时间段的变化分析

中国各农业区内不同等级的粮食供需平衡风险所占比例随时间的推移呈现出如下变化规律（图4-8）。

a. 近期—中期

（1）无风险区域比例：各农业区的比例均呈下降趋势，其中内蒙古及长城沿线区内无风险比例降幅相对较高，达18.95%，青藏区降幅相对较低，为2.65%。

（2）低风险区域比例：各农业区大体呈现上升趋势，仅青藏区的比例表现为下降，并以内蒙古及长城沿线区增幅较高，为17.37%。

（3）中风险区域比例：内蒙古及长城沿线区、华南区、西南区、青藏区、黄土高原区和黄淮海区 6 个农业区的比例减少，其中黄淮海区降幅较大，为 14.82%；东北区、长江中下游地区略有增加，甘新区的比例保持不变。

（4）高风险区域比例：各农业区的比例都有不同程度的增加，其中黄淮海区与黄土高原区的增幅较大，分别为 19.85% 和 16.39%，其他农业区的增幅均在 10% 以下。

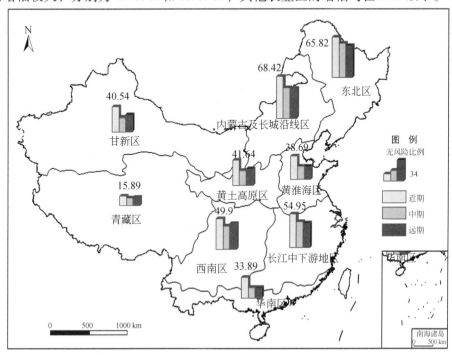

(a) 无风险

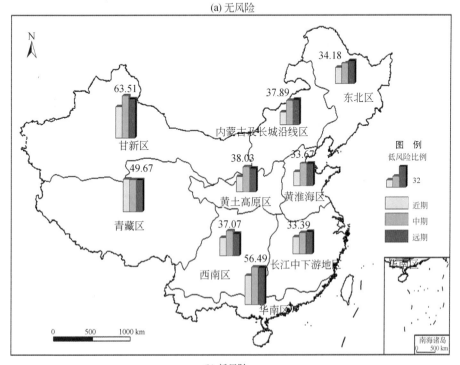

(b) 低风险

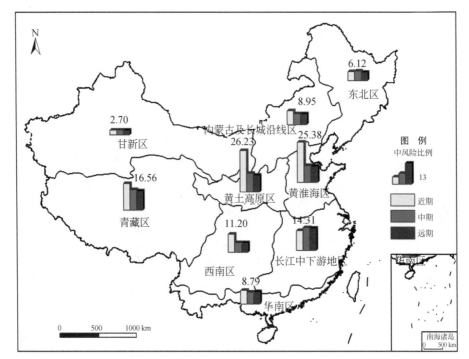

(c) 中风险

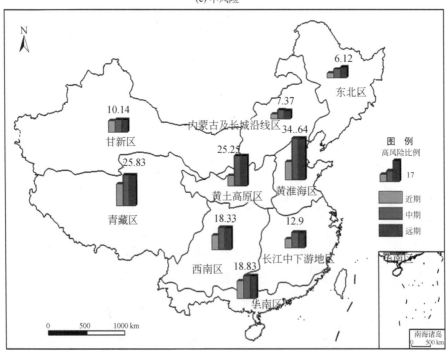

(d) 高风险

图 4-8　B2 情景下中国农业区不同等级的粮食供需平衡风险随时间序列的变化情况

注：图中不同色系代表不同的风险级别，同一色系中颜色深浅代表不同时段，柱状长短表示某
　　农业区不同时段面临某一风险级别的县（市）个数占该区县（市）总数的比例，其中最高
　　比例值用数字显示在该区内（单位:%）

　　b. 中期—远期

　　各农业区不同等级风险水平的比例与近期—中期时段相比变化幅度不大。

　　（1）无风险区域比例：各农业区的比例均有小幅度的变化，其中东北区、长江中下游地区、内蒙古及长城沿线区和华南区的比例小幅减少，东北区降幅较大，为 3.57%；甘新区、西南区、黄土高原区和青藏区表现为小幅度增加，甘新区增幅较大，为 4.05%；黄淮海区比例不变。

　　（2）低风险区域比例：甘新区、西南区和黄土高原区的比例为小幅减少，甘新区降幅较大，为 4.05%；青藏区比例保持不变；其他区域小幅增加，其中以东北区增幅较大，为 3.06%。

　　（3）中风险区域比例：总体表现相对平稳，内蒙古及长城沿线区、甘新区和西南区的比例没有发生改变；华南区是唯一有增加的地区，增幅为 0.42%；其他 5 个区小幅减少，东北区降幅较大，为 1.02%。

　　（4）高风险区域比例：总体表现平稳。东北区、黄土高原区和西南区小幅增加，东北区增幅较大，为 1.02%；内蒙古及长城沿线区是比例唯一减少的区域，降幅为 0.53%；其他区域的比例没有发生改变。

　　c. 近期—远期

　　（1）无风险区域比例：各农业区的比例均呈下降趋势，其中内蒙古及长城沿线区内无风险比例降幅较高，达 20.00%，青藏区降幅较低，为 1.99%。

　　（2）低风险区域比例：各农业区大体呈现上升趋势，并以内蒙古及长城沿线区增幅较高，为 18.95%，仅青藏区的比例表现为下降，降幅为 1.32%。

　　（3）中风险区域比例：东北区、内蒙古及长城沿线区、华南区、西南区、青藏区、黄土高原区和黄淮海区 7 个农业区的比例减少，其中黄淮海区降幅较大，为 15.08%；长江中下游地区略有增加，甘新区的比例保持不变。

　　（4）高风险区域比例：各农业区的比例都有不同程度的增加，其中黄淮海区与黄土高原区的增幅较大，分别为 19.85% 和 16.72%，其他农业区的增幅均在 10% 以下。

　　由此，中国各农业区内的粮食供需平衡风险较高的是黄淮海区与黄土高原区，相对较低的包括东北区、甘新区和内蒙古及长城沿线区。

3）不同时段之间中国粮食供需平衡风险空间格局变化

　　a. 近期—中期

　　中国粮食供需从近期到中期，中国粮食供需平衡风险总体形势表现为（表 4-5）：无风险区域、低风险区域、高风险区域变化不大，中风险区域有明显向高风险区域转变的趋势。其中，高风险区域保持不变，低风险区内的县（市）约有 85.37% 未发生变化。其次是无风险区内，约有 71.32% 未发生变化。最低的是中风险区，只有 38.90% 保持不变。风险级别升高的有：中风险向高风险的转变、无风险向低风险的转变、低风险向中风险的转变。其变化比例依次是 60.52%、28.68% 和 14.33%。而风险级别降低的很少，只有低风险转化为无风险，中风险转化为低风险，比例分别为 0.30% 和 0.58%。

表 4-5 中国县（市）粮食供需平衡风险变化比例统计（近期—中期）（单位:%）

		中期				
		无风险	低风险	中风险	高风险	小计
近期	无风险	71.32—	28.68 ↑	*	*	100
	低风险	0.30 ↓	85.37—	14.33 ↑		100
	中风险	*	0.58 ↓	38.90—	60.52 ↑	100
	高风险	*			100.00—	100

注：* 表示风险未发生该方向转移；—表示风险未发生变化；↑表示风险级别升高；↓表示风险级别降低

图 4-9（a）更加直观地表现了中国粮食供需平衡风险变化的空间格局。总体而言，全国范围内风险水平都有升高的趋势，特别是无风险转化为低风险、低风险转化为中风险两种类型基本都有零星分布。中国青藏高原的东南缘面临中风险向高风险类型转化的趋势，尤其是西藏东部、青海西南及四川的东部。而风险水平降低的区域主要发生在西北地区新疆东北部（低风险转化为无风险）、山西省东部（中风险转化为低风险）及四川中部（中风险转化为低风险）。

b. 近期—远期

从近期到远期，中国粮食供需平衡风险总体形式表现为（表 4-6）：无风险区域、低风险区域和高风险区域县（市）等变化不大，未发生变化的比例分别为 71.42%、84.46% 和 99.60%。而中风险区域变化最大，有明显向高风险区域转变的趋势，变化比例

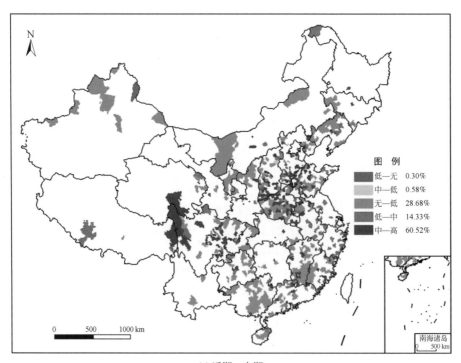

(a) 近期—中期

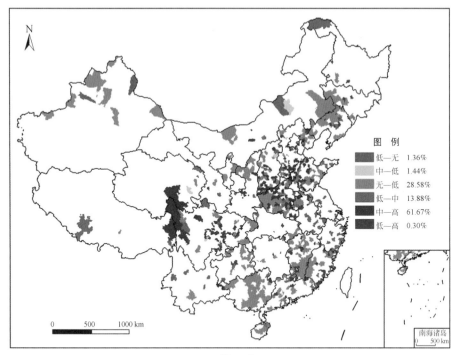

(b) 近期–远期

图 4-9　B2 情景下不同时段之间中国粮食供需平衡风险变化格局

注：图中粉红色系代表粮食安全风险级别升高，绿色系代表风险级别降低；且颜色越深表示变
化程度越高；空白处代表风险未发生变化区域。台湾省资料暂缺

达到 61.67%。其他风险水平升高的还有无风险向低风险的转化、低风险向中风险的转化、
低风险向高风险的转化，变化比例分别为 28.58%、13.88% 和 0.30%。风险水平降低有
低风险向无风险的转化、中风险向低风险的转化、高风险向中风险的转化，比例分别为
1.36%、1.44% 和 0.40%。

表 4-6　中国县（市）粮食供需平衡风险变化比例统计（近期—远期）（单位:%）

		远期				
		无风险	低风险	中风险	高风险	小计
近期	无风险	71.42—	28.58↑	*	*	100
	低风险	1.36↓	84.46—	13.88↑	0.30↑	100
	中风险	*	1.44↓	36.89—	61.67↑	100
	高风险	*	*	0.40↓	99.60—	100

注：*表示风险未发生该方向转移；—表示风险未发生变化；↑表示风险级别升高；↓表示风险级别降低

　　从空间分布来看 ［图 4-9（b）］，全国范围内风险水平都有升高的趋势，特别是无风
险转化为低风险、低风险转化为中风险两种类型，各省（自治区、直辖市）内基本都有零
星分布。中国青藏高原的东南缘、华北地区以及四川东部面临中风险向高风险类型转化的

风险趋势，尤其西藏东部、青海西南以及四川的东部。而风险水平降低的区域主要发生在西北地区新疆北部（低风险转化为无风险）、云南省（低风险转化为无风险）、青海省东南（中风险转化为低风险）、四川省中部（中风险转化为低风险）、山西省东部（中风险转化为低风险）、内蒙古（低风险转化为无风险、中风险转化为低风险）、甘肃省东南（低风险转化为无风险）。

　　综上所述，我们可以更加明确地发现，B2 情景下，中国粮食供需平衡风险的严峻形势由高到低排序为中期＞远期＞近期，在空间上风险增加区域主要集中在黄淮海平原、东南沿海地区以及青藏高原的东缘等区域。

第5章 气候变化下中国气象水文灾害风险[*]

我国季风气候特点显著，气候资源丰富、类型多样。然而，季风气候的不稳定性又使我国成为气象水文灾害频繁发生的国家。干旱、洪涝、台风、高温酷暑以及寒潮、冰雹、龙卷风、低温冷害等对国民经济和人民生命财产安全造成严重危害，此类灾害所带来的损失占所有自然灾害的70%（丁一汇等，2008）。联合国气候变化专门委员会（IPCC，2007a）第四次评估报告指出，未来极端天气事件发生的概率很可能会增加，温度的升高将使更多地区遭受高温热浪的袭击，而降水变异程度的增大也会增加暴雨洪涝和极端干旱的概率。可以预见，随着全球气候变化加剧和社会经济发展，未来我国气象水文灾害所造成损失的绝对值将会越来越大。本章选择三种对气候变化较为敏感且对我国影响较大的气象水文灾害，评估其风险水平及分布格局。

5.1 数据与方法

5.1.1 数据

1. 气候情景数据

气候情景数据来源同第3章。

2. 社会经济数据

人口密度数据和GDP密度数据：B2情景下，全球50 km×50 km网格人口密度和GDP密度数据（1990~2100年），来自奥地利国际应用系统分析研究所（IIASA）GGI（greenhouse gas initiative）情景数据库，该数据库中人口和GDP数据的时间分辨率为10年。

从表5-1、图5-1和图5-2中可以看到：B2情景下，未来中国人口数量将呈现先增加后稍有减少，再缓慢增加的趋势，前期人口峰值出现在2040年左右，约为14.79亿，到2100年中国区域总人口将达15.02亿；GDP总量则呈线性持续增长，至2100年GDP总量大约为42.4万亿美元（按1990年价格计算），是1990年的114.65倍。

---

[*] 本章完成人：中国科学院地理科学与资源研究所的贺山峰、葛全胜、潘韬、吴绍洪、戴尔阜。

表 5-1　B2 情景下中国区域总人口和 GDP 总量变化

项目	1990 年	2000 年	2010 年	2020 年	2030 年	2040 年	2050 年	2060 年	2070 年	2080 年
人口 /百万人	1114.59	1255.98	1332.39	1413.46	1461.86	1478.51	1475.96	1469.20	1471.29	1489.87
GDP/ 亿美元	369.84	972.84	2722.78	5410.36	8932.84	12569.4	16881.8	21100.5	26040.9	31095.9

注：耕地面积数据：全国 1km×1km 网格土地利用数据（1980 年、1995 年、2000 年），来自国家科学数据共享工程——地球系统科学数据共享网。

通过查阅国家统计局网站《2008 年中国统计年鉴》（http://www.stats.gov.cn/tjsj/ndsj/2008/indexch.htm）可知，1990 年和 2000 年中国大陆总人口分别为 114 333 万人和 126 743 万人，IIASA 的预测数据与之误差分别为 −2.5% 和 −0.9%；1990 年和 2000 年国内生产总值分别为 18 547.9 亿元和 50 035.2 亿元（按 1990 年价格计算），换算成美元（1990 年美元对人民币汇率 5.079）分别为 365.19 亿美元和 985.14 亿美元，IIASA 的预测数据与之误差分别为 1.3% 和 −1.2%

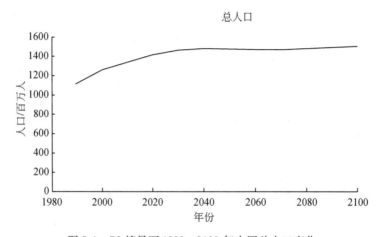

图 5-1　B2 情景下 1990～2100 年中国总人口变化

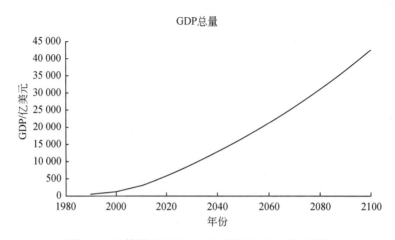

图 5-2　B2 情景下 1990～2100 年中国 GDP 总量变化

3. 其他数据

数字高程数据：全球 3 弧秒（约 90 m）DEM，来自国际农业研究磋商组织（CGIAR）地理空间数据网。

水系数据：中国 1:400 万水系图（包括河流、湖泊和水库分级），来自国家基础地理信息中心。

5.1.2　研究方案

1. 时段划分

本研究包括以下 4 个时段：基准时段为 1961～1990 年，未来情景分为近期（1991～2020 年）、中期（2021～2050 年）和远期（2051～2080 年）。本研究所选指标均以各时段 30a 的平均值进行探讨。

2. 相关概念界定

在自然灾害研究领域，风险评估和风险管理所使用的类似名词术语往往具有不同的含义。现将本章所使用的概念界定如下：

气象水文灾害，后面有时简称为"气象灾害"，是指由于气象因素作用于人类社会，并造成人员伤亡、财产损失，影响经济社会发展，对公众工作生活产生不利影响的事件，是一种影响范围大、致灾损失重且又频繁发生的自然灾害。

高温灾害，主要指由于气温大于某一临界值引起自然或社会经济系统等产生损害而造成的灾害。

洪涝灾害，指通常所说的洪灾和涝灾的总称。它是由于一次短时间或连续的强降水过程（暴雨）致使江河洪水泛滥、淹没农田和城乡或因长时间降雨等产生积水或径流，淹没低洼土地，造成农业或其他财产和人员伤亡的一种灾害。由于洪灾和涝灾往往同时发生，在大多数情况下很难区分，所以常常统称为洪涝灾害。

干旱灾害，指在某一时段，由于降水量等指标较常年同期平均值显著偏少而导致自然或社会经济系统受到影响的灾害。

承灾体物理暴露量，指研究区域一定时段内可能受到致灾因子影响的元素（如人口、经济和生态系统等）数量。

致灾危险性，指在一定范围和给定时段内，系统遭受各种强度自然灾变的可能性大小。

承灾体易损性，指承灾客体受到致灾因子冲击时的易损程度。具体地说，它取决于承灾体对致灾因子的敏感性和适应能力，包含一系列涉及承灾体本身及自然、社会、政治、经济与环境因素等指标。

3. 研究技术路线

为实现上述研究目的和内容，本研究的技术路线如图 5-3 所示。

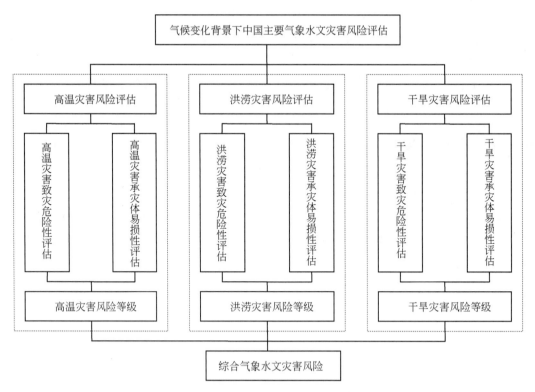

图 5-3 气候变化下气象水文灾害风险评估技术路线

5.2 高温灾害风险时空格局评估

高温灾害对人类和牲畜安全、农业生产、能源需求、运输及野生动植物种群保护等产生重要影响（Kunkel et al.，1999；Easterling et al.，2000；Hajat et al.，2002）。有研究表明在一些大城市中，极端高温天气的发生概率与人口发病率和死亡率的增加之间存在一定的相关性（Binkley，1993；Kilbourne，1997）。1998 年，印度大约有 15 000 人因高温热浪丧生（De，2004）。2003 年夏季，席卷西欧的高温热浪灾害更是夺走了 50 000 人的生命，仅农业损失就超过 100 亿美元，成为该年世界上损失最为严重的气象灾害（Brücker，2005；Poumadere et al.，2005）。在后工业社会国家（如西欧、北美洲和澳大利亚等），高温热浪已成为致人死亡最多的自然灾害（Poumadere et al.，2005）。据 IPCC 第四次评估报告（IPCC，2007b），在全球气候变暖背景下，未来高温热浪可能强度更强、持续时间更长而且发生频率更高。研究指出，如果平均温度上升 1℃，全球每年将有 350 000 人死于心脑血管和呼吸系统疾病（Tol，2002）。此外，持续高温引发的干旱和森林火灾每年也造成巨大经济损失。

近几年，国内已有不少学者对高温灾害进行研究，取得了一系列成果：利用中国 1961～2003 年夏季高温资料，建立长江中下游地区主要城市强高温及高温过程较完整的时间序列，探讨了该地区主要城市高温气候特征，并在此基础上构造模型预测夏季高温出现日数（张尚印等，2005）；应用逐日观测资料分析了北京极端天气事件的变化及其与区域气候变暖的可能联系，发现与温度相关的极端天气事件的变化与区域气候变暖关系密切（郑祚芳和张秀丽，2007）；通过普查广西 1956 年以来的高温天气过程，根据高温范围、持续时间等指标反映高温危害，从气象角度综合评估了一次高温过程的灾害影响程度（陈见等，2007）；概述高温热浪对人体健康的影响，分单因子、双因子和多因子介绍热浪对人体健康影响的主要研究方法（刘建军等，2008）。这些研究大多建立在对气象站点资料的统计分析上，还有一些研究利用气候模式对极端温度事件进行预估（许吟隆等，2005；王翼等，2008；张勇等，2008），但都未能从灾害风险角度分析未来高温灾害风险时刻格局变化。

　　本研究应用 Hadley 气候预测与研究中心的 PRECIS 模式模拟的气候情景数据和奥地利国际应用系统分析研究所的社会经济预测数据，分近期、中期和远期三个时段对未来中国区域高温灾害风险的时空格局和变化趋势进行研究，以期为全球气候变化背景下高温灾害管理和社会经济发展规划提供科学依据，同时对于各级政府编制、完善与实施高温灾害应急预案、增强高温灾害的应急管理能力也具有一定的参考意义。

5.2.1　高温致灾危险性评估

1. 评估指标及评估方法

1）评估指标的定义

　　为了比较全面地反映高温致灾危险性，本研究选取高温日数和热浪日数作为致灾因子指标综合考虑，其定义如下。

　　高温日数：研究表明，当气温高于一定临界温度值时，人体就会感到不适，严重时甚至会发生热痉挛和中暑等急性病症（Kalkstein and Davis，1989；谭冠日，1994）。根据中国气象局的规定，本研究选择 35 ℃作为高温临界温度值，即日最高温度大于等于 35 ℃统计为一个高温日。

　　热浪日数：相对于单日高温，持续高温会对人类健康和社会经济产生更大的影响（Wagner，1999）。世界各国学者对热浪的研究很多，但由于研究方法和地域的不同，至今仍没有一个被广泛接受的标准定义（AMS，2000；谈建国和黄家鑫，2004；Poumadere et al.，2005；徐金芳等，2009）。热浪的定义一般要考虑两个因素：一是临界温度值；二是持续时间。对于临界温度值，可以选择绝对阈值或者相对阈值，亦两者结合考虑。由于人类对气候长期的适应性，不同地区热浪的临界温度值有较大差异（谭冠日，1994；刘建军等，2008）。因此，本研究采用相对阈值与绝对阈值相结合的方法来设置热浪的临界温度值，将热浪定义为：至少持续 3d，日最高温度不低于 1961～1990 年样本概率分布第 97.5 个百分位温度值，同时该值不低于 32℃。

2）致灾危险度的计算方法

　　本研究使用加性模型，将两个指标视为对高温致灾危险性具有同等贡献。在缺少可靠方法确定指标权重的情况下，这是最好的选择。具体做法是：分别对年均高温日数和热浪日数进行归一化处理，然后利用 GIS 对两者进行等权重叠加，再将叠加后的数值标准化到 0 ~ 1，即为高温致灾危险度。根据危险度值 0，0 ~ 0.1、0.1 ~ 0.3、0.3 ~ 0.5、0.5 ~ 1.0 将高温致灾危险性划分为 5 个等级。

2. 评估结果与分析

1）高温日数时空格局变化

如图 5-4 所示，在基准时段，全国各地高温日数均低于 100d，平均为 10.3d，分布特征明显是存在东南部和西北部两个高值区，尤以新疆中部地区为最，年均高温日数达 80d 以上，最高为 99.5d，长江以南部分地区年均高温日数也超过了 30d，小于 5d 的地区占全国总面积的 56.6%。而在近期，全国年均高温日数增加到 14.1d，小于 5d 的地区已大幅减少到不足全国总面积的 42.5%，新疆中部年均高温日数已超过 100d，华南部分地区也达到 45d 以上。在中期，全国年均高温日数为 19.2d，超过 30d 的地区继续向北延伸到京津地区，东北中部年均高温日数也超过了 20d。到了远期，全国年均高温日数更是达到 24.7d，比基准时段增加 1.4 倍，新疆中部仍是最热的地区，最高值达 129.5d，小于 5d 的地区减少至占全国总面积的 28.6%，主要集中在青藏高原和内蒙古东北部，其余各地年均高温日数均有不同程度的增加，其中超过 45d 的地区已由基准时段的 2.7% 增加到 21.5%。在远期，新疆中部和华南部分地区每年将有 2 ~ 3 个月处在高温之中。

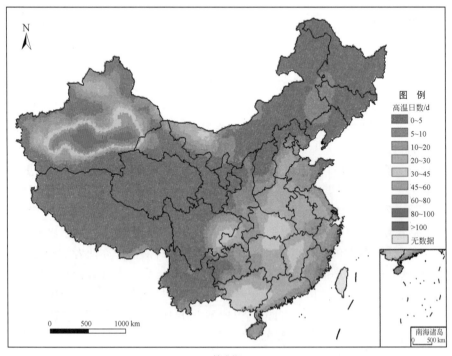

(a) 基准期

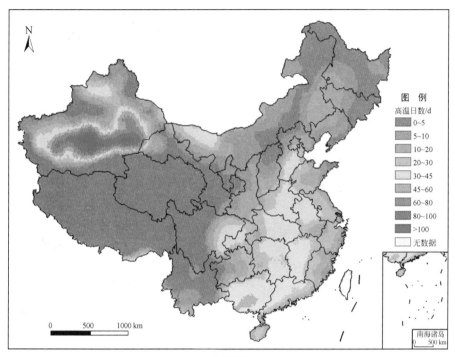

(b) 近期

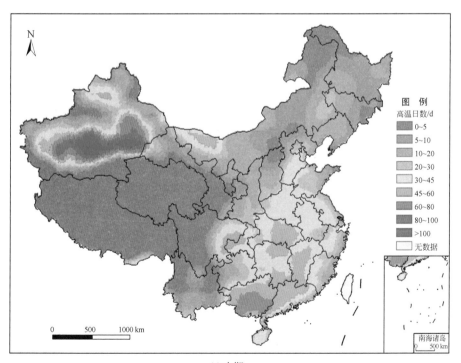

(c) 中期

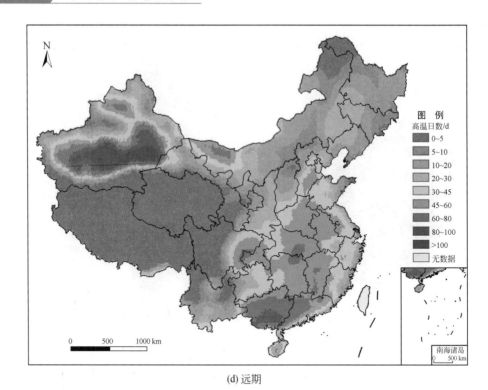

(d) 远期

图 5-4 B2 情景下各时段中国区域年均高温日数模拟值变化

2）热浪日数时空格局变化

从图 5-5 中可以看到，与高温日数相比，年均热浪日数增加幅度更加明显。在基准时段，全国年均热浪日数为 5.5d，最大值为 9.6d，位于新疆西南部。年均热浪日数为 0d 和高于 5d 的地区分别占全国总面积的 32.3% 和 59.3%，未出现超过 10d 的地区。而在近期，全国年均热浪日数增加到 9.7d，超过 5d 的地区占到全国总面积的 70.5% 以上，这其中超过 10d 的地区就达到 59.9%，个别出现了超过 20d 的地区。中期，全国年均热浪日数为 15.2d，超过 20d 和 30d 的地区分别达到全国总面积的 43.8% 和 2.1%。到了远期，全国年均热浪日数平均达到 21.8d，是基准时段的 4 倍，超过 30d 的地区扩展到全国总面积的 34.4%，华南和西北有部分地区年均热浪日数超过 40d，其中海南西部和新疆南部部分地区更是达 50d 以上，最大值为 56.0d。

3）高温致灾危险性空间格局及其动态变化

为了解高温致灾危险性等级的动态变化，本研究将各时段高温致灾危险性等级所占全国的面积百分比列于表 5-2 中，进行比较。如图 5-6 所示，在近期时，高温致灾危险性进一步增加，河北中部和华南部分地区高温致灾危险性都达到了 4 级，高温致灾危险性大于 4 级的地区已超过 10%。在中期，高温致灾危险性在全国范围大幅扩大，4 级高温致灾危险性已经延伸到东北地区，而广西大部和广东西部地区已处于 5 级高温致灾危险性，4 级以上高温致灾危险性地区已占全国总面积的 41.8%。到了远期，高温致灾危险性低于 3 级（包括 3 级，下同）的地区已占全国面积的 41.1%，而高于 4 级的地区增加到 58.9%。

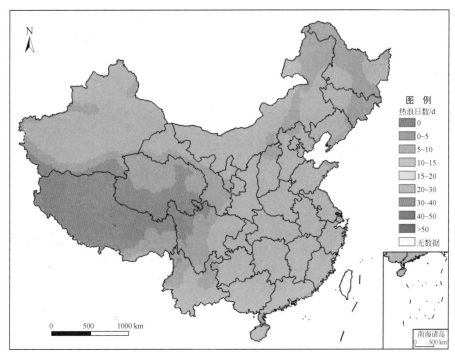

(a) 基准期

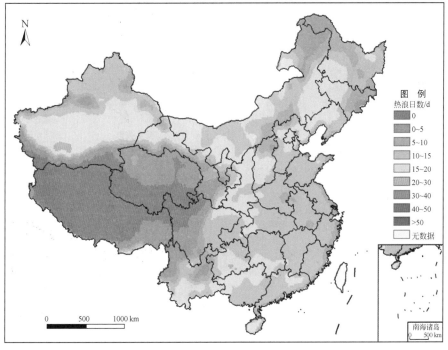

(b) 近期

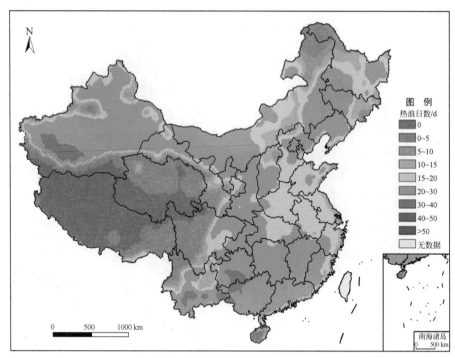

(c) 中期

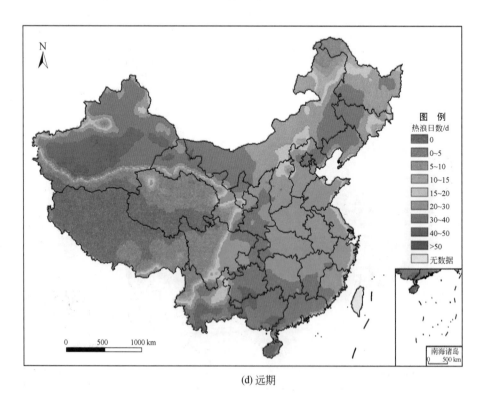

(d) 远期

图 5-5　B2 情景下各时段中国区域年均热浪日数模拟值变化

表 5-2　高温致灾危险性等级动态变化

高温致灾 危险性等级	高温致灾 危险度值	面积比例/%		
		1991～2020 年	2021～2050 年	2051～2080 年
1	0	15.98	14.55	13.37
2	0～0.1	18.97	14.41	12.93
3	0.1～0.3	55.01	29.26	14.76
4	0.3～0.5	7.80	34.48	35.51
5	0.5～1.0	2.24	7.29	23.42

需要说明的是，高温致灾危险性等级为 1 的地区其危险度值是 0。全球变暖对这些地区并非没有负面影响，温度的升高同样会给这些地区人类社会和自然生态系统造成很大影响，只是不在本研究所定义的高温和热浪研究范围之内。

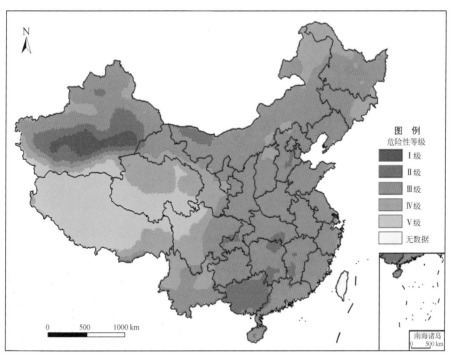

(a) 近期

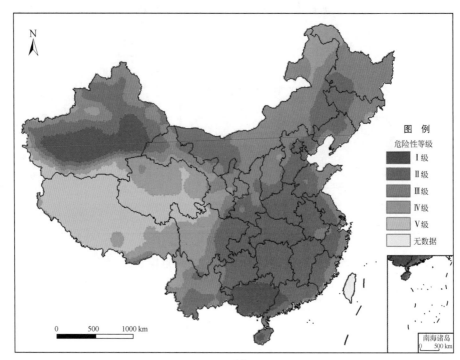

(b) 中期

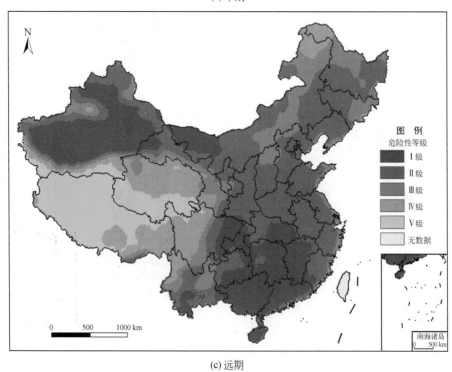

(c) 远期

图 5-6　B2 情景下中国区域高温致灾危险性等级变化

5.2.2　高温承灾体易损性评估

1. 评估指标及评估方法

1）承灾体易损性评估指标

在宏观层次上，考虑到数据的可获得性，本研究仅从物理暴露量和灾损敏感性两个方面来刻画承灾体易损程度。选择人口密度、GDP 密度和耕地面积百分比①作为承灾体物理暴露量的代用指标，分别指示人员、社会财富和农业生产。

2）数据处理

基准时段的人口密度和 GDP 密度使用国际应用系统分析研究所下载的 1990 年人口密度和 GDP 密度数据，耕地面积百分比从 1980 年以来全国 1km×1km 网格土地利用数据中提取；未来时段的人口密度和 GDP 密度使用各时期 30 a 的平均值，耕地面积百分比从 1995 年和 2000 年全国 1km×1km 网格土地利用数据及全国 2005 年分县土地利用现状表中提取。因为无法获得 2005 年以后的耕地面积数据，本研究假设 2005 年以后各县（市、区）耕地面积百分比保持不变。由于三个指标的量纲不同，因此在进行计算之前，需分别对人口密度、GDP 密度和耕地面积百分比作归一化处理。

3）承灾体易损性评估模型

根据专家打分法对各指标赋予权重，将权重视为各类承灾体对高温灾害的灾损敏感性，得到高温承灾体易损性评估模型为

$$V_{\mathrm{H}} = 0.4833 \times D_{\mathrm{POP}} + 0.2389 \times D_{\mathrm{GDP}} + 0.2778 \times P_{\mathrm{F}} \tag{5-1}$$

式中：V_{H} 为评估区域高温承灾体易损性指数；D_{POP} 为评估区域归一化后的人口密度；D_{GDP} 为评估区域归一化后的 GDP 密度；P_{F} 为评估区域内归一化后的耕地面积百分比。

4）承灾体易损度计算

对计算得到的高温承灾体易损性指数进行标准化，即将全国各县（市、区）中承灾体易损性指数的最大值定为 1，其他县（市、区）的承灾体易损性指数与其之比即为该县（市、区）的高温承灾体易损度。

2. 评估结果与分析

图 5-7 为 1961～2080 年中国区域高温承灾体易损度变化图。可以看到，易损度高值区大多分布在人口稠密、经济较为发达的地区（华北平原、四川盆地、长三角、珠三角及东北中部等），其中，人口指标成为了主导性因素。承灾体易损度值小于 0.1 的地区大多分布在胡焕庸线（黑龙江黑河——云南腾冲）以西，而胡焕庸线以东地区承灾体易损度值基本大于 0.1。

---

① 将耕地面积百分比单独列出，一方面是因为农业粮食生产对中国的重要性；另一方面，相对于其他承灾体，气象灾害对农业生产的影响特别严重。

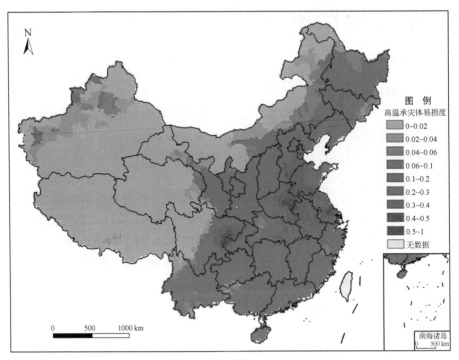

(a) 基准期

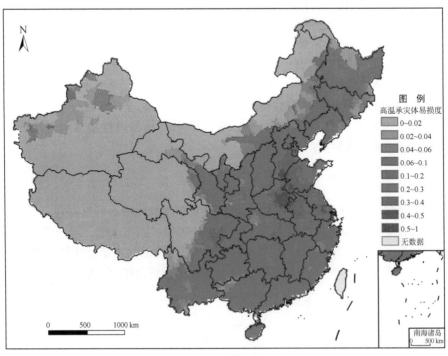

(b) 近期

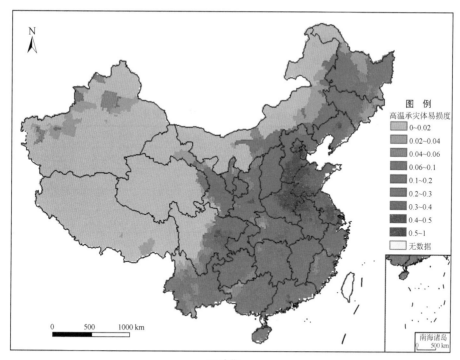

(c) 中期

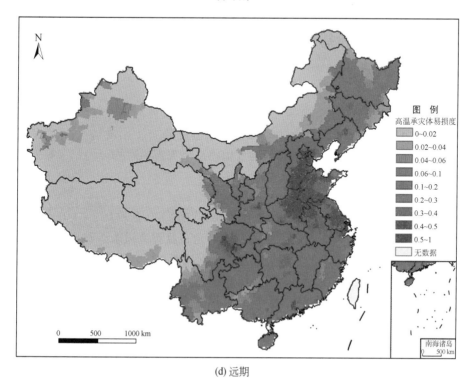

(d) 远期

图 5-7 B2 情景下中国区域高温承灾体易损度变化

表 5-3 列出了高温承灾体易损度值不同范围内占全国总面积的百分比。相对于基准时段，近期中国高温承灾体易损度值整体上有所减小，主要是由于这期间中国耕地面积较 1980 年以来大幅减少。但总体来看，随着人口的增长和经济的发展，未来中国高温承灾体易损度将逐渐增大，尤其是易损度值大于 0.4 的地区从基准时段的 0.59% 增大到远期的 3.93%，增加了 5.66 倍。

表 5-3　高温承灾体易损度动态变化

高温承灾体 易损度值	面积比例/%			
	1961～1990 年	1991～2020 年	2021～2050 年	2051～2080 年
0～0.02	44.84	47.25	48.30	47.62
0.02～0.04	6.48	5.35	6.35	7.42
0.04～0.06	5.12	5.83	5.20	4.68
0.06～0.1	10.85	12.03	11.70	11.11
0.1～0.2	20.35	18.89	16.75	15.77
0.2～0.3	6.91	6.23	6.02	6.06
0.3～0.4	4.86	3.87	3.27	3.40
0.4～0.5	0.54	0.48	2.22	2.38
0.5～1.0	0.05	0.06	0.18	1.55

5.2.3　高温灾害风险等级评估

1. 评估方法

根据风险评估基本模型"风险 = 致灾危险性 × 承灾体易损性"，将上述两部分求得的各单元高温致灾危险度和承灾体易损度评估结果进行叠加（相乘），即可得到各时期高温灾害风险度（标准化 0～1），再根据风险度值将高温灾害风险划分为 5 个等级。

2. 评估结果与分析

按风险度值 0～0.02、0.02～0.05、0.05～0.1、0.1～0.2 和 0.2～1.0 将中国高温灾害风险分为 5 级。图 5-8 为 B2 情景下中国县域单元高温灾害风险等级格局时空变化，表 5-4 列出了不同时期各风险等级的县域个数和占全国的面积百分比。

在近期，高温灾害高风险地区有所扩大，5 级风险已延伸到京津地区。这一时期全国高温灾害风险度平均值为 0.0881，处于 5 级风险的县域个数为 249，其中，北辰区（0.3847）、天津市辖区（0.2942）、鸡泽县（0.2877）、平乡县（0.2847）、肥乡县（0.2830）灾害风险度最高，主要是因为这些地区的高温致灾危险度和承灾体易损度都较高。

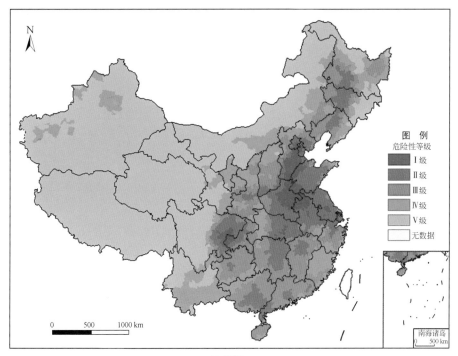

(a) 近期

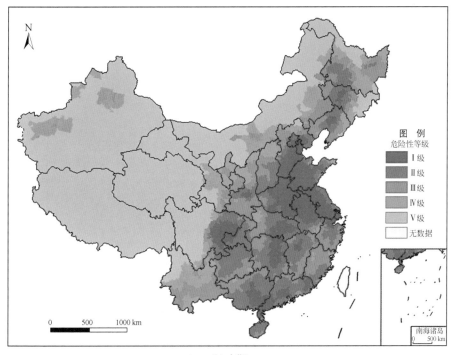

(b) 中期

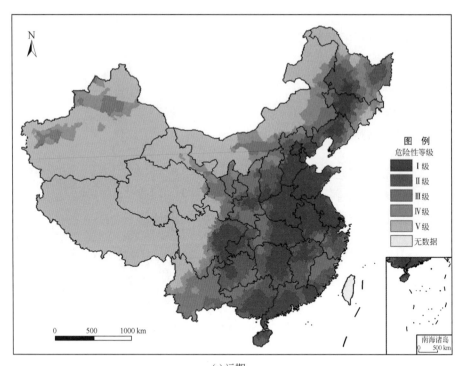

(c) 远期

图 5-8　B2 情景下中国区域高温灾害风险等级变化

表 5-4　高温灾害风险等级动态变化

风险等级和风险度值	项目	时段		
		1991~2020 年	2021~2050 年	2051~2080 年
1(0~0.02)	县域个数/个	418	333	276
	面积比例/%	57.60	54.57	51.03
2(0.02~0.05)	县域个数/个	472	274	156
	面积比例/%	15.81	11.41	8.64
3(0.05~0.1)	县域个数/个	651	489	411
	面积比例/%	14.09	13.19	13.41
4(0.1~0.2)	县域个数/个	586	600	536
	面积比例/%	9.93	11.77	11.89
5(0.2~1.0)	县域个数/个	249	680	997
	面积比例/%	2.57	9.07	15.03

　　中期时，中国高温灾害风险进一步升高，5 级风险地区占全国的面积百分比为 9.07%。全国高温灾害风险度平均值为 0.1420，与近期相同，全国高温灾害风险度最高的地区仍为北辰区（0.6335）、天津市辖区（0.4884）、禅城区（0.4681）、东丽区（0.4549）、武清区（0.4535）。

　　到了远期，高温灾害高风险区将超过全国总面积的 26.9%，其中处于 5 级风险的县域个数猛增到 997 个，面积也增加到 15.03%。这一时期全国高温灾害风险度平均值也增加为 0.2109，北辰区（1）、禅城区（0.7755）、天津市辖区（0.7755）、武清区（0.7280）、东丽区（0.7200）是全国风险度最高的 5 个县域单元。

5.3 洪涝灾害风险时空格局评估

洪涝灾害是世界上发生比较频繁、危害较为严重的一种水文气象灾害。大多数情况下，洪涝灾害都是由于该地区短时降水量过大造成的，尤其是严重的、大范围的洪涝灾害都是由暴雨、特大暴雨或持续大范围暴雨天气造成的。因此，在各种类型的洪涝灾害中，由暴雨引发的洪涝灾害是破坏性最大的气象灾害，不仅影响工农业生产，而且危害人民生命安全，造成社会经济严重损失，已构成制约社会和经济可持续发展的重要因素。

本节应用 IPCC B2 气候情景数据，综合考虑了降水、地形和河湖等自然要素和人口、GDP 和耕地等社会经济要素，分近期、中期和远期三个时段对未来中国洪涝灾害风险的时空格局和变化趋势进行研究，以期为全球气候变化背景下洪涝灾害风险管理和国家中长期发展规划提供科学依据，保障社会经济安全和健康发展。

5.3.1 洪涝致灾危险性评估

1. 流域划分

由于洪涝灾害多以流域为单元发生，本研究基于二级水资源区，将全国分为 10 个流域，详细划分情况见表 5-5。

表 5-5 洪灾风险流域分区

流域名称	流域分区
黑龙江流域	黑龙江干流，松花江流域，乌苏里江流域，东北地区其他国际河流，呼伦贝尔内流区
辽河流域	辽河干流，大凌河及辽东沿海诸河流域
海滦河流域	滦河流域，海河流域，华北地区沿海诸河流域
黄河流域	黄河上游干流区间，黄河中下游干流区间，汾河流域，渭河流域，山东半岛诸河流域，鄂尔多斯流域
淮河流域	淮河干流，沂沭泗流域，里下河地区沿海诸河流域
长江流域	长江上游干流区间，长江中下游干流区间，雅砻江流域，岷江流域，嘉陵江流域，乌江流域，洞庭湖水系，汉江流域，鄱阳湖水系，太湖流域
东南诸河	钱塘江流域，瓯江流域，闽江流域，闽东、粤东及台湾沿海诸河流域，韩江流域
珠江流域	西江流域，北江流域，东江流域，珠江三角洲河网区，粤桂琼沿海诸河流域
西南诸河	元江—红河流域，澜沧江—湄公河流域，怒江—伊洛瓦底江流域，雅鲁藏布江—布拉马普特拉河流域，狮泉河—印度河流域，西藏内流区
内陆河	乌裕尔河内流区，白城内流区，扶余内流区，霍林河内流区，西辽河内流区，内蒙古内流区，河西走廊—阿拉善河内流区，柴达木内流区，准噶尔内流区，中亚（伊犁河、额敏河）内流区，塔里木内流区，额尔齐斯河流域

2. 评估指标及评估方法

洪涝灾害具有自然和社会双重属性，而洪涝致灾危险性评价是从形成洪涝灾害的自然属性角度，即从形成洪涝灾害的致灾因子和孕灾环境两方面来评价洪灾危险性。一般来说，造成洪涝灾害的主要因素是强降水；另外，流域下垫面的自然地理环境又和天气气候条件相互影响，进而决定了洪涝的时空分布。因此，本研究选取暴雨日数、最大三日降水量、高程、坡度和距河湖距离（河湖缓冲区）5 个指标对全国各流域洪涝致灾危险性进行评价，具体包括以下 4 个步骤：一是选取评价指标并进行量化，包括对前 4 项指标进行标准化和根据距离对河湖缓冲区进行危险性赋值①（表5-6）；二是利用层次分析法确定各指标权重；三是建立致灾危险性数学评价模型；四是借助地理信息系统对各指标图层叠加，进行区域洪涝致灾危险性评价。各评价指标及其权重值如图5-9所示。

表5-6　河湖缓冲区危险性赋值②

距河湖距离 /km	河流级别					湖泊、水库级别			
	1	2	3	4	5	1	2	3	4
0 ~ 5	1.0	0.9	0.8	0.7	0.6	1.0	0.9	0.8	0.7
5 ~ 10	0.9	0.8	0.7	0.6	0.5	0.9	0.8	0.7	0.6
10 ~ 15	0.8	0.7	0.6	0.5	0.5	0.8	0.7	0.6	0.5
15 ~ 20	0.7	0.6	0.5	0.5	0.5	0.7	0.6	0.5	0.5
20 ~ 25	0.6	0.5	0.5	0.5	0.5	0.6	0.5	0.5	0.5
非缓冲区	0.5	0.5	0.5	0.5	0.5	0.5	0.5	0.5	0.5

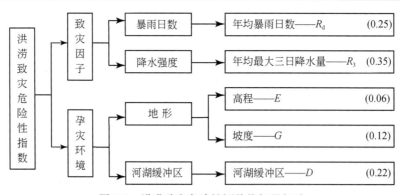

图 5-9　洪涝致灾危险性评价指标及权重

利用加权综合评分法建立洪涝致灾危险性评价模型：

---

① 降水指标（暴雨日数和最大三日降水量）在全国范围内进行标准化，而高程和坡度则在划分的各流域内进行标准化。为不使标准化后的数值相差过大，特以 100m 和 10° 分别作为高程和坡度标准化的分子［以高程为例，假设某流域高程 E 的范围是：$-45 ~ +5785$，则标准化公式为：$100/(E+145)$。如果某地高程为 5m，按原方法标准化后值不到 0.02，而按新公式标准化后值为 0.67］。

② 在实际操作中，本研究还将大型河流（如长江、黄河等河流）细分为上、中、下游。上游缓冲区宽度与表中相同；中游各缓冲区分别向外延伸 5km，变为 0 ~ 10km、10 ~ 15km、15 ~ 20km、20 ~ 25km 及 25 ~ 30km；下游各缓冲区分别向外延伸 10km，变为 0 ~ 15km、15 ~ 20km、20 ~ 25km、25 ~ 30km 及 30 ~ 35km。

$$H_F = R_d W_1 + R_3 W_2 + W_3/E + W_4/G + DW_5 \tag{5-2}$$

式中，H_F 为洪涝致灾危险性指数；R_d、R_3、E、G、D 分别为年均暴雨日数、年均最大三日降水量、高程、坡度和河湖缓冲区量化后的值，W_1、W_2、W_3、W_4、W_5 分别为上述指标的权重值。

对求得的洪涝致灾危险性指数进行归一化，即为洪涝致灾危险度。根据危险度值 $0 \sim 0.35$、$0.35 \sim 0.45$、$0.45 \sim 0.55$、$0.55 \sim 0.65$、$0.65 \sim 1$ 将洪涝致灾危险性划分为 5 个等级。

3. 评估结果与分析

1）暴雨日数时空格局变化

如图 5-10 所示，在基准时段，全国年均暴雨日数平均为 2.1 d，最大值为 30.4 d，年均暴雨日数低于 1 d 的地区占全国总面积的 51.8%，而高于 10d 的地区占 1.6%，主要集中在江西和福建接壤处、广东和广西南部部分地区。但在近期，全国年均暴雨日数增加到 2.5 d，最大值为 32.4 d，年均暴雨日数低于 1 d 的地区略有减少，占全国总面积的 48.9%，高于 10 d 的地区则增加到 5.6%，是基准时段的 3.5 倍。在中期，全国年均暴雨日数仍为 2.5 d，最大值为 32.5 d，年均暴雨日数低于 1 d 的地区所占全国面积的比例基本未变，为 48.5%，高于 10 d 的地区则略减到 5.2%。到了远期，全国年均暴雨日数继续增加到 2.6d，最大值为 33.5 d，年均暴雨日数低于 1d 的地区占全国总面积的 47.6%，高于 10d 的地区占 6.3%，比基准时段多了 2.9 倍，范围扩展到福建、江西、广东大部分地区，安徽、浙江、湖南南部及西藏东南部和广西东北部地区。

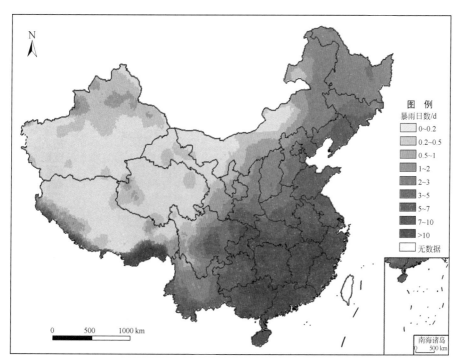

(a) 基准期

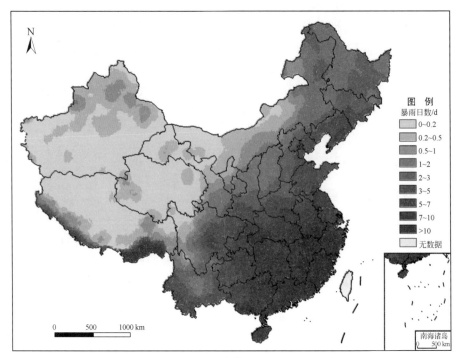

(b) 近期

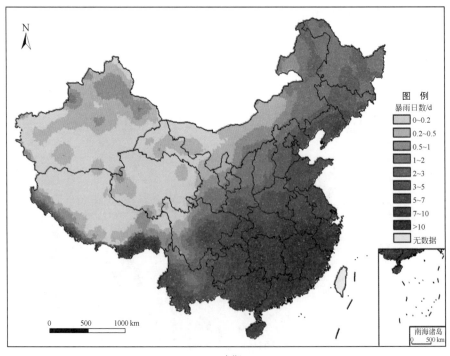

(c) 中期

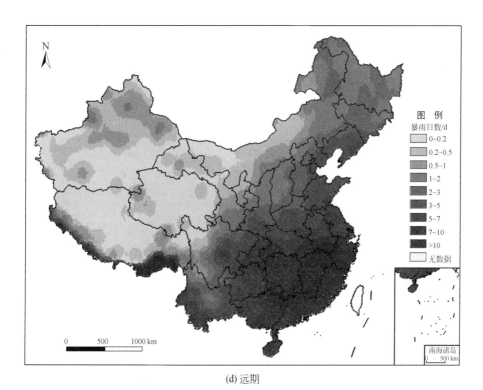

(d) 远期

图 5-10　B2 情景下各时段中国区域年均暴雨日数模拟值变化

2）最大三日降水量时空格局变化

从图 5-11 中可以看到，在基准时段，全国年均最大三日降水量均低于 400 mm，平均为 78.1 mm，大于 250 mm 的地区也仅占全国面积的 0.7%。而在近期，全国年均最大三日降水量平均为 90.6 mm，最大值为 410.9 mm，大于 250 mm 的地区增加到全国总面积的 4.3%，是基准时段的 6.1 倍，其中大于 300 mm 的地区占全国面积的 1.9%。在中期，全国年均最大三日降水量平均为 92.9 mm，最大值为 435.4 mm，比基准时段的最大值 393.2 mm 多了 42.2 mm，大于 250 mm 的地区与近期时相差不大，占全国面积的 4.4%。到了远期，全国年均最大三日降水量平均为 95.8 mm，最大值为 413.0 mm，大于 250 mm 的地区进一步上升为占全国总面积的 5.4%，是基准时段的 7.7 倍，其中大于 300 mm 的地区占全国面积的 2.1%。

3）洪涝致灾危险性空间格局及其动态变化

在对暴雨日数、最大三日降水量、高程、坡度、河湖缓冲区等各评价指标分析和数字化的基础上，依据危险性评价模型在 ArcGIS 中对各指标图层进行叠加，得到中国洪涝致灾危险性评估结果，如图 5-12 所示。各时段洪涝致灾危险性等级较高的地区集中在中国东南部，并且洪涝致灾危险性为 5 级的地区逐渐扩大，这主要是由于这些地区降水丰富、地势低平、坡度变化小，另外一些较大江河（如辽河、松花江等）的中下游地区危险性也比较高。

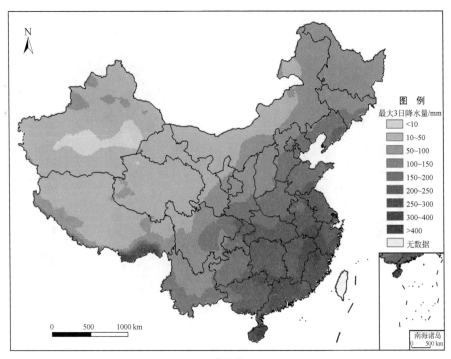

(a) 基准期

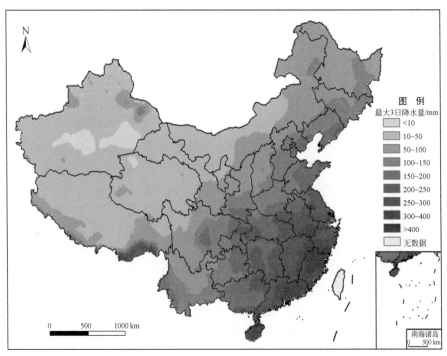

(b) 近期

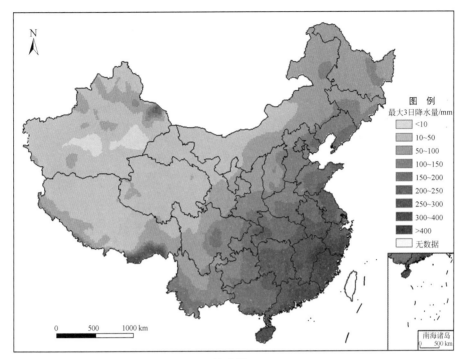

(c) 中期

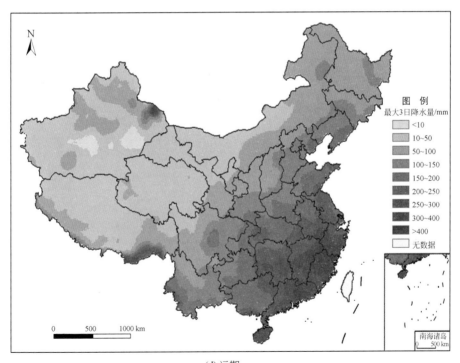

(d) 远期

图 5-11　B2 情景下各时段中国区域年均最大三日降水量模拟值变化

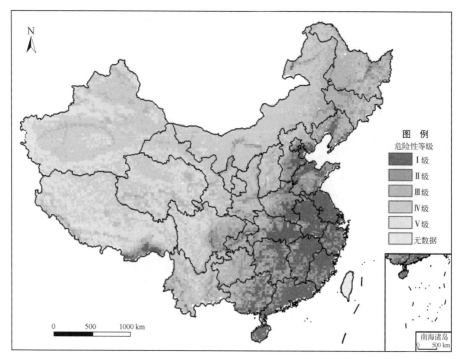

(a) 近期

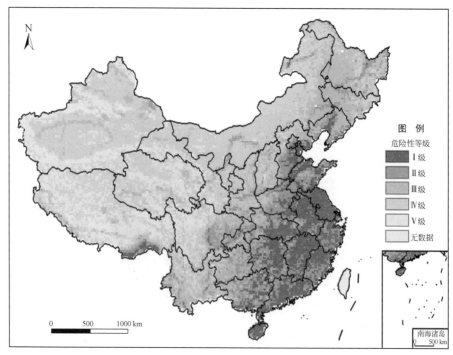

(b) 中期

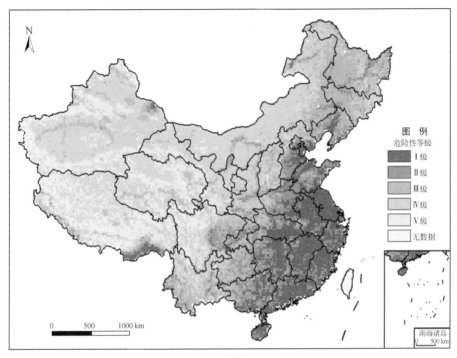

(c) 远期

图 5-12　B2 情景下中国区域洪涝致灾危险性等级变化

　　为了解中国洪涝致灾危险性动态变化，表 5-7 列出了各时段洪涝致灾危险性等级所占全国的面积百分比。可以发现，未来中国洪涝致灾危险性格局变化主要发生在近期，之后两个时段变化不大。在近期，洪涝致灾危险性低于 3 级的地区减小到全国面积的 78.2%，4 级和高于 4 级的地区所占面积扩大为 21.8%，其中 5 级危险性地区扩大到 11.7%。这主要是因为未来这些地区极端降水事件的概率和强度（暴雨日数和最大三日降水量）都将有所增大。到了远期，洪涝致灾危险性处于 5 级的地区继续增加到全国总面积的 12.3%。

表 5-7　洪涝致灾危险性等级动态变化

洪涝致灾危险性等级	洪涝致灾危险度值	面积比例/%		
		1991～2020 年	2021～2050 年	2051～2080 年
1	0～0.3	18.51	17.69	17.12
2	0.3～0.4	41.53	41.54	41.52
3	0.4～0.5	18.14	18.65	18.56
4	0.5～0.6	10.08	10.66	10.51
5	0.6～1.0	11.74	11.46	12.28

5.3.2 洪涝承灾体易损性评估

1. 评估指标和评估方法

1）承灾体易损性评估指标

选择人口密度、GDP 密度和耕地面积百分比作为承灾体物理暴露量的代用指标，分别指示人员、社会财富和农业生产。

2）数据处理

数据处理同高温承灾体易损性评估。

3）承灾体易损性评估模型

根据专家打分法对各指标赋予权重，将权重视为各类承灾体对洪涝灾害的灾损敏感性，得到洪涝承灾体易损性评估模型为

$$V_F = 0.3444 \times D_{POP} + 0.3833 \times D_{GDP} + 0.2722 \times P_F \tag{5-3}$$

式中，V_F 为评估区域的洪涝承灾体易损性指数；D_{POP} 为评估区域归一化后的人口密度；D_{GDP} 为评估区域归一化后的 GDP 密度；P_F 为评估区域内归一化后的耕地面积百分比。

4）承灾体易损度计算

对计算得到的洪涝承灾体易损性指数进行标准化，即将全国各县（市、区）中承灾体易损性指数的最大值定为 1，其他县（市、区）的承灾体易损性指数与其之比即为该县（市、区）的洪涝承灾体易损度。

2. 评估结果与分析

图 5-13 为 1961～2080 年中国区域洪涝承灾体易损度变化图。可以看到，胡焕庸线仍然是非常明显的一条分界线。易损度高值区集中在中国东部地区，其中长江三角洲，特别是上海市的易损度值最高，主要是因为上海地区的人口密度和 GDP 密度都非常高。到了中期和远期，华北部分地区（河南、山东、安徽和江苏 4 省临界处向北延伸到京津地区）、四川盆地和珠三角部分地区的易损度值也将大于 0.5。

表 5-8 列出了洪涝承灾体易损度值不同范围内占全国总面积的百分比。可以发现，随着人口的增长和经济的发展，未来中国洪涝承灾体易损度大于 0.4 的地区不断扩大，近期、中期和远期分别增加为 0.06%、1.48% 和 3.69%。

5.3.3 洪涝灾害风险等级评估

1. 评估方法

将各单元洪涝致灾危险度和承灾体易损度评估结果进行叠加（相乘），即可得到各时期洪涝灾害损失风险度（标准化 0～1），再根据风险度值将洪涝灾害风险划分为 5 个等级。

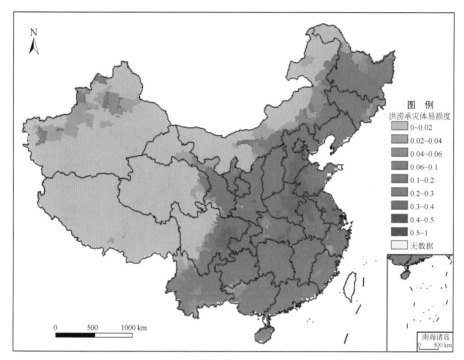

(a) 基准期

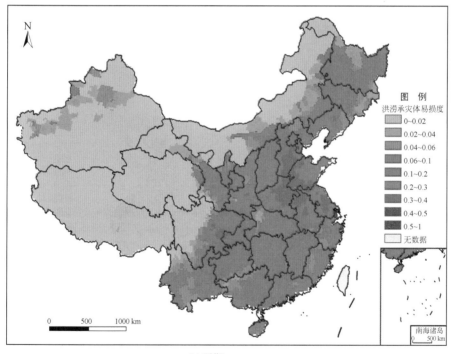

(b) 近期

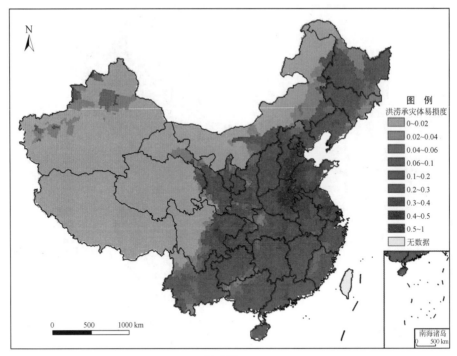

(c) 中期

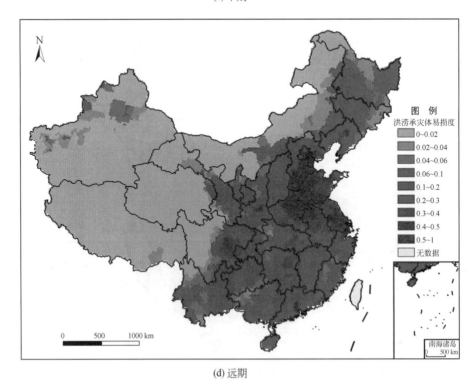

(d) 远期

图 5-13　B2 情景下中国区域洪涝承灾体易损度变化

表5-8 洪涝承灾体易损度动态变化

洪涝承灾体	面积比例/%			
易损度值	1961~1990 年	1991~2020 年	2021~2050 年	2051~2080 年
0~0.02	46.53	48.26	49.12	48.56
0.02~0.04	6.13	6.03	6.65	6.79
0.04~0.06	5.08	5.82	5.21	4.70
0.06~0.1	12.49	13.37	12.57	11.83
0.1~0.2	19.14	17.54	16.16	14.96
0.2~0.3	7.04	6.10	5.54	6.07
0.3~0.4	3.54	2.81	3.26	3.40
0.4~0.5	0.01	0.02	1.41	2.34
0.5~1.0	0.03	0.04	0.07	1.35

2. 评估结果与分析

按风险度值 0~0.02、0.02~0.05、0.05~0.1、0.1~0.2 和 0.2~1.0 将中国洪涝灾害风险分为 5 级。图 5-14 为 B2 情景下中国县域单元洪涝灾害风险等级格局时空变化，表5-9 列出了不同时期各风险等级的县域个数和占全国的面积百分比。

在近期，虽然洪涝致灾危险性较基准时段有所增加，但耕地面积较 1980 年以来大幅减少使得承灾体易损度减小，因此，洪涝灾害高风险地区（4 级和 4 级以上）面积有所减少。全国洪涝灾害风险度平均值为 0.1149，处于 5 级风险的县域个数略减为 469 个，灾害风险度最大 5 个县域单元为南汇区（0.6009）、奉贤区（0.5861）、浦东区（0.5835）、闵行区（0.5794）、上海市辖区（0.5642）。

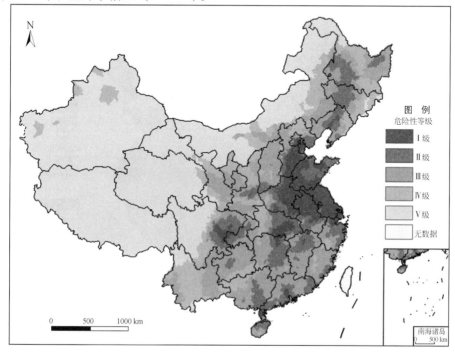

(a) 近期

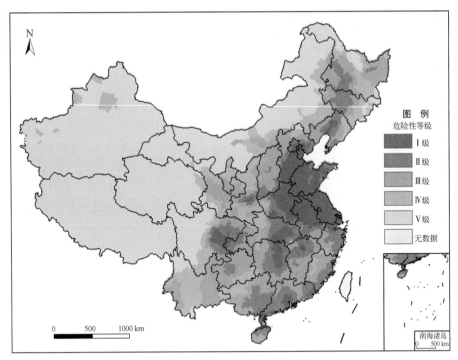

(b) 中期

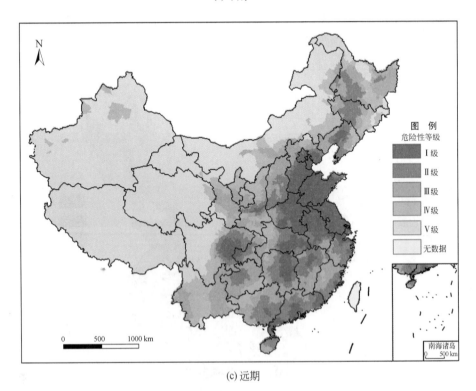

(c) 远期

图 5-14　B2 情景下中国区域洪涝灾害风险等级变化

表 5-9　洪涝灾害风险等级动态变化

风险等级和风险度值	项目	时段		
		1991~2020 年	2021~2050 年	2051~2080 年
1(0~0.02)	县域个数/个	280	292	286
	面积比例/%	53.01	54.73	54.54
2(0.02~0.05)	县域个数/个	328	327	300
	面积比例/%	13.27	12.59	11.89
3(0.05~0.1)	县域个数/个	743	649	565
	面积比例/%	18.32	16.04	14.60
4(0.1~0.2)	县域个数/个	556	509	491
	面积比例/%	9.65	9.22	9.65
5(0.2~1.0)	县域个数/个	469	599	734
	面积比例/%	5.75	7.42	9.32

中期时，随着承灾体易损度的增加，中国洪涝灾害风险进一步升高，5 级风险地区的面积比例增加到 7.4%，县域个数也增加到 599 个。这一时期全国洪涝灾害风险度平均值为 0.1319，全国洪涝灾害风险度最高的地区为南汇区（0.7609）、奉贤区（0.7408）、浦东区（0.7382）、闵行区（0.7325）、嘉定区（0.7141）。

到了远期，处于洪涝灾害风险 5 级的地区将超过全国总面积的 9.3%，县域个数增加到 734 个。全国洪涝灾害风险度平均值也增加为 0.1598，南汇区（1）、奉贤区（0.9741）、浦东区（0.9685）、闵行区（0.9620）、嘉定区（0.9360）是全国风险度最高的 5 个县域单元。

5.4　干旱灾害风险时空格局评估

干旱灾害是世界上危害最为严重的自然灾害之一，其出现的次数、持续的时间、影响的范围和造成的损失居各种自然灾害之首。据统计，全球每年有一半以上的陆地生态系统面临着干旱的威胁（Felix，1997），每年因干旱造成的经济损失高达 60 亿~80 亿美元，远远超过了其他气象灾害（Wilhite，2000）。干旱灾害作为影响水资源安全的主要因素，已成为影响世界发展的严重不稳定因素和影响国民经济可持续发展的瓶颈因素。因此，干旱灾害是全世界各国亟须解决和共同关心的主题。但由于影响因素复杂、涉及面广，干旱灾害迄今为止仍然是人类认识最不深入的自然灾害之一。

本研究应用 PRECIS 模式模拟的气候情景数据，选取地表湿润指数距平作为干旱指标，结合社会经济预测数据，分近期、中期和远期三个时段对未来中国干旱灾害风险的时空格局和变化趋势进行研究，以期为减轻干旱灾害风险、保障社会经济健康发展提供科学依据。

5.4.1 干旱致灾危险性评估

1. 评估指标和评估方法

目前，关于干旱指标已有大量的研究（Richard and Heim，2002；袁文平和周广胜，2004b；Zhang，2004；Calanca，2007）。但由于干旱的形成原因异常复杂、影响因素很多，大部分干旱指标都是针对具体的研究目的而设定，所以干旱指标具有明显的地域性和不同的时间应用尺度。很多干旱指标只考虑了降水量这一个变量（如连续无雨日数、SPI 指数、降水 Z 指数、降水距平等），但全球变暖背景下，仅考虑降水这一个因素是不够的。陆地表面干湿变化主要受降水和蒸发的影响（Manabe et al.，1981），而降水减少仅是干旱化可能发生的一个方面；同时，地表温度的升高会大大增加水分的蒸发散，使得干旱更容易发生。因此，干旱指标应该能够衡量地表水分收支大小，本研究采用地表湿润指数（降水量/潜在蒸散）作为变量来评价干旱致灾危险性。

地表湿润指数关系表达式为

$$W = P/\mathrm{ET}_0 \tag{5-4}$$

式中，W 为地表湿润指数；P 为年降水量（mm）；ET_0 为年潜在蒸散（mm）。

潜在蒸散表示的是自然界保持水分平衡的水分需要量，从 1948 年 Thornthwaite（1948）和 Penman（1948）先后提出这个定义到现在已有很多的相关研究，但是到目前为止并没有统一的定义和测算方法。现代地理学辞典的定义是：在一定气象条件下水分供应不受限制时，某一固定下垫面可能达到的最大蒸发量，称为最大可能蒸发，又称潜在蒸发、蒸发力或蒸发势（左大康，1990）。不同的定义和方法适用于不同的地区（Jesen et al.，1990）。本研究采用 1998 年联合国粮农组织（FAO）修订的 Penman-Monteith 模型，该模型目前在国际上广泛应用并且同时适用于干旱和湿润的气候条件（Allen et al.，1998；霍再林等，2004）。

模型定义了一个高 0.12 m、表面阻力位 70 s/m、反射率为 0.23 的假想参考作物面来计算参考作物蒸散量（即最大可能蒸散），假想面类似于同一高度、生长旺盛、完全覆盖地面、水分充足的广阔绿色植被。最大可能蒸散 ET_0（mm/d）的计算公式为

$$\mathrm{ET}_0 = \frac{0.408\Delta\ (R_\mathrm{n} - G)\ + \gamma\ \dfrac{900}{T + 273}U_2\ (e_\mathrm{s} - e_\mathrm{a})}{\Delta + \gamma\ (1 + 0.34U_2)} \tag{5-5}$$

式中，R_n 为净辐射 [MJ/(m^2·d)]；G 为土壤热通量 [MJ/(m^2·d)]；T 为 2m 高处日平均温度（℃）；γ 为干湿表常数（kPa/℃）；Δ 为饱和水汽压曲线斜率（kPa/℃），U_2 为 2 m 高处的风速（m/s）；e_a 为实际水汽压（kPa）；e_s 为平均饱和水汽压（kPa）。FAO-Penman-Monteith 模型所考虑的气象影响因子最多，包括最低和最高温度、风速、相对湿度和日照时数。在应用时，除了净辐射需要地区校正外，其余变量均采用原模型的方法计算。尹云鹤（2006）应用中国近 30 年（1971~2000 年）111 个站点 28 479 个月的实测数据对辐射经验系数进行了校正，得出 R_n 的计算公式：

$$R_n = 0.77 \times \left(0.198 + 0.787 \frac{n}{N} \right) R_{so} - \sigma \left(\frac{T_{x,k}^4 + T_{n,k}^4}{2} \right) \left(0.56 - 0.25 \sqrt{e_a} \right) \left(0.1 + 0.9 \frac{n}{N} \right)$$

$$(5\text{-}6)$$

式中，δ 为 Stefan-Boltzmann 常量 $[4.903 \times 10^{-9} \text{ MJ}/(\text{K}^4 \cdot \text{m}^2 \cdot \text{d})]$；$T_{x,k}$ 和 $T_{n,k}$ 分别为绝对温标的最高、最低温度（K）；n 为实际日照时数（h）；N 为可照时数（h）；R_{so} 为晴天辐射 $[\text{MJ}/(\text{m}^2 \cdot \text{d})]$。

本研究以各年地表湿润指数（W_i）与 1961～1990 年平均地表湿润指数（$\overline{W}$）之差为标准，按 1961～1990 年地表湿润指数标准差（s）来划分干旱等级，建立干旱指标（k）：

$$k = \frac{W_i - \overline{W}}{s}$$

$$(5\text{-}7)$$

干旱指标 k 值大小所指示的干旱等级列于表 5-10 中。

表 5-10　k 值所指示的干旱等级

等级	干旱指标（k）	干旱类型
0	> -0.5	无旱
1	$(-1.0, -0.5)$	轻旱
2	$(-1.5, -1.0)$	中旱
3	< -1.5	重旱

根据表 5-10 所列干旱等级，将轻旱、中旱和重旱分别赋以权重值 0.1、0.2 和 0.3，建立干旱致灾危险性评价模型：

$$H_D = 0.1 f_1 + 0.2 f_2 + 0.3 f_3$$

$$(5\text{-}8)$$

式中，H_D 为干旱致灾危险性指数；f_1、f_2 和 f_3 分别为各时段轻旱、中旱和重旱的发生频次。

2. 评估结果与分析

1）潜在蒸散量时空格局变化

潜在蒸散量是实际蒸散量的理论上限，通常也是计算实际蒸散量的基础，广泛应用于气候干湿状况分析（马柱国等，2003；王菱等，2004）、水资源合理利用和评价（水利部水资源研究及区划办公室全国水资源初步成果汇总技术小组，1981）、农业作物需水和生产管理（Doorenbos and Pruitt，1977）、生态环境如荒漠化（周晓东等，2002）等研究中。蒸散发量的变化趋势研究对探讨气候变化和水循环领域若干重要科学问题具有重要意义（高歌等，2006）。

图 5-15 是 B2 情景下未来中国潜在蒸散量格局变化图。从图中可以看到，中国潜在蒸散量存在两个典型的高值区：西北最大，华南次之。随着地表温度的升高，未来中国大部分地区潜在蒸散量都有不同程度的增加，尤其是华北、华中和华南地区增加非常明显。基准时段、近期、中期和远期，全国年均潜在蒸散量分别为 781 mm、799 mm、830 mm 和 858 mm。

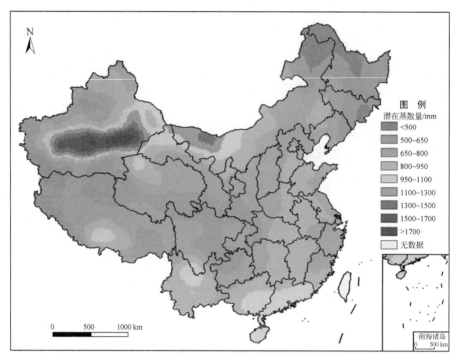

图 例

潜在蒸散量/mm
- <500
- 500~650
- 650~800
- 800~950
- 950~1100
- 1100~1300
- 1300~1500
- 1500~1700
- >1700
- 无数据

南海诸岛
0   500 km

(a) 基准期

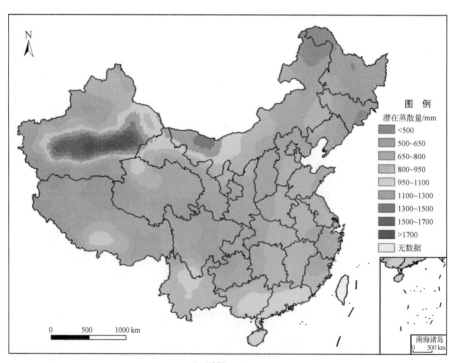

图 例

潜在蒸散量/mm
- <500
- 500~650
- 650~800
- 800~950
- 950~1100
- 1100~1300
- 1300~1500
- 1500~1700
- >1700
- 无数据

南海诸岛
0   500 km

(b) 近期

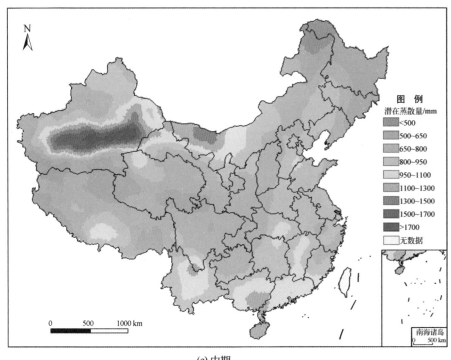

(c) 中期

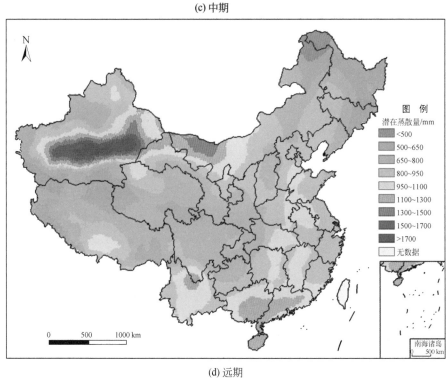

(d) 远期

图 5-15　B2 情景下各时段中国区域年均潜在蒸散量模拟值变化

2）地表湿润指数时空格局变化

地表湿润指数的物理基础在于体现了两个最重要的地表水分收支分量：大气的降水和

最大潜在蒸发，而这两个量是地表热能和水分变化的关键参量，能较客观地反映某一地区的水热平衡状况，是判断某一地区气候干旱与湿润状况的良好指标（申双河等，2009）。

图 5-16 是 B2 情景下未来中国地表湿润指数格局变化图。各时段地表湿润指数大于

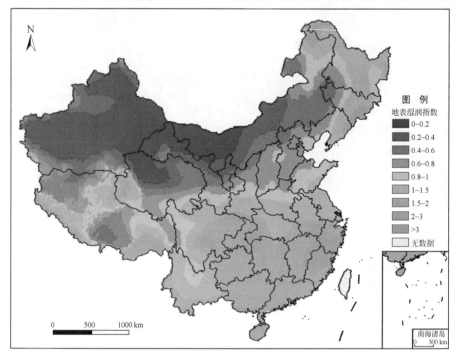

(a) 基准期

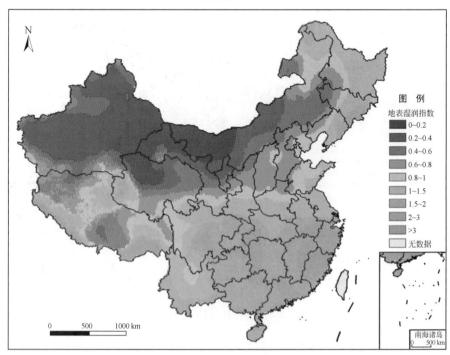

(b) 近期

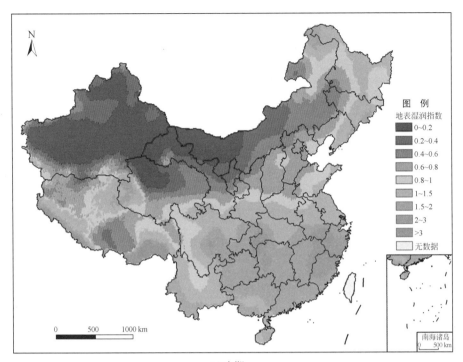

(c) 中期

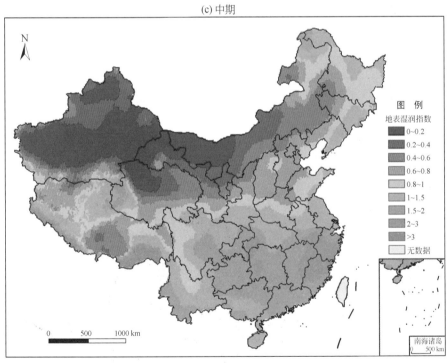

(d) 远期

图 5-16　B2 情景下各时段中国区域年均地表湿润指数模拟值变化

1.0 的湿润气候区并无明显变化，主要分布在秦岭——淮河以南，青藏高原以东的包括四川盆地等广大中南部和东部地区以及云南的西南部、西藏东南部和东北部分地区。从时间序列来看，东北东部、西南和华南部分地区（主要是广东、广西交界处和海南）未来有变干的趋势。

3）干旱致灾危险性空间格局及动态变化

表5-11列出了各时段干旱致灾危险性等级所占全国的面积百分比。如图5-17所示，在近期，气候明显发生了突变，由于降水格局的改变和潜在蒸散量的增加，中国干旱致灾危险性格局有很大变化，出现干湿"两极分化"，形成了一条自东北至西南的高危险性致旱带。西北和长江以南地区干旱致灾危险性降低，其中危险性为1级的地区面积比例为35.2%，而其他地区（东北、山东半岛、汉中及西南部分地区）干旱致灾危险性则大大增加，危险性为5级的地区面积比例为28.8%。在中期和远期，除西北地区外，干旱致灾危险性在全国范围进一步扩大。到了远期，处于干旱致灾危险性1级的地区占全国面积的31.8%，而高于4级的地区（包括4级）增加到46.9%。

表5-11　干旱致灾危险性等级动态变化

干旱致灾 危险性等级	干旱致灾 危险度值	面积比例/%		
		1991~2020年	2021~2050年	2051~2080年
1	0~0.25	35.21	30.13	31.83
2	0.25~0.3	13.06	7.23	6.43
3	0.3~0.35	12.54	10.24	7.75
4	0.35~0.4	10.38	9.67	7.13
5	0.4~1.0	28.81	42.73	46.86

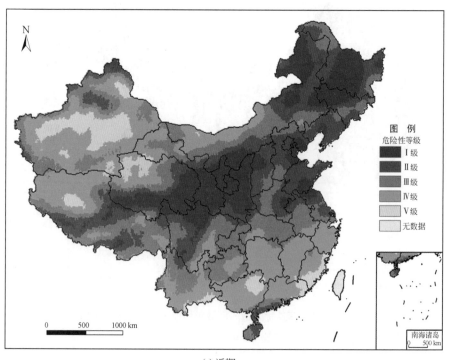

(a) 近期

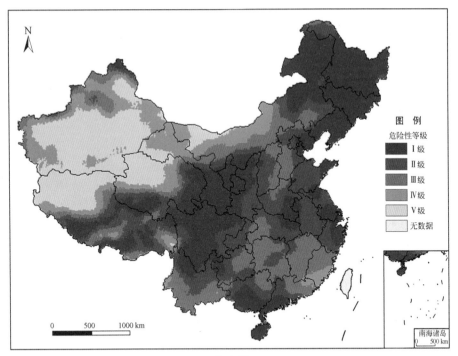

(b) 中期

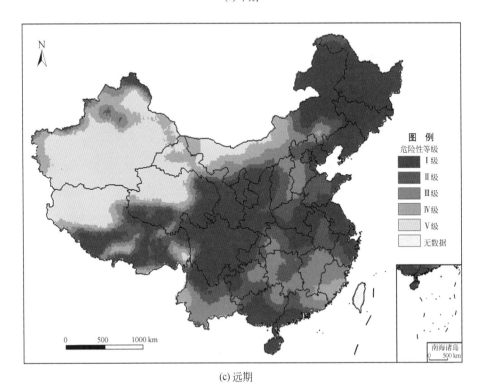

(c) 远期

图 5-17 B2 情景下中国区域干旱致灾危险性等级变化

5.4.2 干旱承灾体易损性评估

1. 评估指标和评估方法

1）承灾体易损性评估指标

选择人口密度、GDP密度和耕地面积百分比作为承灾体物理暴露量的代用指标，分别指示人员、社会财富和农业生产。

2）数据处理

数据处理同高温承灾体易损性评估。

3）承灾体易损性评估模型

通过汇总专家打分，得到干旱承灾体易损性评估模型为

$$V_D = 0.2611 \times D_{POP} + 0.2500 \times D_{GDP} + 0.4889 \times P_F \tag{5-9}$$

式中，V_D为评估区域的干旱承灾体易损性指数；D_{POP}为评估区域归一化后的人口密度；D_{GDP}为评估区域归一化后的GDP密度；P_F为评估区域内归一化后的耕地面积百分比。

4）承灾体易损度计算

对计算得到的干旱承灾体易损性指数进行标准化，即将全国各县（市、区）中承灾体易损性指数的最大值定为1，其他县（市、区）的承灾体易损性指数与其之比即为该县（市、区）的干旱承灾体易损度。

2. 评估结果与分析

图5-18为1961～2080年中国区域干旱承灾体易损度变化图。可以看到，胡焕庸线以

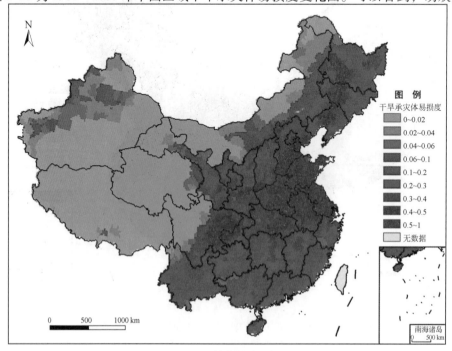

图例
干旱承灾体易损度
- 0~0.02
- 0.02~0.04
- 0.04~0.06
- 0.06~0.1
- 0.1~0.2
- 0.2~0.3
- 0.3~0.4
- 0.4~0.5
- 0.5~1
- 无数据

南海诸岛

(a) 基准期

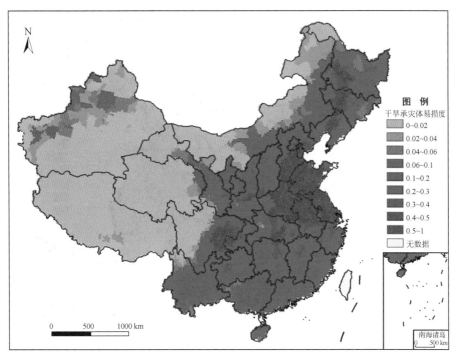

(b) 近期

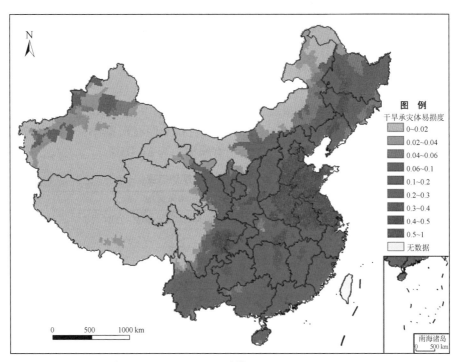

(c) 中期

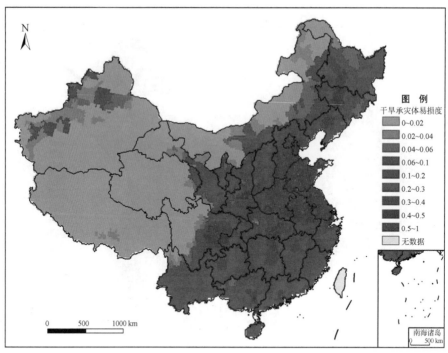

(d) 远期

图 5-18　B2 情景下中国区域干旱承灾体易损度变化

东以南地区干旱承灾体易损度值较高，特别是华北、华东、东北中部、四川盆地等地区易损度值最高。因为上述这些地区耕地面积百分比、人口密度和 GDP 密度都比较高。到了近期和中期，由于耕地面积百分比降低，承灾体易损性高值区也有所减少。基准时段、近期、中期和远期，中国干旱承灾体易损度平均值分别为 0.1266、0.1072、0.1033 和 0.1126。

表 5-12 列出了干旱承灾体易损度值不同范围内占全国总面积的百分比。可以发现，未来中国干旱承灾体易损度大于 0.2 的地区在近期和中期有所减小，分别从基准时段的 25.22% 降低到 20.12% 和 18.79%，在远期稍有增加，为 21.05%。

表 5-12　干旱承灾体易损度动态变化

干旱承灾体易损度值	面积比例/%			
	1961~1990 年	1991~2020 年	2021~2050 年	2051~2080 年
0~0.02	40.29	42.90	44.46	42.76
0.02~0.04	7.05	6.45	6.17	7.31
0.04~0.06	4.13	3.50	4.47	4.24
0.06~0.1	5.88	7.76	7.57	7.09
0.1~0.2	17.43	19.26	18.54	17.50
0.2~0.3	11.30	10.09	9.23	9.98
0.3~0.4	5.30	4.44	4.28	4.48
0.4~0.5	3.81	3.35	2.73	2.97
0.5~1.0	4.81	2.24	2.55	3.67

5.4.3　干旱灾害风险等级评估

1. 评估方法

将各单元干旱致灾危险度和承灾体易损度评估结果进行叠加（相乘），即可得到各时期干旱灾害损失风险度（标准化 0 ~ 1），再根据风险度值将干旱灾害风险划分为 5 个等级。

2. 评估结果与分析

按风险度值 0 ~ 0.02、0.02 ~ 0.05、0.05 ~ 0.1、0.1 ~ 0.2 和 0.2 ~ 1.0 将中国干旱灾害风险分为 5 级。图 5-19 为 B2 情景下中国县域单元干旱灾害风险等级格局时空变化，表 5-13 列出了不同时期各风险等级的县域个数和占全国的面积百分比。

在近期，耕地面积较 1980 年以来大幅减少使得承灾体易损度减小，全国干旱灾害风险度平均值为 0.1444，处于 5 级风险的县域个数也减为 666 个，其中灾害风险度最大 5 个县域单元为天津市辖区（0.5569）、淮阳县（0.5121）、郸城县（0.5112）、扶余县（0.5081）、周口市辖区（0.5064）。

中期时，随着干旱致灾危险性的进一步"两极分化"，处于干旱灾害风险 1 级和 5 级的县域个数分别为 233 个和 863 个。这一时期全国干旱灾害风险度平均值为 0.1751，全国干旱灾害风险度最高的地区为嘉定区（0.7634）、上海市辖区（0.7608）、松江区（0.7378）、闵行区（0.7306）、奉贤区（0.7297）。

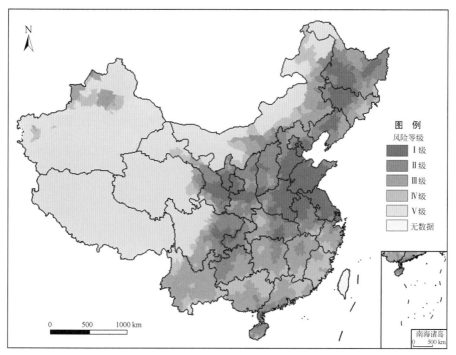

(a) 近期

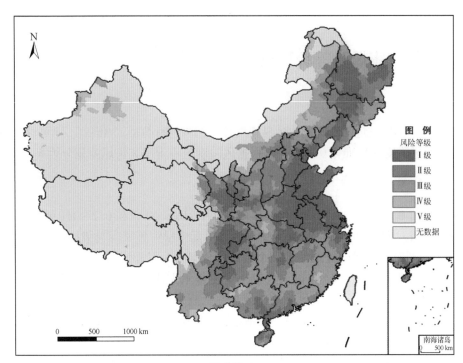

(b) 中期

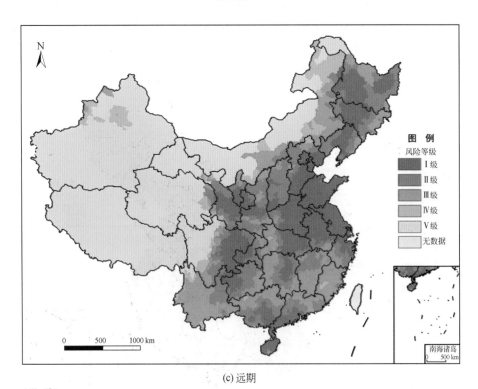

(c) 远期

图 5-19　B2 情景下中国区域干旱灾害风险等级变化

表 5-13 干旱灾害风险等级动态变化

风险等级和风险度值	项目	时段		
		1991~2020 年	2021~2050 年	2051~2080 年
1(0~0.02)	县域个数/个	219	233	232
	面积比例/%	47.97	48.61	48.38
2(0.02~0.05)	县域个数/个	389	145	129
	面积比例/%	12.98	8.23	7.84
3(0.05~0.1)	县域个数/个	501	476	406
	面积比例/%	13.91	13.85	11.87
4(0.1~0.2)	县域个数/个	601	659	581
	面积比例/%	14.42	15.26	14.49
5(0.2~1.0)	县域个数/个	666	863	1028
	面积比例/%	10.71	14.06	17.43

到了远期，处于干旱灾害风险 5 级的地区将超过全国总面积的 17.43%，县域个数增加到 1028 个。全国干旱灾害风险度平均值也增加为 0.2131，上海市辖区（1）、嘉定区（0.9585）、浦东区（0.9470）、闵行区（0.9350）、奉贤区（0.9067）是全国风险度最高的 5 个县域单元。

5.5 气候变化下综合气象水文灾害风险评估

5.5.1 研究方法

在缺少资料确定灾害权重的情况下，本研究将高温、洪涝和干旱三种灾害设置为等权重。因此，综合气象水文灾害风险评估模型为

$$R_I = (R_H + R_F + R_D)/3 \tag{5-10}$$

式中，R_I 为综合气象灾害风险值；R_H、R_F、R_D 分别为高温、洪涝和干旱灾害的风险值。对综合灾害风险值进行归一化即得到综合灾害风险度，根据风险度值将中国综合气象灾害风险划分为 5 级。

5.5.2 评估结果与分析

与之前灾害风险分级标准相同，按综合灾害风险度值 0~0.02、0.02~0.05、0.05~0.1、0.1~0.2 和 0.2~1.0 将中国高温、洪涝和干旱的综合气象水文灾害风险分为 5 级。图 5-20 为 B2 情景下中国县域单元综合灾害风险等级格局时空变化，表 5-14 列出了不同时期各风险等级的县域个数和占全国的面积百分比。

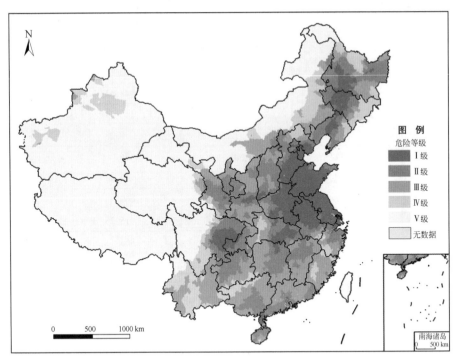

(a) 近期

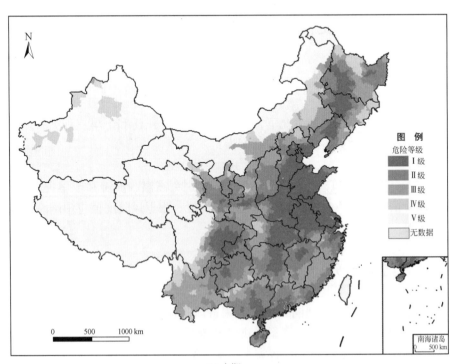

(b) 中期

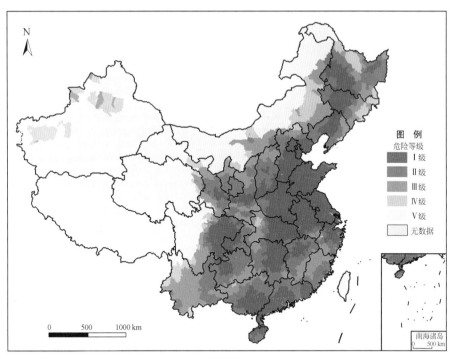

(c) 远期

图 5-20　B2 情景下中国区域综合气象水文灾害风险等级变化

表 5-14　综合气象水文灾害风险等级动态变化

风险等级和风险度值	项目	时段		
		1991～2020 年	2021～2050 年	2051～2080 年
1(0～0.02)	县域个数/个	243	245	233
	面积比例/%	50.64	50.76	49.98
2(0.02～0.05)	县域个数/个	209	115	88
	面积比例/%	9.92	7.14	6.33
3(0.05～0.1)	县域个数/个	606	467	356
	面积比例/%	15.93	14.23	11.72
4(0.1～0.2)	县域个数/个	669	673	598
	面积比例/%	14.38	14.99	14.74
5(0.2～1.0)	县域个数/个	649	876	1101
	面积比例/%	9.12	12.87	17.23

在近期，中国综合气象水文灾害风险变化不大，一方面致灾危险性有所增大，而另一方面承灾体易损度随着耕地面积减少而有所减小。全国综合气象水文灾害风险度平均值为 0.1422，灾害风险度最大 5 个县域单元为天津市辖区（0.5244）、北辰区（0.4876）、嘉定区（0.4835）、上海市辖区（0.4788）、闵行区（0.4782）。

中期时，致灾危险度和承灾体易损度进一步增大，综合气象水文灾害风险也随之增大。这一时期全国综合气象水文灾害风险度平均值为 0.1837，风险度最高的县域分别为嘉定区（0.7441）、闵行区（0.7309）、上海市辖区（0.7307）、奉贤区（0.7195）、松江区（0.6943）。

到了远期，处于综合气象水文灾害 5 级风险的地区将超过全国总面积的 17.23%，县域个数增加到 1101 个。全国综合气象水文灾害风险度平均值也增加到 0.2388，上海市辖区（1）、嘉定区（0.9988）、闵行区（0.9915）、北辰区（0.9683）、奉贤区（0.9631）是全国风险度最高的 5 个县域单元。可见，上海市和天津市将是未来中国综合气象水文灾害风险最高的地区。

第6章 中国综合气候变化风险评估*

综合气候变化风险研究是政府或相关部门进行风险管理和决策的重要依据。本章在之前研究的基础上，综合考虑各类气候变化风险源，包括生态系统、粮食保障和气象水文灾害等，采用定量研究方法，结合 GIS 空间分析的手段，研究中国综合气候变化风险，分析不同阶段（近期、中期和远期）的综合风险格局、时间动态变化等，并提出相应的气候变化风险防范对策。

6.1 评价方法与等级划分

6.1.1 综合风险评价模型

综合风险是风险源的强度及发生概率、风险受体的特征、风险源对风险受体的危害等信息指标的综合，通常用风险概率和风险损失来度量。气候变化的综合风险是指气候变化对各类受体造成的综合影响发生的可能性及其影响程度。本研究中气候变化风险的受体包括生态系统、农业系统和社会经济系统三大类。根据第 4 章至第 6 章的研究结果，选择生态系统功能、粮食安全以及气象自然灾害三类指标来综合评价中国气候变化的风险。综合风险可以从总体上反映气候变化对系统带来的不利影响程度及其可能性。

对于每个分析单元，其受到来自气候变化的不同种类、不同级别的风险源（如高温、洪涝和热浪等）的叠加作用而有着一致的综合风险源，但不同的受体及受体的不同方面受到的影响状况却不一致，将上述各种影响按照比例合成，即可得到单元内气候变化带来的综合影响。本研究采用以下模型进行综合风险评价：

$$R = \sum_{i=1}^{3} \beta_i C_i \tag{6-1}$$

式中，R 为气候变化综合风险；C_i 为第 i 类受体受到的整体影响；β_i 为第 i 类受体所受影响的权重，其中：

$$C_i = \sum_{k=1}^{n} \alpha_k E_k \tag{6-2}$$

式中，E_k 为第 i 类受体的第 k 方面受到的影响，α_k 为第 k 方面影响的权重。

基于上述模型，在评价气候变化对单个受体影响和风险的基础上，结合地理空间分析方法，实现中国气候变化综合风险分析与评价。

---

* 本章完成人：中国科学院地理科学与资源研究所的吴绍洪、潘韬、戴尔阜、殷洁。

6.1.2 等级划分

以中国区域县级行政单元作为分析单元，评价不同单元的气候变化综合风险等级，将每个单元分为微风险、低风险、中风险和高风险 4 个等级。时段仍然按照 IPCC 推荐的近期（1991～2020 年）、中期（2021～2050 年）、远期（2051～2080 年）三个阶段来划分。根据分析单元的风险受体，一般情况下，高风险的地区通常是生态系统、粮食安全、自然灾害等风险都十分集中的区域；中风险的地区通常是生态系统、粮食安全、自然灾害等风险较为集中的区域，一般至少包括两种类型风险；低风险区域则通常是气候变化风险不太集中或较低的区域；无风险地区，并不是绝对没有风险，而是作为风险很低或基本没有的区域，我们将此类区域划分为微风险区。另外，对于人类活动罕至且很少生命存在的区域，一般划分为微风险区域，如沙漠核心区域等。

6.2 中国综合气候变化风险的时空格局

6.2.1 总体格局与区域差异

图 6-1（a）为近期中国综合气候变化风险分布图。整体来看，全国较多地区处于低风险与微风险地区，然而中、高风险的国土面积已经占了 26% 左右。近期，中国西北地区北部、东北地区东部、内蒙古最东部、长江中下游地区以及云南等地的生态系统处于中、高风险；近期粮食安全的中、高风险出现在青海、新疆中部和南部、西藏东南部、云南，内蒙古最北部

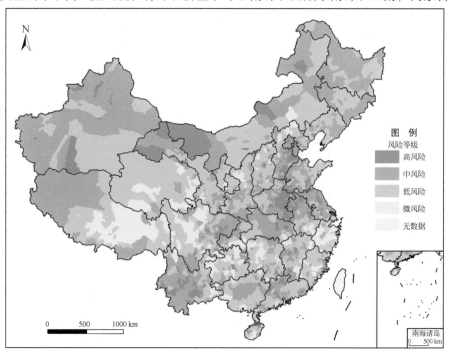

（a）近期

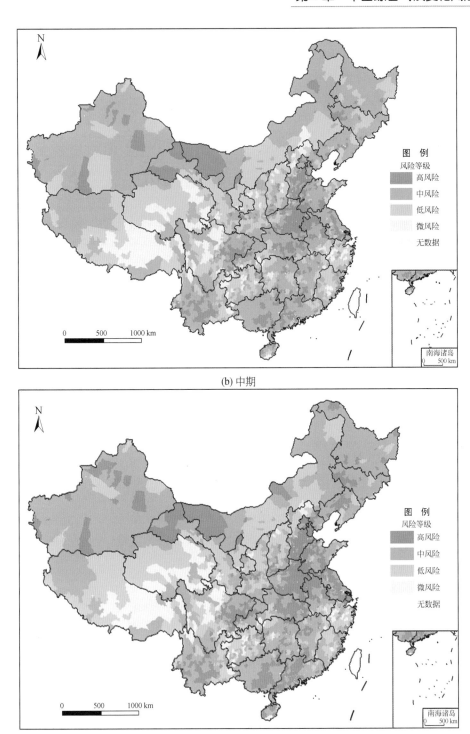

(b) 中期

(c) 远期

图 6-1 SRES-B2 情景下中国综合风险分布

和黑龙江最北部；而近期的气象自然灾害的中、高风险主要出现在中国东南沿海地区。因此，近期中国综合气候变化风险高风险地区主要集中在西南、内蒙古高原东部、华北平原、长江中下游、四川盆地、东北以及新疆部分地区等。

从中期来看，相比于近期，中、高风险地区进一步扩大，中国气候变化综合风险高风险地区和较高风险地区可能出现在中国西北地区、东北地区中部和北部、云南及东北沿海地区［图6-1（b）］。其中，中期生态系统中、高风险地区可能出现在中国西北地区北部、东北地区最东部、内蒙古东部长江中下游地区以及广西和云南；中期粮食安全的高风险地区和较高风险地区可能出现在青海、新疆中部和南部、西藏东南部、云南，内蒙古最北部和黑龙江最北部；中国东部沿海地区的气象灾害风险进一步加大。

远期，随着气温不断升高，全国17%左右的国土面积处于高风险区，尤其是华北平原、长江中下游地区、珠江三角洲地区等。也就是说，远期阶段，如果气候变暖不能得到有效控制，全国人口密集、经济发达的大部分地区将处于气候变化高风险区域。另外，西北、内蒙古等大部分地区仍然处于中、高风险地区，且面积有所增加。青藏高原大部分地区处于低、微风险区，中风险区的面积有所减少［图6-1（c）］。

6.2.2　等级差异

将不同阶段中国气候变化综合风险不同等级风险县域个数进行统计，结果如图6-2所示。微风险与低风险的县域个数从近期、中期到远期在一直降低，其中微风险的县域个数变化不大，这可能是因为微风险区域的承灾体一般脆弱性较低。低风险的县域个数下降较为明显，部分县的风险等级升为中或高风险。中风险区域在中期最多，到了远期，其县域个数有所下降，原因是其升级为高风险区域。高风险的县域个数从近期到远期一直大幅增加。

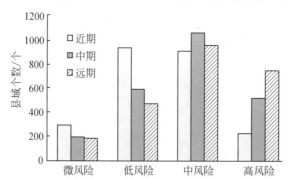

图6-2　近期、中期和远期中国气候变化综合风险不同等级风险县域个数

就不同时期风险等级结构而言，近期，低风险的县域个数占了全国总县域个数的近40%，其次是中风险，县域个数稍微少于低风险区；而到了中期，中风险等级的县域最多，占全国近45%，其次是低风险区域；远期，中风险区域仍然是4个等级中县域个数最多的等级，然而其数量已经比中期有所下降，而高风险的县数比例则由21%上升到31%。

6.2.3　时间序列上的变化

为了进一步揭示气候变化综合风险在不同阶段的变化情况，分别对近期—中期、近期—远期、中期—远期气候变化综合风险的时间变化进行了分析和对比。

将风险程度的变化划分为 6 个等级, 风险程度增加为 1 级、2 级、3 级, 分别归为弱发展、中发展和强发展, 与此相反, 风险程度减弱为 −1 级、−2 级、−3 级分别归为弱逆转、中逆转和强逆转。从图 6-3 (a) 可以看出, 近期到中期, 约 530.7 万 km² 的陆地国

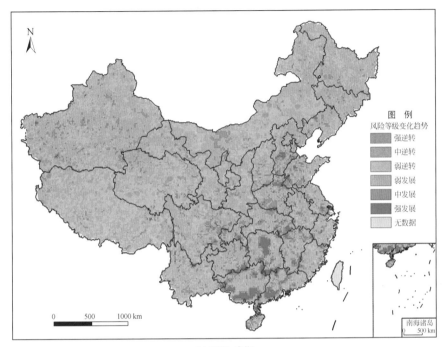

(a) 近期–中期

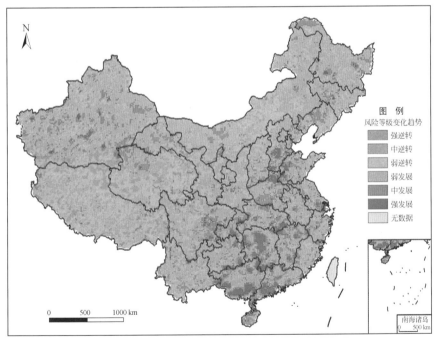

(b) 近期–远期

图 6-3　中国气候变化综合风险程度变化

土面积气候变化风险程度为弱发展，约占全国总面积的56.88%；约78.4万km² 的国土面积气候变化综合风险呈中发展趋势，占全国总面积的8.4%，主要分布在东北地区、西北地区、西南和东南部分地区；约18.2万km² 的国土面积为强发展，占全国总面积的1.95%。与此同时，约32%国土面积的气候变化综合风险呈逆转趋势，其中，弱逆转趋势的国土面积约为247.3万km²，约占全国总面积的26.51%，中逆转和强逆转分别为41.8万km²和10.7万km²，分别约占全国国土面积的1.16%和4.48%，主要分布在青藏高原和内蒙古东部的东北地区。由此可见，气候变化风险分布与时间变化的地域分异特征十分明显（表6-1）。

表6-1　中国气候变化风险时间变化统计

气候变化风险程度	中近期变化		远近期变化		远中期变化	
	面积/km²	比例/%	面积/km²	比例/%	面积/km²	比例/%
强逆转	107 776	1.16	6 912	0.07	86 272	0.92
中逆转	418 304	4.48	128 000	1.37	471 552	5.05
弱逆转	2 472 960	26.51	1 520 384	16.30	2 007 040	21.51
弱发展	5 306 624	56.88	7 512 320	80.52	5 258 752	56.36
中发展	784 128	8.40	139 264	1.49	1 149 440	12.32
强发展	181 504	1.95	23 552	0.25	298 240	3.20

近期到远期［图6-3(b)］，约165.5万km² 的陆地国土面积气候变化风险程度为逆转趋势，约占全国陆地国土总面积的17%，而风险程度发展的国土面积约有767.5万km²，约占全国陆地国土总面积的82%。其中，约有751.2万km² 的陆地国土面积气候变化风险程度为弱发展，约占到全国总面积的80.52%；约13.9万km² 的国土面积气候变化综合风险呈中发展趋势，占到全国总面积的1.49%，主要分布在东北地区、西北地区及西南和东南部分地区；约23.5万km² 的国土面积为强发展，占到全国总面积的0.25%。与此同时，弱逆转趋势的国土面积约为152.03万km²，约占全国总面积的16.3%；中逆转的国土面积约为12.8万km²，约占总面积的1.37%；而强逆转的面积约为0.69万km²，只占到全国国土面积的0.07%，主要分布在青藏高原北部的高寒草甸地区。

6.3　未来气候变化影响下我国综合风险防范技术

6.3.1　自然生态系统风险防范技术

防范自然生态系统生产力和碳吸收能力降低技术包括火干扰管理、退化土地恢复植被、湿地恢复和保护、森林病虫害防治等。

防范物种多样性减少的技术有遥感监测、生物工程技术、人工丰育技术、退耕还林还草、防止外来物种入侵等。

6.3.2　粮食生产和食品安全防范技术

粮食生产和食品安全防范技术包括节水农业和天然降水利用两个方面。

节水农业技术：选用抗旱、耐旱、节水作物及品种，节水作物种植制度，节水作物种植制度，地膜和秸秆覆盖保墒技术，化学控制节水技术，节水灌溉技术等。

天然降水利用技术：不断完善水利工程设施拦蓄天然降水，雨水集蓄利用技术，建设高效土壤水库，增加农田储水能力，改变立地条件、增加降水就地入渗，退耕还林还草、营造绿色水库、改善生态环境，农业生物工程技术等。

6.3.3　社会经济系统风险防范技术

干旱、洪涝和高温三种灾害风险防范技术。

干旱灾害风险防范技术：修建跨流域调水工程，兴修灌排工程、缓解流域内的季节性缺水，拦截和蓄存雨水，干旱灾害监测和预警预报技术，人工增雨，科学灌溉等。

洪涝灾害风险防范技术：兴修水利工程，城市雨洪调蓄，洪涝灾害监测和预警预报，洪灾保险技术等。

高温灾害风险防范技术：高温监测，高温预测，工程类高温风险防范技术等。

6.3.4　高风险地区重大工程布局方案

在高风险地区，要加大对高风险区防灾减灾建设工程的投入，从整体上提高防灾减灾设防水平；全面开展高风险区灾害风险综合调查评估和风险防范措施部署等方面的工作。

我国东部沿海高风险区重大工程布局时，应加快区域经济结构调整，严格限制在特大城市和城市群周边，尤其是上风向地区发展高污染产业；加强特大城市和城市群气候影响评估及城市建设和规划的前期气候可行性论证，在城市建设规划中要充分考虑当地区域天气、气候和气候变化条件对自然灾害的承载和抑制能力；切实实行科学规划和科学管理，建立多部门协调的应急机制；对重大工程建设加强应急管理，减轻灾害影响。

在我国中部这些高风险区进行重大工程布局中需要慎重考虑风险防范问题，在本区域开发和建设重点工程中要避开重大气象灾害高发区，要严格实施重大工程的气象灾害风险评估和气候可行性论证制度，控制影响气候恶化、地质环境改变的人类工程活动。

在我国西部高风险区进行重大工程布局中需重点考虑自然灾害风险防范问题，在保护生态环境的前提下因地制宜地发展资源环境可承载的工程项目建设。在高风险区规划中提高对气象灾害的总体防御能力，对经济布局、区域开发、城乡规划、重大基础设施建设、公共工程建设进行气象灾害风险评估与可行性论证，避免和减少气象灾害、气候变化对重要设施和工程项目的影响。

6.3.5 综合气候变化风险防范技术

1) 监测预报和预警技术

科学规划和部署，利用科学的方法和手段建立对自然灾害的监测预警预报体系；加强各部门的合作，增强对各部门防灾减灾力量的协调和管理；完善预报预警信息的发布措施，在第一时间把自然灾害信息发给所有人群。

2) 保险技术研究与编制灾害风险区划

结合各地区灾害风险和程度，制定合理的分区费率①；了解与评估各地的减灾能力和灾害风险，从加强防灾、提高减灾效能中获取保险效益；研究不同等级的灾害侵袭下各类受灾体和损失程度，结合灾害风险程度研究，对保的进行损失预评估，同时制定受灾体损毁标准，进行损失科学评估和理赔；建立完善的灾害风险保险信息管理系统。

---

① 分区费率是指不同空间位置不同环境条件下，灾害风险损失程度不同，因此在保险中依据损失程度和损失的概率分布，确定费率等级。

第7章 中国综合气候变化风险管理与防范[*]

7.1 时空综合、横向综合及纵向综合

气候变化风险的 IRGC 分类体现了传统常规科学与后常规科学的结合，是综合风险治理的科学综合层面，包括时空综合、纵向综合、横向综合和科学综合，其概念模型如图7-1所示。

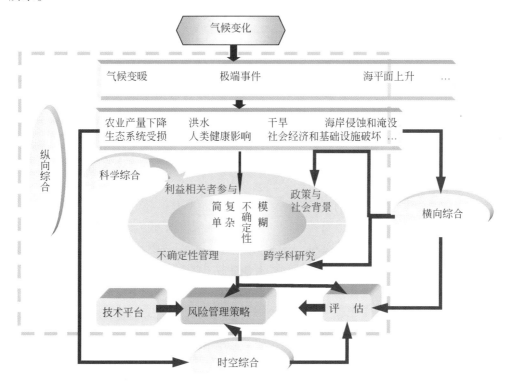

图 7-1．综合气候变化风险管理 4 个层面之间的联系

7.1.1 时空综合

时空综合是地理学研究灾害的工具与基础，具体来说即先按照时间进行统筹管理，在不同的季节月份，找出易发生的风险种类，并将其落实到区域上，进行综合管理。时空分

---

* 本章完成人：中国科学院地理科学与资源研究所的潘韬、刘洪滨、王长科、黄磊、叶谦。

布是风险的基本属性，前文进行的综合评价可以为将来进行空间综合奠定基础。

但对于时间角度的风险研究还较少，而对于气候变化风险这种季节性很强的风险来说时间季节上的分析对于风险的管理至关重要，这与 Glantz（2004b）所强调的气候变化影响的季节性（seasonality）研究的理念十分吻合。尽管在全球气候变化的背景下，我们对季节的自然变化和季节性的特征还没有确定的解释，但是可以明确的是气候变化造成的季节过渡性质的微小变化都可能会对这些已有的大风险造成很大的影响，因此从季节和时间上来管理气候变化风险，对气候变化风险进行前期预警都是十分必要的。

此外，时空分析都需要从分类管理的角度对其进行补充，简单地根据过去发生的概率推算出来的风险的时间或空间规律，在气候变化的背景之下，可能也会出现变化，完全依靠这个时空规律进行气候变化的风险管理，就像全部采用简单风险的传统评估和管理方法进行管理一样，会产生很多问题。在未来的气候变化背景下，这些风险发生的时空规律会有什么样的变化趋势、有多少可靠性、确定程度有多少，都需要有一个恰当的判断，这就需要气候变化风险的 IRGC 分类管理从时空角度进行分析。因此，分类管理对时空综合是一个提升，同时时间综合又促进了分类管理的细化。

7.1.2　纵向综合

纵向综合风险治理实际上是要发展完善的综合风险治理程序，本书主要从联合国提出的三个方面的气候变化风险综合管理来实现，即预见性的风险管理，确保未来发展将减小而不是增大风险；补偿性的风险管理，减轻现有风险的损失；反应式的风险管理，确保灾害事件发生后风险不会重现（UNDP，2002）。

在本研究中，由于最突出的气候变化风险是海平面上升引起的一系列风险，因此，在进行风险综合治理时要尤其予以重视。

对于预见性风险管理，由于要确保未来发展减小风险，因此，必须对未来气候变化，尤其是海平面上升的风险进行模拟和预测，并制定防御性策略和工程性措施，并纳入未来本区域的发展规划之中。一方面，进行提前的适应，另一方面，尽可能避免一些经济规划和建设在不考虑未来气候变化影响的情况下盲目开发。在这个层次的管理中就要结合"科学综合"的分类管理体系，根据类别进行策略和方法的选择。

对于补偿性的风险管理，是对已形成的气候变化风险进行评估之后，进行一些恢复性的建设、援助和管理，尽量减少风险的各种损失。

对于反应式风险管理，要做到灾害事件发生后风险不会重现是不太现实的，只能是通过各种脆弱性管理、防御工程设施的建设以及应急反应能力的提高，减少未来风险发生时可能造成的损失。

7.1.3　横向综合与分类管理

鉴于气候变化风险管理的复杂性，需要进行部门内部的综合风险治理。就是把气候变化风险因素纳入到各个部门、领域、组织的日常风险管理框架当中，进行领域内的综合风险治理。例如，对各种灾害管理部门来说，纳入气候变化的风险因素进行综合风险治理之后，还需要对部门内部进行 IRGC 的分类管理，才能对具有不同层次不确定性的气候变化风险进行较好的综合治理。

具体方法就是要把这些已经分出类别的气候变化风险归入各个部门领域中，让其按照类别进行分类管理。而对于其他还没有建立风险管理体系的组织，尽快在中国综合风险防范体系的示范下，开始构建综合风险治理体系，把气候变化风险纳入部门、领域和组织内部的综合风险治理。这就要求我们建立一个标准的、普适的风险管理框架，在各部门内部开展综合风险治理，并把气候变化作为其中的风险因素纳入到其总的管理体制。

7.2　自然生态系统风险防范技术

自然生态系统是指由一定空间中的生物群落与其环境组成的，没有或者很少受人类活动直接干扰的统一体，其中，各成果借助能量和物质循环形成一个有组织的功能复合体。自然生态系统主要包括森林、草原、荒漠、湿地和冻原等。近年来的研究表明，自然生态系统破坏和退化日趋严重。由人类活动排放温室气体导致的全球气候变化，是自然生态系统变化与破坏的重要原因之一。

生态系统对气候变化的适应和调节能力是有限的，如果气候变化幅度过大或持续时间过长，超出了生态系统自身的调节和修复能力，生态系统的结构和功能就会遭到破坏。气候变化特别是气候变暖使极端天气、气候事件如干旱、火灾、病虫害、高温的频率和强度增加，从而使自然生态系统的脆弱性增大。自然生态系统已经进化或发展出在一定的气候变异范围内的应对和自适应能力。但是如气候变化导致超出系统经历的历史范围的极端事件发生频率或强度增加，会增加系统的风险使系统不能完全恢复甚至崩溃。

根据 IPCC 第四次评估报告（IPCC，2007b）和中国国家气候变化评估报告（《气候变化国家评估报告》编写委员会，2007），气候变化对森林生态系统的影响表现在树种分布变化、林线上升、物候提前、生产力和碳吸收增加、加剧林火和病虫害；对草地的影响表现在草地退化加剧、草地物候提前、草地生产力随降水变化而有地域差异；对内陆湿地的总体影响是，湿地的面积萎缩、功能下降；气候变化加重荒漠生态系统的脆弱形势；动物、植物和微生物多样性、栖息地以及生态系统及景观多样性受到影响。

未来气候变化会对中国主要陆地自然生态系统造成严重影响，表现为植被范围改变、树种适宜面积减少、林火和病虫害加重等。未来气候变化可能导致中国森林植被带北移，未来中国森林第一性生产力的地理分布格局不会发生显著变化，但森林生产力和产量均呈现不同程度的增加。气候变化对草原生产力的影响在不同草原区有所不同，如内蒙古温带草原地上生物量增加。未来气候变化将使内陆湖泊加速萎缩，海平面上升将使长江三角洲附近的湿地面积减少和质量下降，区域暖干将导致三江平原湿地资源减少。

总之，近百年的气候变化已经给全球与中国的自然生态系统和社会经济系统带来了重要影响，未来气候变化的影响也是长远而巨大的，许多影响是负面的或者不利的。因而，从现在起就必须考虑采取适应气候变化的措施，以克服气候变化对生态系统的不利影响。结合上述的综合管理理念与 IPCC 的适应对策，综合发现防范体系如图 7-2 所示。

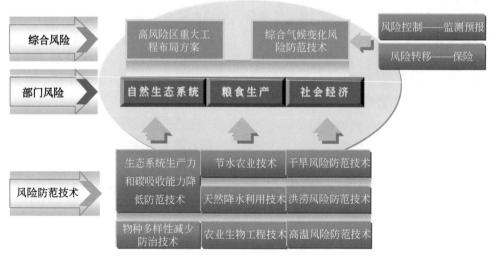

图 7-2　气候变化风险防范体系

7.2.1　生态系统生产力和碳吸收能力降低防范技术

生态系统生产力是指生态系统吸收同化外界能量的能力。生态系统最基本的生产力是绿色植物和自养性微生物把辐射能转化为可利用的食物能形式并储存起来的能力，即初级生产力。陆地生态系统生产力是描述区域碳吸收能力的一个主要指标。气候变化对生态系统生产力和碳吸收能力产生了重要影响，生态系统生产力对气候变化高度敏感。陆地生态系统目前是一个碳汇，但到 21 世纪末随着温度的增高，汇的强度会降低甚至变成源。利用生物地球化学机理模型 CEVSA 估算了 1981 ~ 2000 年中国陆地生态系统生产力和碳通量，包括净初级生产力（表示植物生长）（NPP）、土壤异氧呼吸或土壤碳排放（HR）、净生态系统生产力（表示植物生长扣除土壤碳排放后的净变化）（NEP）以及中国植被和土壤碳储量。结果表明，生态系统生产力和碳通量对气候变化高度敏感，其中，NPP 和 HR 总量的年际变化分别与年降水量和气温呈显著正相关。20 年间中国的 NPP 和 HR 总量，都呈明显的上升趋势，但 HR 的上升趋势大于 NPP。中国陆地碳源和碳汇的区域差异明显，从 20 年平均状况来看，中国的大部分地区年平均 NEP 很小，略高于零。碳吸收主要发生在东北平原、华北中西部、西藏东南地区和西南地区。碳释放主要发生在四川盆地南缘和云贵高原西南端、闽南丘陵、内蒙古西北部和新疆天山及准噶尔盆地等地区（李克让等，2005）

未来中国森林第一性生产力的地理分布格局不会发生显著变化，但森林生产力和产量均呈现不同程度的增加。在热带、亚热带地区、森林生产力将增加 1% ~ 2%，暖温带增加 2% 左右，温带增加 5% ~ 6%，寒温带增加 10%。中国主要用材树种生产力增加的顺序（从大到小）为兴安落叶松、红松、油松、云南松、马尾松和杉木，增加幅度为 1% ~ 10%。未来全球气温上升 1.5 ~ 4℃ 时，对红树林生产力提高有一定的促进作用。在不考虑 CO_2 肥效的情况下，2091 ~ 2100 年中国森林生态系统净第一性生产力将减少，森林由目前的碳汇变为碳源。如果考虑 CO_2 肥效，净第一性生产力则增加，碳吸收能力增加，然而施肥效应随时间递减（Ju et al.，2007）。2100 年千烟洲中亚热带人工针叶林生态系统净第一性生产力增加，具有较强的固碳潜力（米娜等，2008）

但是，需要指出的是，尽管森林净初级生产力可能会增加，但由于气候变化后病虫害的爆发和范围的扩大、森林火灾的频繁发生，森林固定生物量却不一定增加。近年来，中国天然湿地的数量和面积不断减少，吃水、蓄水和调洪能力持续下降，许多依赖湿地生态系统的珍稀物种消失。模拟显示，在 6 种气候情景下（气温分别升高 1℃、2℃ 和 3℃，降水量增加或减少 10%），中国东北地区的沼泽面积将减小。气候变化对中国北方泥炭沼泽影响的另一种可能是，如果气温升高，冻土南界北移，将使大量储存在泥炭沼泽中的碳源源不断地释放，影响大气中 CO_2 和 CH_4 的含量。此外，自 20 世纪 50 年代以来，中国西北地区的内陆湖泊湿地，大部分萎缩甚至干涸，除人类影响外，西北地区长期以来暖干化的气候是重要原因。气候变化导致的极端干旱区和亚干旱区增加的幅度不断加大，使荒漠化的生物气候类型区总面积增加，降低了生态系统生产潜力。

因此，人类正在努力寻找各种能够减缓大气 CO_2 浓度升高的技术措施，除改善能源结构有关的措施外，采取一系列技术手段来增加陆地生态系统中碳库储。《京都议定书》的签订，使得全球碳循环研究成为一种政府行为。努力提高本国生态系统对碳的吸收量，同时尽可能地减少碳排量已成为每个成员国政府所面临的共同问题。为了达到这一目的，除了减少人为排放量外，加强对生态系统的碳管理也是有效的方法之一。

1. 火干扰管理

作为陆地生态系统重要的干扰形式之一，火干扰剧烈地改变了生态系统原有的格局与过程，改变了土壤的生物物理化学性质，影响系统的养分循环和物质分配，进而对生态系统生产力产生重要影响。另外，火干扰所引起的大气化学性质的改变，也对生态系统生产力产生重要的作用。在全球变化背景下，火干扰的频率和强度将会增大，碳过程和碳收支将受到更强烈的干扰，生产力受到更严重的破坏，释放到大气中的 CO_2 量将会升高。日益严峻的火干扰形式对火管理提出了更高的要求。合理的火管理能够通过三者之间的反馈机制有效地减缓全球变化进程。火干扰管理主要包括两个方面：防火与控制性火烧。防火是防止火灾发生、降低火灾强度、减少干扰影响的有效管理方式。成功的防火措施能够有效地延长火灾轮回周期、增加有机物质的累积、减少由于生物物质燃烧释放的痕量气体。但是长期的防火措施会使得生态系统的火险等级不断升高，高强度、高破坏性火干扰发生的概率升高。控制性火烧是一种为了达到某一特定管理目标而人为点燃的火灾，是与防火相对的一种火干扰管理方法。它是在有控制的情况下，有计划点燃火险等级较高、生产力处于下降期的区域，从而降低发生大范围火灾的可能，提高生态系统生产力。计划火烧通常是低强度、低破坏性的，燃烧范围通常局限于地表与林下叶层。人为控制下的火可以抑制草地杂草、移走死的生物量、清理土地、刺激草的再生长并减少野火的发生。控制性火烧是在一定环境条件下，控制性地通过人为点火去除地表累计物质，减少林下冠层的高度以降低火险等级的管理方法。控制性火烧通常在地表物质湿度较高，风力偏小的非火灾季节进行。控制性火烧在某种程度上可以实现火灾对生态系统物质循环和森林健康的调节作用，并能够有效地控制火灾的灾害性后果。合理地利用控制性火烧不仅会有效地防治高强度火干扰事件的发生，减少痕量气体的排放，而且能够有效地提高生态系统的生产力，对于陆地生态系统碳增汇和控制大气中温室气体的浓度具有积极意义。在许多森林生态系统中，定期发生强度相对较低的地表火对于森林的持续健康发展是有益的，没有这种火灾，燃料累积会越来越多，一旦火灾发生就会迅速发展成林冠火，对森林造成更大破坏。利用控制性火烧作为维持生态系统、防止灾害发生、管理自然资源的重要手段，已经在世界许多国家得到广泛应用（吕爱锋和田汉勤，2007）。

另外，遥感技术方法的出现为获取火干扰时空信息提供了方便、经济的手段。近年来，各种遥感平台与算法在火干扰信息获取中得到了广泛、有效的应用。虽然这些平台和算法由于各自的局限性都存在着一定的误差，但是不断出现的新的遥感平台和算法将会大大提高基于遥感获取火干扰信息的精度。模拟方法主要应用于未来全球变化背景下火干扰信息的获取。通过构建火干扰发生和行为模型，结合未来全球变化情景，来模拟未来的火势信息，为政府决策和科学研究提供依据和指导。

2. 退化土地恢复植被技术

对各种功能退化土地，如严重侵蚀的土地、因工业而严重污染（如重金属等）的土地、矿山废弃地、盐化、碱化和沙化土地等，进行合理的治理，使这些土地恢复植被也是增加碳汇潜力的措施。

首先，采用工程技术措施，为植被生态重建创造必要的立地条件，在退化的土地上因地制宜的修筑天沟、品字沟、鱼鳞坑、高等沟、土谷坊、拦沙坝和梯田等，以拦蓄雨水、拦住泥沙。沟沟岔岔是径流的通道，得在沟内修好拦沙坝、土谷坊、山顶山腰修天沟、品字沟、鱼鳞坑以推迟径流的形成时间，即使形成径流，在出口处又被拦住，这样就能缓洪拦沙、固定沟道。在土层较厚、土质较好、坡度较小的山坡修水平梯田加以利用。

其次，采用生物技术措施。工程技术措施治标不治本，必须与生物措施相结合。选择先锋树种草种。退化土地的特点是土壤极度干旱、酸、地表硬、透水性差。因此，在选择草种、树种时，要选择旱生结构，要求根系发达、根冠比大、叶狭窄硬化、保水力强，在干旱、瘦瘠条件下应能保持较强的通化力的树种草种。经过对比试验在南方退化土地已经选出了大叶相思、窿缘桉和湿地松、糖蜜草、柱花草等几个优良树种和草种。另外，要建立多层次的混交林。先锋树种、草种的筛选为植被生态重建提供有效的科学依据。在群落的水平配置方面：深根性的豆科植物，配置以改造环境的混交林型，如大叶相思、格木和沙椤等。在立地条件较好的地方选择经济价值较好的植物，配置以利用为主的混交林型，如益智、沙仁、白木香和肉桂等。采用的混交方式有株间混交、行间混交、带状混交和块状混交。在树种混交时，特别注意阴性与阳性、深根与浅根、豆科与非豆科之间的相互配置（梁喜，2000）。

3. 湿地恢复和保护技术

湿地在全球碳循环方面发挥着巨大的作用。随着人口压力的加大以及社会经济的发展，湿地面临着破坏或转为他用的威胁。如果湿地的利用性质得到改变，则这种改变对它的固碳潜力有重要的影响（段晓男等，2006）。因此要采取措施，创造和恢复湿地在生态系统固碳中的作用。

泥炭湿地恢复的首要措施是通过改善水文条件，具体做法包括：废除排水渠道，提高水位；增加集水区，保持恢复区湿地水位稳定；建立水利缓冲区；改变地表结构（坡度等），调整微环境；减少蒸发。其次是要恢复被破坏的植被层，具体措施包括引种、秸秆覆盖和施肥。所引进的主要物种是水藓植物。水藓植物可以直接利用泥炭地表层水和降水，比维管植物更有竞争力和适应性。在湿地管理方面，人工引种的恢复效果要好于机械引种。在湿地上覆盖秸秆，是北美泥炭湿地的一种重要措施。一方面可以增加土壤湿度，调节泥炭表面温度，有助于提高水位、减少蒸发。研究认为和裸露的泥炭地相比，覆盖有秸秆的泥炭湿地的蒸发降低了 20%。另一方面，可以固定植物，有助于更快地建立植物群落。

沿海湿地的恢复和泥炭湿地的恢复类似，重建的途径也是通过恢复湿地的水文条件和植被状况来实现的。所常用的恢复植物类型为互花米草和大米草。恢复湿地的植物碳库发展比较快，互花米草群落地上生物量只需要 1~3 年就可以与自然湿地相似。地下生物量需要 3~5 年就可以恢复。

森林湿地的恢复途径是根据当地的具体情况，重建水文和土壤循环，并且从短期的观测发现，这些措施可以导致很高的固碳速率。虽然目前缺乏长期的观测数据，但模型模拟计算说明这种潜力是持久的。

4. 森林病虫害防治技术

遗传基因控制技术是实现中国森林保护策略关键技术。从林木或其他动植物体内定位到抗病、抗虫基因，并将其克隆、转入到林木体内，表达出对特定或大多数病虫害的持续高抗性。目前，涉及遗传转化的树种已达 9 科 19 属近 30 种。一些重要的树种如杨树、欧洲落叶松等已获得了转基因植株。在报道的林木基因工程的目的基因中，抗性基因的种类最为丰富，包括了抗虫基因、抗病基因、抗盐基因、抗寒基因以及抗除草剂基因。对于病原主导性病害，寄主一般体现为单基因控制的垂直抗性，相应的病原致病基因也是单基因，这样便于克隆抗性基因以抑制致病基因的表达；对于寄主主导性病害，寄主则往往体现为多基因控制的水平抗性，病原的致病性也往往是多个基因的表达，因此不利于克隆特定的抗病基因以表达抗性。寄主主导性的病害是由不良环境因素造成树木生长长势下降而诱发产生的，因此，这类病害又称作生态性病害。例如杨树溃疡病、烂皮病，它们一般是在环境胁迫引致树皮膨胀度低于 80% 时才能够发生。因此，如何提高树木生长势，增加抵抗逆境胁迫能力是防治树木生态性病害的根本。在抵抗这类病害的基因工程中，应转入能够提高树势、强固细胞壁的抗渗透胁迫基因（王艳琴，2009）。

7.2.2 物种多样性减少防范技术

物种多样性是生物多样性最主要的结构和功能单位，是指地球上动物、植物和微生物等生物种类的丰富程度。

气候变化对物种多样性产生了重要影响，气候变化改变了高山生态系统物种组成和群落结构，对高山生物多样性既有正面也有负面影响。一方面，低海拔物种往高海拔迁移可能增加高山生物多样性。如在过去 100 年中，低海拔物种的迁移使瑞士境内高山带的植物多样性显著增加，喜马拉雅山高山带物种丰富度也明显提高。另一方面，气候变暖也可能降低高山带生物多样性，如连续 5 年升温和施肥使瑞典北部高山冻原带苔藓和地衣优势群落的物种数量减少，物种丰富度和多样性降低。气候变暖还可能使高山带的生物或优势物种因为适宜生境的消失而濒临灭绝或被其他物种替代。研究证明气候变暖使喜温的灌木、草本和入侵杂草的分布趋于更高的高程，增加了高山带物种丰富度，并使亚高山和高山带物种更替速率加快，但同时也威胁到区域内的特有物种。例如，在增温和增加养分的条件下，挪威南部高山带的优势矮灌木宽叶仙女木被禾本科和非禾本科草本取代（刘洋等，2009）。而在中国，其表现在长白山等高山群落交错带种组成和林线位置的变化以及青藏高原高寒草甸的退化；中国蕨类植物的 6 种主要特有属及其代表种均分布于云贵川三省，由于空气湿度降低及地下水位下降，蕨类植物处于濒危状态；依赖泉水环境生长的孑遗生物淡水褐藻仅在嘉陵江流域发现过，由于泉水枯竭，现已消失。未来气候变化将可能导致一些树种适宜面积减少。到 2030 年，各树种适宜面积均减少，兴安落叶松、油松和马尾松皆减少 9%，杉木减少 2%。

要想制定物种多样性减少的防范技术，需要从引起生物量减少的原因入手，制定相应的政策，采取的一定措施，来控制物种多样性减少的速度或者来增加物种多样性。

1. 遥感探测监测技术

气候变化对生物多样性产生了重要影响，为了设计卓有成效的保护物种多样性战略，必须要充分了解物种的分布以及分布随时间变化的信息。而单纯地依靠野外调查来估计和获取这样的信息即便是可能的也是十分困难的。遥感可以系统地提供地表覆盖的定时信息，对生物多样性的研究极为有益。遥感与地理信息系统结合，更扩展了遥感在这一领域的应用潜力。目前大多数遥感用于物种多样性的研究集中在陆地上，对海洋、淡水生态系统的研究极少，由于动物种的移动性较大，用遥感很难研究动物种的多样性，这样遥感用于陆地生态系统生物多样性的研究就主要针对最大的植被生态系统——森林生态系统。目前国内外利用遥感估计物种的多样性，大致可以归纳为三种类型：直接利用遥感数据对单个物种或生境制图，从而预测物种的分布；通过统计学方法建立遥感数据的光谱辐射值与野外调查得到的物种的分布格局间的关系模型，从而估计一定区域的多样性；与野外调查数据结合直接进行生物多样性描述指标制图。在没有人为干扰或人为干扰较小的情况下，物种的分布主要受环境变量如地形、降雨和土壤类型等的影响。这些空间分布变量对遥感来说是很有用的。结合 DEM、坡度、坡向和水源的状况等这些辅助数据可以提供有关物种分布的更详细的信息（徐文婷和吴炳方，2005）。针对物种多样性的探测和监测情况，对一些受到破坏或者濒临灭绝的物种采取措施，保护物种多样性。

2. 生物工程技术

生物工程技术指通过基因改变或微进化使生物适应气候变化。物种对气候变化进化性适应与物种分布变化、繁殖和迁徙等关系密切。目前观测到物种对气候变化适应性进化的一些例子，如一年生植物开花、道格拉斯冷杉分布、哺乳动物活动和蝴蝶迁移等适应气候变化而发生相关基因的变异。植物对气候变化的适应将取决于与气候变化相关基因变异、自然选择的方向和强度。研究发现，长期土壤湿度改变使英国萝卜和美国卡里弗尼亚南部田芥开花日期变化、相关基因改变，这些植物在干旱环境下，后代开花日期比其祖先开花日期提前了 1.9d，在湿润环境下的后代比其祖先提前了 8.5d；气候变化引起瑞士南部山毛榉分布相关基因改变，使这些植物在新分布区能正常生长发育。动物基因改变适应气候变化与动物繁殖密切相关，过去 10 年中因春天气温升高和食物供应的变化，在加拿大育空西南部红松鼠的繁殖期已提前 18d，在这 10 多年这个动物已繁殖数代，不同代基因都发生了相应变异；研究发现，气候变化引起一种普通海扇繁殖期提前，相关基因发生变异。应对气候变化利用生物技术人为选择培育适应性强的新物种等，如培育抗干旱、抗高温物种等（吴建国等，2009）。

对一些濒临灭绝的物种采取基因保存对策，保存种子库、基因资源库和染色体等；建立自然保护区保护，保护区考虑动植物长距离迁徙，进行物种与生态系统集成保护，减少对自然保护区物种的威胁，增加生物多样性的弹性，帮助物种自然适应，保护物种多样性。

3. 人工封育技术

人工封育是一种有效的快速植被恢复措施，尤其对于以牧业为主的北方农牧交错带，降水较为稀少，且年际变化较大，封育后草地植被能够迅速恢复。研究显示，在宁夏盐池人工封育区植物物种多样性指数在封育 2 ~ 3 年后较高，而封育 4 ~ 5 年后多样性指数出现不同程度的下降，表明封育对植被恢复并不是呈简单的线性关系，因此该地区封育周期以 2 ~ 3 年为宜，以 2 ~ 3 年为封育周期进行轮牧或刈割，这样一方面可以使结皮松动，有利于有限的降水被植物充分利用；另一方面可抑制优势种的扩展，使伴生种、特化种获得生存空间，从而增加物种多样性和植物特征值，使生产力得到提升（李瑞等，2006）。在流沙比较严重的地区，除了进行 4 ~ 5 年人工封育外，当以砾石沙障稳定沙面以后，植物多样性恢复的速度开始加快，植物多样性也有了一定程度的增加（魏占雄，2009）。

4. 退耕还林还草

退耕还林还草是指从保护和改善西部生态环境的角度出发，将易造成水土流失的坡耕地和易造成土地沙化的耕地，有计划、分步骤地停止耕种；本着宜乔则乔、宜灌则灌、宜草则草、乔灌草结合的原则，因地制宜地造林种草、恢复林草植被。造林种草是人工调节山丘区生态环境的有效措施。大量培育林灌草，可以增加植被覆盖度，起到固土保水、减少径流的作用。在不适宜耕作的陡坡地实行退耕还林以及在荒漠化严重的地区实行退耕还草，都可使大气碳保存于植物生物体或土壤中，使生态系统固碳量增加。由于中国的陡坡开荒的开垦面积较大，因此，在这些不适宜于种植的地区种树、种草会极大地增加中国的碳储量，并使生态环境得到改善，增加物种多样性（王继军等，2004）。

5. 防止外来物种入侵技术

所谓外来物种入侵则是指从自然分布区通过有意或无意的人类活动而被引入，在当地的自然或半自然生态系统中形成了自我再生能力，并给当地的生态系统或景观造成明显损害或影响的物种（李宁，2008）。随着全球经济一体化的快速发展，外来物种入侵的现象越来越严重。这些入侵的物种不但使生物多样性受到了严重的威胁、物种灭绝的速度加快、遗传多样性急剧贫乏、生态系统严重退化，而且也加剧了人类面临的资源、环境、粮食和能源的危机，外来物种入侵已经成为生物多样性丧失的主要原因之一。因此，需要采取相应的措施来阻止外来物种入侵。

外来物种入侵与人类活动有着密不可分的关系，为了降低入侵物种对人类社会的威胁，首先，要加强外来物种入侵的防范意识，加强外来物种入侵方面的宣传教育，使人们意识到外来物种所带来的危害并提高警惕，发现外来物种时要及时向检疫部门申报。

其次，要增强海关检疫。一些引进的外来植物物种本身对土著生物和环境没有危害，但是引种过程中的病虫害检疫程序出现漏洞，导致外来有害病源和病虫害的入侵。因此，海关和检疫部门应加强引种植物的病虫害检疫。

再次，要加强海关对携带外来物种入境的检疫管理。开展外来树种入侵风险评估，当需要引进外来物种时，就要对该物种进行全面了解，熟悉其生物特性。通过分子生物学、数学模型和计算机等综合方法模拟环境试验，对外来物种入侵所带来的危害进行早期预测，并要建立相应的评估体系。评估体系主要从物种的繁殖与扩散特性、遗传特性、生物适应能力、有害特性等方面确定植物入侵的评价依据和标准，并提出防范和控制策略。外来物种被引进之后，需要结合遥感等技术进行动态跟踪监测，以查询其是否对土著生物和环境带来危害，以便做出早期预警和快速反应。一旦发现外来物种带来危害时，要采取隔离或缓冲区等相应防范措施，建立监测档案。此外，要继续发布外来入侵物种名录，制定对外来物种的现实影响和潜在影响进行评价的研究计划，建立控制和消除外来物种的生物学方法和其他方法，最大限度地减小引进外来物种的风险。

法律是防治外来物种入侵的有效方法，世界自然保护联盟（IUCN）提出了制定外来入侵生物管理法规与准则的指南。美国对于生物入侵的研究主要集中在入侵种的预防、控制和本地种的恢复方面，并制定了《联邦有害植物生物法》，1996 年颁布了《国家入侵物种法》，防范外来水生生物入侵。中国也制定了《对外贸易法》、《货物进出口管理条例》、《全国生态环境保护纲要》等有一些外来物种入侵问题的法律规定，现在需要根据中国的国情在立法方面积极加入有关防治和控制外来物种的国际条约或公约使之与国际法接轨。国际法规定的一些原则如风险预防原则、污染者付费原则等，以及一些制度如行政许可制度，都可以被借鉴用于防治国内外来物种入侵（屈冉和李俊生，2007）。

7.3 粮食保障风险防范技术

粮食是人类生存和社会经济发展不可或缺的物质基础，而气象和气候条件直接影响和制约着粮食生产过程。气候控制着土壤的湿度、植物获得的日照量和各种条件，这些变量的改变可影响作物的产量，从而影响粮食供应和农民的生计。

气候变化给全球和中国粮食生产与食品安全带来严峻的挑战。受气候变暖影响，未来全球的农业生产的自然风险和不稳定性将明显增大。由于气候变暖带来的干旱加剧、洪涝频繁发生，将促使全球粮食产量出现大幅波动，粮食供给的不稳定性会增大，粮食储备水平大幅下降，大范围严重饥荒出现的可能性增大。例如，在拉丁美洲较为干旱的地区，受全球变暖的影响，预计会出现农业用地的盐碱化和荒漠化，某些重要农作物生产力会下降，畜牧业生产力预计也会降低，这将对粮食保障带来不利后果。预估结果还表明，澳大利亚南部和东部大部分地区以及新西兰东部部分地区的农业产量到 2030 年也将下降。中亚和南亚的农作物产量到 21 世纪中叶可能减少 30%（IPCC，2007b）。

中国是一个农业大国，而且中国的粮食生产对气候变化的反应又十分敏感。在全球气候变暖的背景下，中国农业气象灾害、水资源短缺和农业病虫害的发生程度都呈加剧趋势。其中，受全球气候变暖影响，大范围持续性干旱成为中国农业生产的最严重威胁。中国每年因旱灾平均损失粮食 300 亿 kg，约占各种自然灾害损失总量的 60%。未来气候变暖将导致中国主要粮食作物生产潜力下降、不稳定性进一步增加。在现有的种植制度、种植品种和生产水平不变的前提下，到 2030 年中国种植业生产潜力总体上可能下降 5%～10%（《气候变化国家评估报告》编写委员会，2007）。其中，灌溉和雨养春小麦的产量将分别减少 17.7% 和 31.4%。2071～2100 年，中国冬小麦生产潜力将下降 10%～30%，水稻生产潜力将下降 10%～20%，玉米生产潜力将下降 5%～10%。如果不采取积极应对气候变化的有效措施，以中国现有的生产水平和保障条件，到 21 世纪后半期，中国主要农作物（如小麦、水稻和玉米）的年产量最多可下降 37%。气候变化和极端气象灾害导致中国粮食生产的自然波动，将从过去的 10% 增加到 20%，极端不利年景甚至达到 30% 以上。

由此可见，气候变化将严重影响中国长期的粮食保障。当然，气候变暖对中国农作物的影响在有些地区也会出现正效应。如在中国东北地区，气温升高对冬小麦种植区域的北移西延提供了有利条件。由于东北地区气候变暖明显，低温冷害有所减轻，晚熟产品种植面积不断扩大。但总体而言，气候变化对中国农业生产的影响还是以不利影响为主。因此，应把促进农业生产和保障粮食保障作为应对气候变化的首要任务，依靠科技进步，通过节水农业技术、天然降水利用技术、农业生物工程技术等开展气候变化风险管理和风险防范、促进农业适应气候变化的可持续发展。

7.3.1 节水农业技术

中国是一个水资源短缺、时空分布不均的国家。中国所拥有的水资源总量达 2.8 万亿 m^3，但是水资源可利用量仅 8140 亿 m^3，不到水资源总量的 1/3，人均和单位面积水资源量也均低于世界平均水平，其中人均水资源量仅为世界人均水平的 1/4，单位国土面积水资源量约为世界水平的 1/2。而且，在全球气候变暖背景下，中国北方地区自 20 世纪 80 年代起出现了长达 20 多年的长期干旱，特别是华北地区由于持续少雨，形成了以环渤海地区和黄河、海河北部为核心的干旱地带，水资源严重短缺。受气候变化的影响，未来50～100年，中国北方部分地区［宁夏、甘肃、陕西、河北等省（自治区、直辖市）］多年平均径流深减少2%～10%，北方水资源短缺现状还将继续（《气候变化国家评估报告》编写委员会，2007）。

农业是中国的用水大户，用水总量为4000亿 m³，占全国总用水量的70%，其中农田灌溉用水量3600亿～3800亿 m³，占农业用水量的90%～95%。因此，在水资源日益紧缺的情形下，中国农业缺水问题在很大程度上要依靠发展节水农业来解决。所谓节水农业，就是以最低的用水量获取最大的产量或收益。换句话讲，节水农业是充分利用降水和其他可利用水资源，采取工程水利措施和农艺措施，提高水的利用率的农业。大力发展节水农业技术和推广节水农业对适应气候变化、保障粮食安全以及推动农业和农村经济可持续发展具有重要的战略意义。节水农业技术主要包括抗旱、耐旱、节水作物及品种的选用，节水作物种植制度的应用，蓄水保墒的耕作技术，地膜和秸秆覆盖保墒技术，化学控制节水技术及节水灌溉技术等。

1. 选用抗旱、耐旱、节水作物及品种

在抗旱节水作物品种的选育方面，选择抗旱、耐旱、节水作物及品种是利用生物适应环境，以生物机能提高作物水分利用效率的一条重要途径。耐旱、抗旱作物一般在作物需水临界期能避开干旱季节并和当地的雨季相吻合，以充分利用有限的降水。发达国家已选育出一系列的抗旱、节水、优质的作物品种。如澳大利亚和以色列的小麦品种、以色列和美国的棉花品种、加拿大的牧草品种、以色列和西班牙的水果品种等，这些品种不仅具备节水抗旱性能，还具有稳定的产量性状和优良的品质特性。特别是近年来，在将植物抗旱基因的挖掘和分离、水分高效利用相关的基因定位以及分子辅助标记技术、转基因技术、基因聚合技术等应用于抗旱节水作物品种的选育上取得了一些极富开发潜力的成果。

2. 节水作物种植制度

节水农作制度主要是研究适宜当地自然条件的节水高效型作物种植结构，提出相应的节水高效间作套种与轮作种植模式，主要遵循两个原则：一是充分利用当地的光、热、水等自然资源；二是能获得较好的经济效益和生态效益。例如，在澳大利亚采用的粮草轮作制度中，实施豆科牧草与作物轮作会避免土壤有机质下降，保持土壤基础肥力，提高土壤蓄水保墒能力。巴基斯坦农业委员会根据坡度、降雨、土壤类型及流域管理，提出了种植包括牧草、小麦、经济林木和果树在内的栽培管理技术和种植制度，建立了一套整治荒地，使荒地产生经济效益和生态效益的节水生产体系。中国四川省采取旱地上以小麦、玉米和红苕为主，两季田上以小麦、油菜和水稻为主的节水作物种植制度。

3. 蓄水保墒的耕作技术

合理的土壤耕作具有调节土壤物理性状和蓄水保墒的效果。因此，世界各国在探究发展节水农业途径时，均非常重视耕作方法的改进与发展。现在大趋势是因地制宜，由多耕趋向于少耕免耕，由浅耕趋向于深耕，由耕翻趋向于深松，由单一作物连作趋向于粮草轮作或适度休闲，重视水土保持和纳雨保墒。在美国，随着高效除草剂的出现和免耕播种机

的研制成功，现代免耕技术已被广泛应用。据有关资料介绍，用免耕法种植玉米，籽粒增产 10% ~ 20%，秸秆增产 10% ~ 15%。目前，美国免耕种植面积已达约 2000 万 hm^2，占全国粮食作物面积的 20%。在中国旱地上广泛采用横坡垄作和格网式垄作法，既具有明显水土保持和纳雨保墒作用，又有显著增产效果（张建华等，2001a，2001b）。

4. 地膜和秸秆覆盖保墒技术

地膜覆盖可大大减少植物棵间土壤表面水分的无效蒸发，这种作用在作物的苗期尤为显著，地膜覆盖可以提高灌溉水和土壤水分的利用率，大大节省水资源。平均而言，每公顷地膜覆盖地每季可节省灌溉水 750 ~ 1200 m^3。此外，地膜覆盖还可促进种子萌发，早出苗、出壮苗，并促进作物早熟高产。该技术现广泛用于玉米、棉花、小麦、西瓜、蔬菜等几十种粮食经济作物上。秸秆覆盖是利用农业副产物（秸秆、落叶、糠皮）或绿肥为材料进行的农田覆盖。秸秆覆盖资源丰富（作物秸秆约占生物产量的 2/3），应用前景非常广阔。在作物行间覆盖秸秆，不仅能减少作物棵间土表水分的无效蒸发，而且能减少降雨的径流损失，从而提高土壤耕层供水量（张建华等，1997），同时还有利于改土培肥、保持水土。

5. 化学控制节水技术

化学覆盖下土壤孔隙中的水气受到多分子膜的阻碍不能散发，而在膜下聚积凝结形成液态水重新返入土壤。如此循环使耕层土壤中的水分含量不断升高，大大超过非覆盖地。化学覆盖的方法可分为成膜法、泡沫法和粉末覆盖。此外，通过节水生化制剂（如保水剂、种子药剂、抗蒸腾剂和生长调节剂等）调控农田水分状况，提高农田水利用率和作物水分生产率。法国、美国、日本和英国等开发出抗旱节水制剂（保水剂、吸水剂）的系列产品，在经济作物上广泛使用，取得了良好的节水增产效果。法国、美国等将聚丙烯酰胺喷施在土壤表面，起到了抑制农田水分蒸发、防止水土流失、改善土壤结构的明显效果。美国利用沙漠植物和淀粉类物质成功地合成了生物类的高吸水物质，取得了显著的保水效果。在提高作物抗旱能力的化学药剂中，像矮壮素等生长抑制剂早已被公认能促进根系生长发育。在干旱的情况下，发达的根系能加强作物对水分的吸收，增强作物抗旱能力。

6. 节水灌溉技术

1）渠道防渗和管道输水

渠道防渗主要是用混凝土、砌石来把渗漏严重的土渠改造成防渗漏的水渠。此外，世界上许多国家还在研究高分子化合物的防渗材料，力求改进防渗材料的性能。管道输水是农田灌溉中以管道取代明渠，以低压水流送至田间灌溉农田。研究与应用证明，管道输水与明渠输水相比，可节水、节能 30% 左右，少占地 12%，而且输水快、效率高、管理方便、适应范围广。

2）地表灌水技术改进

在改进田间地表灌水技术方面，主要方法就是平整土地，大畦改小畦，长沟改短沟，实行精细地面灌溉方法。精细地面灌溉方法的应用可明显改进地面畦（沟）灌溉系统的性能，具有节水、增产的显著效益。激光控制土地精细平整技术是目前世界上最先进的土地平整技术。国内外的应用结果表明，高精度的土地平整可使灌溉均匀度达到80%以上，田间灌水效率达到70%～80%，是改进地面灌溉质量的有效措施。

3）喷灌和微灌技术

微灌技术是所有田间灌水技术中能够做到对作物进行精量灌溉的高效方法之一。以色列广泛采用滴灌和喷灌，灌溉量据不同作物的需水量而定，按时、按量将水肥等直接输入植物根部，避免了水的蒸发损失，促进了单位面积产量和效益的提高。试验表明，滴灌使水的利用率可高达90%，滴灌比地面自然灌溉节水60%，比喷灌节水25%。除以色列外，喷灌和微灌面积较大的国家还有美国、西班牙、澳大利亚和南非等。现在美国的喷灌和微灌面积占全国总灌溉面积的44%，而中国仅有2%。

7.3.2 天然降水利用技术

雨水利用作为一项古老的富集天然降水利用方式，在以色列、土耳其、非洲、拉丁美洲和亚洲包括中国在内的许多国家已流传了数千年，并一直延续至今。以往的雨水集蓄利用系统主要是为提供家庭生活用水而设计，用于农田灌溉的则不多。20世纪下半叶，随着世界人口的增多，粮食需求总量急剧增加，水资源供求矛盾加剧，国际上一些拥有较大干旱半干旱地区的国家，如美国、前苏联、澳大利亚、以色列和非洲一些国家，都相继开始了将传统小规模家庭集流技术应用于旱地农业灌溉的尝试。

旱地农业是指没有灌溉条件，充分利用降水的雨养农业。在全球变暖背景下，中国一些干旱和半干旱地区降水可能趋于更不稳定或者更加干旱，这必将对旱区农业生产造成不利影响。因此，为防范气候变化可能带来的危险，大力发展和推广应用旱地农业降水高效利用技术对提高旱区农业产量、保障粮食产量具有十分重要的意义。利用各种有利技术和采取各种有效措施充分利用天然降水，使其产生最大的生产效率，从而提高旱地农业对气候变化的应变能力和抗灾减灾水平。提高旱地农业天然降水利用率的技术主要包括以下几个方面。

1. 不断完善水利工程设施拦蓄天然降水

结合农田基本建设，治理水土流失，不断完善水利设施，对塘坝、水库和渠系不断整修加固，拦蓄夏秋降水，供旱灌调用。例如，邢台市西部山区降雨年内变化大，而且与农作物需水时间不完全适应，汛期降雨集中，径流占全年比重大，利用率较低。通过修建蓄水工程，拦蓄汛期雨水，为作物需要时提供灌溉水源，把天然径流在时空上加以重新分配，充分利用雨水资源。该区利用山场集雨，为当地的农业和经济发展发挥了重要作用，取得了良好的效果（乔光建和吴丽英，2009）。

2. 雨水集蓄利用技术

雨水集蓄利用技术是指通过农业工程措施将雨水收集起来，在时间和空间上重新进行分配，以达到高效利用雨水的目的。集雨节灌是现代旱地农业新技术，是干旱地区农业单产超过3000 kg/m^{2}的关键技术，发展和应用前景广阔。该技术主要包括雨水集流、净化存储和高效利用三部分。雨水集流技术的关键是集流场设计和集流材料的选用，设计核心是材料的集水效率，常见的有沥青路面、屋面（青瓦、机瓦）、混凝土等硬处理地面及覆盖面处理。试验表明，在年降水量350～400 mm地区，0.2～0.4 hm^{2}的防渗面所收集的雨水，可以灌溉1 hm^{2}的农田。存储设施有水窖、蓄水池、涝池和小水库等，以水窖为主。水窖由集水场、引水渠、沉沙池、进水管和水窖组成。集水场一般建在荒坡山地、路面、场院和屋顶等易产生径流的地段，将多余的水分蓄积起来。集雨节灌主要用于作物需水关键期或早期的有限抗旱灌溉。宁夏固原县1995年大旱时利用集水进行移动滴灌小麦的单产是旱地产量的5倍（占斌和山仑，2000）。

3. 建设高效土壤水库，增加农田储水能力

所谓"土壤水库"系指作物根系影响深度范围的土壤包气带及其土壤水。"土壤水库"是世界上最具有调蓄雨水能力的场所。在干旱半干旱地区，"土壤水库"接纳的降水量远大于地表水资源和地下水资源量。建立合理的耕作制度，是建设高效土壤水库、增加农田储水能力的重要举措。

1）深松蓄水技术

多年来人们一直使用传统的耕作方法，耕作粗放、广种薄收、田间管理差，致使很多自然降水径流白白流失，很多土壤水分变成水汽而蒸发掉，干旱越演越烈。如能采取合理而有效的蓄水保墒耕作措施可以达到多蓄低耗的效果，使保墒、养墒和用墒相结合。也就是说要把自然降水接纳好，保蓄在土壤中，适时而有效地对土壤水分加以控制和调节。

土壤深松是工程技术中最为有效的蓄水措施，深松可充分打破犁底层，使土壤极大地提高水分入渗率，增加土壤水含量，更利于作物在不同需水期获得充足的水分供给，同时对排碱除涝也有着显著的作用，还可消灭杂草，减少病虫灾害。此外，由于深松作业只松土、不翻土，因此特别适于黑土层浅，不宜翻地作业的地块，配合机械灭茬进行耕整地作业。机械深松技术可有效地蓄积雨水和雪水，而传统耕作法由于耕层浅，只有13～22 cm，犁底透水性差，雨水不能很快进入耕层，形成径流而流失。通过深松可使雨水和雪水下渗，并保存在0～150 cm土层中，形成巨大土壤水库，使伏雨、冬雪春用、旱用，确保播种墒情。一般来说，深松比不深松的地块在0～100 cm土层中可多蓄35～52 mm的水分，0～20 cm土壤平均含水量比传统耕作条件一般增加2.34%～7.18%，可有效实现天旱地不旱，一次播种拿全苗。如中国东北大部分地区春季少雨，干旱严重，尤其是西部，年降水量更少，十年九春旱，出苗差、保苗难的问题已成为制约粮食增产和农业发展的最主要因素。采用深松蓄水技术可有效改善土壤蓄水保墒能力，充分接纳天然降水，建立土壤水库，坚持常年深松，对解决旱区农业制约瓶颈、促进农业生产发展将起到重要的推动作用（胡塔等，2009）。

2）水平等高耕作技术

水平等高耕作是在坡地上采用的一种集水蓄墒耕作技术。等高筑埂、横坡耕种可以拦截径流、增加降水的入渗率、防止水土流失、提高天然降水的利用率，并使坡面逐渐趋于平缓。水平等高耕作是在坡面上改原来的顺坡耕作为横坡耕作，并使所有坡地上的耕作措施，如耕翻、播种等均沿水平等高线进行。这样就使坡地上自然形成许多等高的小犁沟和作物行，可拦蓄天然降水、减少径流。同时，要将坡顶上土层薄和侵蚀严重的耕地退耕还林还草以防风固沙。在等高田埂上种植柠条，实行生物固埂，把区域内的大小沟全部种植

乔木和灌木，以改善生态环境。其技术适宜应用区域为坡度小于 20°的丘陵山区。

3）沟垄种植技术

沟垄种植是把种子播种在所开沟内的湿土上，提高种子的发芽率。垄可拦水，沟可蓄水，有利于根系吸收。同时，沟垄可互换位置，有利于生土熟化及防风抗倒伏。内蒙古东部地区季节性干旱明显，非常适合沟垄种植，沟垄种植具有显著的抗旱排涝功能，多用于种植玉米、高粱等高秆作物（白美兰和沈建国，2003）。

4. 改变立地条件，增加降水就地入渗

"坡改梯"是丘陵山区建设基本农田的重要措施。坡地改梯田，改变了立地条件，具有保持水土、提高作物单产和改善生态环境等作用。修梯田技术根据蓄水功能和修造方法的不同，可分为水平梯田、坡式梯田、隔坡梯田和反坡梯田 4 种类型。水平梯田是丘陵山区保持水土、建立旱涝保收和高产稳产的主要方向。在坡地上，将坡面用半挖半填的方法修成若干台面水平的台阶式地块。坡式梯田是在坡地上预定的梯田间距处沿等高线修地埂，拦截被雨水冲刷或耕作时翻下的泥土，逐渐使坡度变缓最后变成水平梯田。隔坡梯田是在水平梯田之间留有一定宽度原坡面，上一级坡面作为下一级梯田的集水区。反坡梯田是将坡面修成外高内低的倒坡。这 4 类梯田共同的特点是可以拦蓄天然降水，减少田面径流，避免冲刷并有效控制水土流失，增加土壤含水量，提高土壤抗旱保墒能力。

5. 退耕还林还草，营造绿色水库，改善生态环境

造林种草是人工调节山丘区生态环境的有效措施。大量培育林灌草，可以增加植被覆盖度，起到固土保水减少径流的作用。森林树冠可截留 15%～40% 的降水，使 50%～80% 的雨水渗入到土壤中，地表径流最多不超过 10%。同时，森林植被由于增加了地表的粗糙度、且它所产生的生物又是雨滴的附着物，因而可以增加降水（景爱，2001）。因此，重视造林种草，恢复植被，通过涵养水源与增加降水相结合，提高天然降水利用。

7.3.3　农业生物工程技术

转基因是农业现代生物技术中取得的一项基因工程新成果。转基因技术是通过基因工程技术对生物进行基因转移，使生物体获得新的优良品性，属于用基因重组来改造生物的技术。具体来讲，它是把人们所掌握的功能基因，如控制产量、抗病虫害的基因定向导入现有作物细胞中，使其在宿主作物中稳定遗传或表达，从而创造出新的转基因作物新品种。目前，农业基因工程已经在很多方面有了深入的发展，包括抗虫、抗病毒、抗病菌、抗除草剂、抗逆和品质改良等。此外，在农作物发育调控基因工程方面的进展也很迅速，如开花的调控、成熟期的调控等。农业上的转基因研究和开发所取得的一系列突破性进展不仅在解决人类面临的资源短缺、环境污染、效益衰减等问题上显示出巨大的作用，而且也在全球气候变化和应对全球气候变化所带来的风险中起到关键作用。

转基因作物可以通过两种途径减少温室气体排放并缓解气候变化。首先，减少使用化石燃料削减了 CO_2 排放，如减少使用杀虫剂和除草剂等。其次，转基因食品、饲料和纤维作物的保土耕作能节省其他资源（耐除草剂转基因作物较少需要或不需要耕作），提高了土壤碳存量。例如，上述两方面的因素使 2006 年 CO_2 排放量共减少了 147.6 亿 kg，相当于一年从道路上减少了 656 万辆汽车（Raboy，2007）；使 2007 年 CO_2 排放量共减少了 142 亿 kg，相当于减少 630 万辆汽车上路。

为减少气候变化对农作物的不利影响，选育优良品种是重要的适应性对策，通过体细胞无性繁殖变异技术、体细胞胚胎形成技术、原生质融合技术和 DNA 重组技术等可培育出抗寒、抗旱、抗盐和抗病虫害等抗逆性强、高产优质的作物新品种是重要途径。如美国科学家把仙人掌基因导入小麦、大豆等作物，育成抗旱、抗瘠的新品种。至 1996 年，全世界推广转基因作物的种植面积为 250 万 hm^2，到 2008 年全球转基因作物种植面积持续强势增长达到 1.25 亿 hm^2（Jame，2008）。中国政府对农业生物技术极为重视，投入了大量的人力、物力并取得了举世瞩目的成就，已培育了包括水稻、棉花、小麦、油菜、甘蔗和橡胶等一大批作物新品系。研究成功了两系杂交水稻，平均亩产达 800 kg 以上，累计推广面积已达 1000 万亩，创造产值 10 多亿元。自 1996 年 11 月中国正式公布实施《农业生物基因工程安全管理实施办法》以来，中国已批准 6 种转基因植物商品化，其中 5 种是中国自主开发的，包括抗虫棉、耐贮番茄、抗病毒甜椒和抗病毒番茄等。

干旱、洪水和温度变化在未来将更加普遍和严酷，因此需要更快地对作物耕作进行改良，开发新的品种和杂交品种以适应更快的环境条件变化。几种转基因工具，包括组织培养、诊断学、基因组学、分子标记辅助选择和遗传工程能够加速育种并协助减缓气候变化。第一个具有耐旱特性的转基因玉米杂交品种预计将在 2012 年或更早在美国更加干旱的内布拉斯加州和堪萨斯州实现商业化，预计年产量将增加 8% ~ 10%。预计 2017 年，第一个热带耐旱转基因玉米将在撒哈拉以南非洲地区实现商业化，耐旱玉米在发达国家的出现将是一个重要里程碑，特别是对撒哈拉以南非洲地区、拉丁美洲和亚洲的热带玉米具有更大的意义。耐旱特性也已在其他几个作物中得到发展，包括小麦（在澳大利亚最初的田间实验中生长状况良好），其最佳产量比传统品种高出 20%。预计耐旱特性将对全世界更多的可持续种植作物模式产生重要影响，特别在气候更为干旱的发展中国家更是如此（Jame，2008）。

气候变暖会加剧病虫害的流行和杂草蔓延，气温升高对农作物害虫的繁殖、越冬和迁飞等习性产生明显影响，使水稻、小麦、玉米和棉花等主要农作物病虫害发生几积扩大，发生概率增加，病虫害的治理难度将加重，环境危害增加。基因工程技术的发展为培育抗病虫的作物提供了新的手段。目前已经进入了植物抗病虫育种的新时代。抗病基因工程育种主要是将病毒外壳蛋白基因移植到农作物中，使农作物能抵抗病毒感染，培育出抗病毒番茄、抗病毒烟草、抗病毒黄瓜等作物新品种。将几丁质酶和葡聚糖酶双价基因导入小麦，所育成的双价抗病转基因小麦，可以抗赤霉病、纹枯病和根腐病等真菌性病害。在抗植物虫害的基因技术中，目前经常使用的主要有三种基因：一是从微生物苏云金杆菌分离出的苏云杆菌杀虫结晶蛋白基因；二是从植物中分离出的昆虫的蛋白酶抑制剂，其中应用最广泛的是豇豆胰蛋白酶抑制剂基因；三是植物凝集素基因。这些转基因作物在减少杀虫剂和农药的用量，降低杀虫剂和农药及其残留物对食物链、水体造成的污染，保护生态环境上效果明显。

在现代农业生物技术对人类和自然环境的影响方面，目前科学家主要关心的是那些经过基因工程改造的生物体是否会对其他的物体或环境造成危害；使用和开发基因工程生物是否会降低自然界的遗传多样性；农业生物技术是否会彻底改变传统的耕作方式等。农业生物技术领域的发展在带来了巨大的社会和经济效益，也会给人类社会带来了许多意想不到的冲击，有可能会出现许多人们始料未及的后果。因此，在应对全球气候变化的风险中使用生物技术时还需要有高度的警惕，使农业生物基因工程沿着保护生态环境、保护人类健康、为人类社会造福的方向发展。

7.4　气象水文灾害风险防范技术

联合国 2009 年发布的首份《减少灾害全球评估报告》指出，灾害风险正以令人警惕的速度增长，威胁着社会经济发展、妨害了经济稳定和全球安全，尤其对发展中国家和贫困地区带来不同程度的影响。按苏黎世再保险公司的预测，到 2010 年全球危险地区因自然灾害造成的损失将达到 1 万亿美元，到 2020 年达到 3 万亿美元。

WMO 的研究数据显示，1956~2005 年，与天气、气候和水相关的灾害数量增加了近 10 倍，而随之造成的经济损失几乎增加了 50 倍。由于世界人口的增多、经济规模的增大，同样强度的自然致灾因子造成的损失在增加，人类安全建设的需求与日俱增（Wiedeman，2003）。数据显示，一次自然灾害可使特定社会的经济发展大大倒退。例如，2004 年的"伊万"飓风，使格林纳达蒙受了大约相当于该国年国内生产总值的 2.5 倍的损失。

但是，由于灾害风险管理得到了加强，尤其是早期预警逐步准确，据报告的人民生命损失却从 266 万人（1956~1965 年）减少到 22 万人（1996~2005 年）。

因此，为减轻自然灾害造成的人员伤亡和经济损失、保障社会经济平稳快速发展，建立健全灾害风险管理体系意义重大。风险管理是基于风险科学的政策与社会行为，也是当前世界各国政府、企业与财团、社会各个方面都关注的共同问题，降低每一个组织和每个人的风险水平，实质性地减少或限制灾害对人们生命安全以及社会、经济和环境资产造成的损失，已经成为各国政府行政管理工作的重要组成部分。

减灾措施主要包含工程技术、抗御致灾因子的建筑以及改进的环境政策和公众意识等方面，通过系统的努力来分析和控制与灾害有关的不确定因素，从而减轻灾害风险的理念和实践，包括降低暴露于致灾因子的程度、减轻人员和财产的脆弱性、明智地管理土地和环境以及改进应对不利事件的备灾工作。

IPCC 第四次评估报告显示，过去 50 年中，全世界每发生 10 个自然灾害，就有 9 个是极端天气和气候事件造成的。而在全球气候变化背景下，当前和今后一个时期的极端天气气候事件发生的概率将进一步增大，降水分布不均衡、气温异常变化等因素导致的洪涝、干旱和高温热浪等灾害可能增多。因此，本研究主要从干旱、洪涝和高温三种灾害角度，介绍风险防范技术。

7.4.1　干旱灾害风险防范技术

干旱灾害是发生频率最高、影响面最广、对农业生产威胁最大、对社会经济产生深远影响的自然灾害。随着全球气候变暖、雪线上升、冰川退缩，水资源将日益短缺，人类社会将面临日趋严重的干旱化威胁，干旱灾害将对社会经济发展和人民生活产生严重影响，在社会经济基础比较脆弱的国家和地区，这种情况更为严峻。随着国民经济快速发展、城市化建设进程加快以及人口的增长，干旱灾害对中国粮食保障、饮水安全和生态环境安全的威胁也越来越突出（秦大河等，2002；宋连春等，2003）。因此，有必要采取积极措施减少干旱损失，促进经济持续、健康、快速发展。下面是几种常用的抗旱减灾技术及其实际应用情况。

1. 修建跨流域调水工程

建设跨流域调水工程，可以实现水资源的优化配置，为当地提供稳定可靠的水源，改善生态环境，促进经济社会的可持续发展。许多国家都兴建了跨流域调水工程，从丰水流域向缺水流域进行调水，缓和以至解决缺水地区的迫切需要，美国、前苏联、加拿大、法国、澳大利亚、巴基斯坦和印度等国家都曾进行过尝试（表7-1），有些还取得了巨大的效益。截至 2003 年，国外已有 39 个国家建成了 345 项大大小小的调水工程。

表 7-1　部分国家主要调水工程情况

国家	主要调水工程	河川径流总量 /（亿 m³/a）	主要工程调水量 /（亿 m³/a）
美国	中央河谷工程 加利福尼亚水道工程 全美灌溉系统 科罗拉多饮水渠 中亚利桑那工程 中央河谷工程	17 039	229
前苏联	伏尔加—莫斯科调水工程 纳伦河—锡尔河调水工程 库班河—卡劳期河调水工程 瓦赫什河—喷什河调水工程 北水南调工程		480
加拿大	魁北克调水工程 丘吉尔河—纳尔逊河工程 奥果基河—尼比巩河工程	28 495	382
印度	萨达尔萨罗瓦调水工程 恒河区工程 巴克拉至楠加尔工程 纳加尔米纳萨加尔工程	19 530	350（萨达尔萨罗瓦调水工程量）
澳大利亚	澳大利亚雪山工程	4 400	23.6
巴基斯坦	西水东调工程		148

中国也存在南方水资源丰富而北方贫瘠的问题，北方地区特别是黄淮地区水资源供需矛盾尖锐，农业干旱性缺水、河流断流、湖泊干涸、地下水超采，水资源环境恶化越来越严重，制约了当地经济发展。为了从根本上缓和中国区域性的干旱灾害，减轻水资源供需矛盾，兴建了大型跨流域调水工程——南水北调工程，其总体布局是：分别从长江上、中、下游调水，以适应西北、华北各地的发展需要，即南水北调西线工程、南水北调中线工程和南水北调东线工程。据《南水北调工程总体规划》和《黄淮海流域水资源合理配置研究》（王浩和秦大庸，2003）所述，北方受水地区年缺水量113.3亿 m^3，年缺水损失4753.3亿元。依此估算，南水北调供水的直接经济效益每年将高达数千亿元。除了供水的直接经济效益之外，南水北调对改善淮河流域、黄河流域、海河流域因缺水而恶化的生态环境也有巨大作用。国务院发展研究中心编写的《南水北调工程生态环境效益评价》（李善同和许新宜，2004）估算，南水北调东线、中线2010年生态效益可以达到596.99亿元，2030年可以达到724.92亿元。

2. 兴修灌排工程，缓解流域内的季节性缺水

中国长江流域及其以南地区水资源比较丰富，但降水在时间上分布上极不均衡，呈明显的季节性，季节性缺水严重，在降水集中期因降水强度大、降水太过集中往往引发洪涝灾害，降水集中期过后由于雨量稀少而引起旱灾。为缓解这种季节性旱灾，应在流域内兴建小型灌溉工程，在降水集中期蓄水用于降水，集中期过后灌溉之用，除水害兴水利，同时还可以结合发电、养殖开展多种经营，活跃地方经济。

自"九五"以来，中国加大投入，开展以大型灌区续建配套与节水改造为重点的农田灌排工程设施建设，从而农田灌排能力明显提高，抗御干旱、洪涝灾害能力得到加强（国务院新闻办公室，2009）。

3. 拦截和蓄存雨水

因地制宜，采取各种措施拦截和蓄存雨水、收集雾水，在干旱发生时提供水资源。拦截和蓄存雨水可采用多种方法，如修建山间小水库、修筑塘坝和沟谷中的小低拦水坝及大水窖、山坡上的蓄水窖、"集雨窖"等，农民在地头或在自家的庭院挖几个窖，下雨时，雨水积聚在窖里供日后利用，这种积蓄雨水的方法，成本不高，既简便又实用。这样，从山地到平地形成立体蓄水，可提高总蓄水能力，同时也较充分地把雨水利用了起来。

例如，1999年甘肃出现冬春干旱，但甘肃干旱山区农民在庭院和地头制作了140多万眼集雨窖进行灌溉，使得这年旱情重，但灾情轻。这种"集雨窖"就是将有限的阵雨积聚起来，提高水资源的利用率。如在甘肃定西、天水等地年均降水量只有约300 mm的中、东部干旱山区，从1995年开始在政府资助下实施"集雨工程"，即每个农户在地面上硬化一个集流面，挖两眼集雨窖，再发展一处经济林。在各公路旁布下"水窖阵"或将一座座山头变成集流场。这种积蓄雨水发展经济、防御干旱的办法具有十分明显的社会效益和经济效益。

4. 干旱灾害监测和预警预报技术

中国目前的干旱管理工作基本上处于被动抗旱的局面，采用的是危机管理方式，即在

干旱发生后才开始做出反应，这种管理办法虽然能起到一定的抗旱减灾作用，但也大大增加了成本，降低了效率。为改善中国干旱管理的现状，我们应树立一种从被动抗旱向主动防旱、科学防旱转变，从应急抗旱向常规抗旱和长期抗旱转变的防旱减灾新思路、新理念。在干旱发生前制定干旱预案，根据干旱发展的不同阶段，采取不同的防旱减灾措施的风险管理。这种主动的、有备的、周密和有效的防旱减灾管理模式，将大大提高抗旱减灾的效果。

为达到上述目的，首先就必须建立先进的监测网络，建立高密度、高水平的气象灾害预警预报体系，建立包括地面监测、海洋海底观测和天－空－地观测在内的自然灾害立体监测体系，增强科学预防和减轻干旱灾害的能力。

中国气象部门历来把干旱灾害作为监测和预报的主要内容，从1958年起发布长期气候预报，并逐步开展干旱监测、预报预测和卫星遥感监测等工作。例如，中国气象部门较早地报出1994年汛期将在长江流域出现干旱，这一预报为全国抗旱的决策和组织及物资调运起了很好的作用。2004年，国家气候中心和中国干旱气象网站，分别发布全国逐日和旬干旱监测公报。农牧业、水利部门和科研院校也开展了干旱监测预报等研究。

从现有发展来看，中国的干旱预警系统处于起步阶段，各个方面还不完善。应该加快干旱预警和科研中心的建设，加强国际合作与交流，加强区域干旱气候数值预报研究，建立无缝隙干旱预测预警系统。

5. 人工增雨

人工增雨是抗旱减灾的主动性措施。方法是在有形成降水条件的云层中播撒催化剂，促使云层早下雨、下大雨。云是由水汽形成的，下雨必须有云，但有云不一定都下雨，对不下雨的云，在合适的条件下，通过人工撒播如干冰、碘化银、盐粉和尿素等催化剂，促进云滴加速凝结成水滴从而形成降水。

现代人工增雨活动始于1946年。目前全世界已经有20多个国家开展了这项工作，特别是美国、俄罗斯、以色列和乌克兰等国家的气象部门通过长期深入的科学试验研究，已经掌握了当地的云雨特点，并且发明了一整套相应的人工增雨技术，将其作为一项气象业务长期开展起来。

中国的人工增雨始于1958年，目前，已有20多个省（自治区、直辖市）进行了人工增雨作业，获得了许多宝贵的经验，取得了显著效果。

6. 科学灌溉技术

中国农业灌溉用水利用率低，一般只有30%～40%，生产单位粮食用水量是发达国家的2～2.5倍，农业用水占全国用水总量的70%，水资源存在极大的浪费。对于经常出现干旱的地区，推广节水灌溉技术、发展灌溉农业尤为重要。地面灌溉有畦灌、沟灌、淹灌、喷灌、滴灌和雾灌等多种形式，灌溉可以提高水的利用率，而滴灌和雾灌是灌溉中最为节水的方式。在十分干旱的以色列和沙特阿拉伯等国就是利用这种科学的节水灌溉技术和缜密的节水措施，才能成为世界著名的农产品出口国。因此，科学的灌溉技术是防旱的根本性措施。

7.4.2　洪涝风险防范技术

由于洪水灾害，1990～2007 年全球人口死亡率增加了 13%，经济损失增加了 35%；全球由洪水导致的死亡有 75% 发生在孟加拉国、中国和印度这三个国家。

随着经济社会的快速发展和人口的日益增长，受洪涝灾害影响的人口总数和总量都大大增加，灾害的敏感区域和脆弱行业也越来越多。洪涝灾害对经济建设、生态建设和人民生命财产安全构成了越来越大的威胁。20 世纪 90 年代洪涝灾害造成的中国经济损失显著增加，年平均直接经济损失 1214 亿元，约占同期 GDP 的 2.3%，远远高于西方发达国家的水平（如美国为同期 GDP 的 0.1%，日本为同期 GDP 的 0.3%）（徐向阳，2006）。

防洪减灾已经成为关系到人民群众生命财产安全和社会的稳定与可持续发展的重要事业。各国政府都把防洪作为公众福利的安全保障事业，将防洪工程纳入国民经济基础设施的建设。尤其对于发展中国家来说，由于人口多，农业生产占重要地位，洪水对社会安全和经济发展的影响更大，减少洪水灾害具有更加重要的现实意义和深远的历史影响。联合国国际减灾战略（UN/ISDR）统计显示，1960～2000 年，中国已斥资 31.5 亿美元治理洪水，据估计已避免了约 120 亿美元的损失，体现了减轻洪涝灾害风险的巨大社会经济效益。下面是几种常用的防洪减灾技术及其实际应用情况。

1. 兴修水利工程

主要是指兴建水库、修筑堤防、整治河道、开辟分洪区、开挖分洪道等水利工程以防止洪水灾害的发生。

国外在防洪工程建设方面有许多成功案例，如密西西比河防洪工程、胡佛大坝、阿斯旺高坝、荷兰海堤等。

美国的洪涝灾害比较频繁，洪泛区面积占全国总面积的 7%。密西西比河洪水最重，洪灾损失占全国的一半。1936 年后开始大规模防洪建设。目前美国的防洪标准是：主要水灾河流的密西西比河达到 150～500 年一遇；其他河流对保护城市和重要经济区的堤防采用 100 年一遇，保护农田的采用 50 年一遇标准。据 1936～1966 年统计，防洪工程总投资为 70 多亿美元，减免洪灾损失 148 亿美元。

都江堰水利工程是中国乃至世界历史上水利工程的典范，它用事实证明了在正确的洪水自然观指导下，工程措施是减轻洪涝灾害的有效方法。

中国自新中国成立以来开展了大规模的江河整治工程建设，全国主要江河初步形成了以堤防、河道整治、水库、蓄滞洪区等为主的工程防洪体系以及预测预报、防汛调度、洪泛区管理、抢险救灾等非工程防护体系。这些工程的修建取得了显著的防洪效益，主要江河常遇洪水基本得到控制，洪灾发生频次显著下降。

2. 城市雨洪调蓄技术

中国城市化发展速度十分迅猛，目前城市人口已占总人口的 30% 左右，预计到 2020 年前后可达到 50%～60%。这就意味着城市的人口和财产要大量增加，城市规模要不断扩大，因此，在城市防洪方面将出现两方面的问题：城市致灾因子加强和城市相对于灾害脆弱化。

美国、日本等17国从20世纪70年代开展联合研究，并开始在城市内实施雨洪调蓄设施的建设。日本政府规定：在城市中每开发 1 km² 土地，应附设 500 m³ 的雨洪调蓄池。在城市中广泛利用公共场所甚至住宅院落、地下室和地下隧洞等一切可利用的空间调蓄雨洪，减免城市内涝灾害。具体措施包括降低操场、绿地、公园、花坛和楼间空地的地面高程，一般使其较地面低 0.5～1.0 m，在遭遇较大降水时可蓄滞雨洪，雨后排出，2～3 d 后恢复正常使用；利用停车场、广场，铺设透水路面或碎石路面，并建有渗水井，使雨水尽快渗入地下；在运动场下修建大型地下水库，并利用高层建筑的地下室作为水库调蓄雨洪，甚至动员有院落的住户修建 3 m³ 水池将本户雨水储留，作为庭院绿化和清洗用水；在东京、大阪等特大城市建设地下河，直径约 10 m，长度数十千米，将低洼地区雨水导入地下河，排入海中；为防止上游雨洪涌入市区，在城市上游则修建分洪水路，将水直接导至下游，在城市河道狭窄处修筑旁通水道；在低洼处建设大型泵站排水，排水量可达 200～300 m³/s。

大量建设雨洪调蓄设施可能会增加城市开发建设费用，专家估计，新开发区成本可能增加20%左右，但其作用和效益是十分长远的。目前中国城市开发正处在蓬勃发展阶段，一些城市存在防洪标准低、设施不完善、管理不协调等问题，为减轻和预防洪涝给城市居民带来生命和财产威胁，应考虑提高防洪标准、加快城市防洪工程建设、改善生态环境、科学使用防洪设施、减少地面沉降等因素，加快建立现代化防洪体系。如果不重视这一问题或舍不得增加投资，可能留下难以医治的后遗症。

对于发达国家来说，例如美国、日本和欧洲国家，防洪设施都已具备较大规模，主要河道都已形成比较完整的防洪工程体系，一般大洪水基本得到控制。依靠继续修工程提高防洪能力，在经济等方面已很难做到。因此这些国家在不断加固已有工程（如日本修建过水堤防和堤岸保护工程）并尽力避免超标洪水可能造成的工程破坏的基础上，大力进行非工程措施的研究，减小出现超标洪水时的受灾范围，尽量减少灾害损失。

3. 洪涝灾害监测和预警预报技术

准确预报洪涝灾害，必须要努力提高汛期气候预测以及暴雨预报的准确率。暴雨可以直接成灾，而持续性大暴雨或者是连续的数场暴雨更可能造成洪涝灾害。因此，准确预报暴雨的地点、范围、强度等以及准确预测洪涝灾害的发生，对于更好地做好防汛准备工作、减轻洪涝灾害风险是至关重要的。而监测是洪涝预报的基础。

目前，短期气候预测仍然是世界性的难题，月、季、年气候预测的科学性、准确性和可靠性还有待进一步提高。随着雷达测雨、卫星云图、全球气象数值模型等新技术的应用，预报的预见期逐渐加长，精度不断提高。雷达测雨在欧美及日本已广泛应用，它可以精确地预报数小时后流域内降水强度、分布、移动方向及移动速度等，是实时降水预报的有力工具。利用卫星云图通过对云层厚度、温度等方面的分析，辅以其他气象因素的判断，可以较好地进行短期降水预报。利用全球气象数值模型，对全球水汽输送进行计算模拟，可以进行全球气象形势分析，再与历史上类似年份的气象形势对比分析，可以进行中、长期降水预报。在降水预报的基础上，由于现代计算机技术的迅速发展，洪水预报以及洪水灾情预报技术都有很大提高。流域产汇流模型、水文学预报模型、水力学预报模型、人工神经网络预报模型等都在不断完善。针对黄河含砂量高，河床冲淤变化激烈的水沙预报模型也投入使用。江河洪水预报技术也日臻完善。

英国生态和水文中心致力于应用气候变化模型预测洪涝和干旱灾害，以及它们对生态的影响，编写了《洪水估算手册》，研究了降水量和洪水频率，以应对大暴雨所造成英国频繁发生的塌方事件。在美国，由于洪水预报和警报系统的发展，因洪水而死亡的人数大量减少。

中国气象部门历来把洪涝灾害作为监测和预报的主要内容，中国洪涝预报主要以气象观测数据和历史气候资料为基础，结合预报模型来进行。中国目前进行洪涝监测的最基本手段是由 3171 个水文站、1244 个水位站、14 602 个雨量站、61 个水文实验站和 12 683 眼地下水测井组成的水文监测网以及包括地基、天基和空基在内的气象探测网络，监测的时空覆盖率大大增加，实时性显著提高，从而使得洪涝灾害的监测能力得到了很大改善，为洪涝灾害的预测预警提供了较充实的基础。例如，中国气象部门较早地报出 1994 年汛期在华南及华北将会多雨、出现洪涝，这一预报为全国防汛的决策和组织及物资调运起了很好的作用，也较为成功地预报了 1998 年的洪水，在 5～6 月气象和水利部门就发布了在长江流域可能发生 1954 年型大水的预报。

4. 洪水保险技术

保险作为防灾减损的一项重要的非工程措施，可以通过在时间、空间上分摊风险，增强社会整体的承灾能力，在防御灾害、灾后救助、补偿和减少灾害损失方面，发挥重要作用。洪水保险是按契约方式集合相同风险的多数单位，用合理的计算方式聚资，建立保险基金，以应对可能发生的洪灾损失，实行互助的一种经济补偿制。

在洪涝灾害比较严重的经济发达国家，如美国、日本以及西欧各国等都较早关注了洪水风险管理。美国的洪水保险是国家通过法律确立并采取一定的经济措施，以美国政府联邦保险局为主导，私营保险公司参与销售，在社区参与国家洪水保险计划的情况下海岸区及洪泛区的居民及企业主可以自愿为其财产购买洪水保险的一种"强制性"保险模式。

中国曾一度在淮河蓄滞洪区、防洪工程、农村财产等领域开展过洪水保险的试点。严格意义上讲，蓄滞洪区和农村财产保险实际上是一种政府与投保人共同建立的防洪互助基金。试点虽然取得了一些经验，但因在可行性方面存在诸多问题以及受到国有保险公司向市场化经营转型的影响，基本上没能坚持下来。一次性赔付额度巨大和逆向选择是洪水保险面临的两大难题。政府的介入是克服这两个问题推行洪水保险的唯一选择。国家可以有足够的财力应付洪水损失在年际的巨额变动；政府政策则可避免逆向选择，保证洪水保险基本覆盖所有洪涝风险区（黄英君和江先学，2009）。

洪水灾害保险已经受到国内保险机构和进入中国的国际保险机构的关注。过去几年的实践证明，保险工作在重建灾区、安置灾民生活中发挥了巨大的作用。中国水灾保险是 1980 年中国人民保险公司设立的一个非单一综合险种，在几次水灾赔付中表现出优越的功能和作用（陈颢，2009）。当前，我们需要扩大保险业务范围、保险灾害区划，使全社会都来协助减灾救灾。洪水保险的实施将对中国防洪减灾事业的发展产生重大的作用，它将改变中国现有的洪灾补偿救助机制，并最终成为推进中国防洪减灾战略的有力手段。

7.4.3　高温风险防范技术

气候变暖使极端气候事件趋强趋多，其中，高温对全球变暖的响应表现尤为突出，已成为气候变化研究中的热点问题之一。高温热浪对人类生存、社会经济发展、水资源和生态环境造成严重威胁。高温热浪使人的身体热平衡机能紊乱，中暑发病率明显增加。高温还加剧干旱，造成水库干涸、河水断流。

20 世纪 90 年代以来，全球范围内极端高温事件频繁发生，呈现出强度大、频次高、范围广的特点，部分地区甚至年年都遭受高温热浪的袭击，如欧洲极为罕见地在 2003 年、2006 年、2007 年接连出现高强度的高温热浪。

2003 年夏季，欧洲的高温热浪事件共造成 35 000 人死亡，其中，法国在 8 月 1～20 日共死亡 14 802 人。有研究认为，类似 2003 年夏天的高温可能是今后气候变化的重要表现之一。NOAA 统计数据表明，高温已经成为美国头号天气杀手，平均每年有 1500 多人因为过热而丧生，这个数字远胜过近 30 年来由龙卷风、飓风、洪水和闪电造成的年均死亡人数之和。下面是几种常用的高温风险防范技术及其实际应用情况。

1. 高温监测技术

高温热浪地面常规基本气象要素观测有空气温湿度观测，包括极端最低、极端最高、平均温度、相对湿度和风向风速以及云量云状观测；24 h 连续温湿度和风向风速观测。特殊项目观测有室内温湿度观测和体温以及皮肤温度观测。

高温热浪容易引发森林和草场火险，要加强卫星遥感森林和草场的火险监测工作。根据"十一五"规划，中国将进一步注重加强高温热浪等极端天气气候事件的监测预警预报能力建设，并建立健全灾害预警预报信息发布机制，充分利用各类传播方式，准确、及时发布高温灾害预警预报信息。

2. 高温预测技术

高温热浪短期气候预测，即高温季节预测。主要有三类：定性概念模型、定量统计方法和定量数值模式方法。建立定性概念模型，常通过气候特征、环流场特征、海温场特征、亚洲季风特征等方面的综合分析而建立的概念模型。定量统计方法，在高温季节时段内，定义的高温指数，多采用多元分析、时间序列分析等方法来预测高温指数。定量数值模式方法，是通过数学物理原理的分析，组建预测方程组来预测高温指数。

高温天气预报多采用天气系统分析法、统计预报法、中尺度数值模式以及预报模型等方法。

在美国，NOAA 提供高温热浪天气的观测、预警及咨询产品，美国国家气象局（national weather service，NWS）的每个天气预报所（weather forecast office，WFO）可以发布下列有关高温相关产品（NOAA 网站）。

极端高温展望产品（excessive heat outlook）：当未来 3~7 d 有可能发生极端高温事件时发布展望产品，表明可能发生高温热浪事件。发布目的是向诸如公用事业、应急管理和公共卫生官员等需要充分时间作准备的部门提供信息。

极端高温监测产品（excessive heat watch）：当未来 12~48h 有可能发生极端高温事件时发布监测产品，表明高温热浪风险增大，但其是否发生的可能性和时间不确定。它为需要制订行动计划的部门和人员提供足够的准备时间，如建立个别城市高温事件减灾计划。

极端高温预警/咨询产品（excessive heat warning/advisory）：预计未来 36h 将发生极端高温事件时发布，这时高温热浪事件可能正在发生，或是迫在眉睫，或是有极高的发生概率。预警产品表明高温对生命或财产构成威胁。咨询产品则用于相对不太严重的高温事件，这类高温事件可能会导致极大的不适或不便，或者是在不谨慎的情况下可能会对生命和/或财产构成威胁。

NWS 根据由 Steadman（1979）构造的热指数（heat index，HI）发布上述产品，HI 也被视为体感温度，单位是 °F，依据温度、相对湿度等相关气象因子导出（表 7-2），例如，当气温为 96 °F、相对湿度为 65% 时，HI 是 121 °F。HI 超过 105~110 °F（根据局地气候不同，选择不同的 HI 极值）持续两天或更长时间的情况下，NOAA 将发布高温警报。

表 7-2　美国国家气象局的热指数（摘自 NOAA 网站）

温度/°F

相对湿度/%	80	82	84	86	88	90	92	94	96	98	100	102	104	106	108	110
40	80	81	83	85	88	91	94	97	101	105	109	114	119	124	130	136
45	80	82	84	87	89	93	96	100	104	109	114	119	124	130	137	
50	81	83	85	88	91	95	99	103	108	113	118	124	131	137		
55	81	84	86	89	93	97	101	106	112	117	124	130	137			
60	82	84	88	91	95	100	105	110	116	123	129	137				
65	82	85	89	93	98	103	108	114	121	128	136					
70	83	86	90	95	100	105	112	119	126	134						
75	84	88	92	97	103	109	116	124	132							
80	84	89	94	100	106	113	121	129								
85	85	90	96	102	110	117	126	135								
90	86	91	98	105	113	122	131									
95	86	93	100	108	117	127										
100	87	95	103	112	121	132										

延长高温暴露或产生紧张行为的可能性

█ 警戒　░ 严重警戒　▓ 危险　█ 极度危险

但是最近的研究证明，HI 不能够充分反映出影响健康的多个因素，如连续几天的紧张对人体健康的影响、在一年中的发生时段、高温事件多发区等。例如，研究表明，大型城市地区在初夏季节对高温事件特别敏感。因此，资助了一项新的高温－健康监测/警报系统（HHWS），利用该系统的预测来指导日常预警和预报产品。截至 2007 年夏季，已有 20 多个天气预报所使用 HHWS 系统作为预报决策系统的附加指导工具。美国国家气象局的目标是将 HHWS 范围扩大到美国大陆的 70 多个脆弱城市，覆盖人口达到 50 万人以上。

3. 工程类高温风险防范技术

工程类减灾技术主要是减缓城市热岛效应，缓解高温热浪。为此需要做到：①搞好城市规划与建设布局；②增加城市绿化；③减少人为散热，开发利用清洁新能源（徐金芳等，2009）。

7.5　高风险地区综合气候变化风险防范

自然灾害风险是指未来若干年内可能达到的灾害程度及其发生的可能性。由于中国不同地区的自然、资源与地理环境不同，经济发展水平也存在较大的差异，不同地区对自然灾害的敏感性和脆弱性不同，灾害发生的风险程度也有高有低，其防灾救灾的能力也各不相同，经济越发达地区一旦遭受重大自然灾害，虽然灾后恢复能力强、速度快，但其损失也越大；不发达地区抵御自然灾害的能力很弱，灾后恢复的能力和速度也都受到一定的限制。当可能发生的自然灾害与自然、社会、经济和环境的脆弱性相结合，灾害风险也随着增加，因此在不同风险程度的地区应该部署不同的风险防范技术。

中国幅员辽阔，东部南部临海，西部深入内陆，国土空间自然条件复杂，呈现季风气候明显、大陆性气候强烈、高原山地气候显著和气候类型多样化的典型特征。由于气候条件和地理状况复杂，中国是世界上自然灾害最严重的国家之一；随着未来中国经济总量和人口密集度的增加，中国自然灾害承载的脆弱性也在增加，自然灾害的破坏效应将更加广泛，在人民生命财产损失增加的同时，人口压力和资源、环境负荷将进一步加重，淡水、土地、森林和草地资源形势在短期内难以缓解，陆地生态环境与海洋生态环境恶化，这些问题进一步与频发的自然灾害相互交织在一起，将对社会经济可持续发展造成深刻又深远的影响，对国家安全带来很大威胁。

未来一段时期正值中国发展经济、深化改革、实现宏伟战略目标的关键时期，尤其需要安全稳定的保障，因此，在全球气候变化高风险地区发展综合风险防范技术，对于减少人民生命财产损失、维护社会稳定、保障改革顺利进行、促进社会可持续发展都是十分重要的。通过开展对自然灾害高风险地区的综合风险评估和风险防范技术措施的开发，可以进一步探讨自然灾害风险防范模式和预防措施，有针对性地控制灾害、规范对高风险地区的开发和利用。高风险区气候变化风险的防范体系见表 7-3。

表 7-3　中国综合气候变化风险防范体系

风险类别	主要风险指标	高风险区域	主要风险防范手段
生态系统风险	净初级生产力风险	西北大部	火干扰管理、病虫害防治等措施
		新疆北部	森林生态系统保护、野火干扰管理、森林病虫害防治等措施
		内蒙古西部	退化土地恢复植被
		西南、青藏高原	退化土地恢复植被、湿地恢复和保护等
	碳源汇风险	新疆北部	恢复、保育措施、病虫害防治
		东北、华中、华南及西南地区	生态功能保护，野火干扰管理，病虫害防治，退化区的恢复、保育措施
	生态系统综合风险	新疆北部、东北、长江中下游和云南地区	火干扰管理、退化土地恢复植被、湿地恢复和保护、森林病虫害防治、人工丰育技术、退耕还林还草等
粮食风险	粮食生产风险	西北地区	节水农业技术，如选用抗旱、耐旱、节水作物及品种，节水作物种植制度，节水作物种植制度，地膜和秸秆覆盖保墒技术，化学控制节水技术，节水灌溉技术等
		东北、长江中下游地区	农业生物工程技术等增加粮食产量
	粮食保障综合风险	华北平原	多种节水农业技术、不断完善水利工程设施拦蓄天然降水、雨水集蓄利用技术、建设高效土壤水库、增加农田储水能力
		东北地区	建设高效土壤水库、增加农田储水能力、改变立地条件、增加降水就地入渗
		青藏高原东部、西南部分地区	退耕还林还草、营造绿色水库、改善生态环境、农业生物工程技术等
社会经济风险	高温风险	华中、四川盆地、华南等地区	高温监测、高温预测、工程类高温风险防范技术
	洪涝风险	华东、长江中下游、沿海地区	兴修水利工程、城市雨洪调蓄、洪涝灾害监测和预警预报、洪灾保险技术、科学编制防洪规划
	干旱风险	陕西、山西、华北及东北部分地区	修建跨流域调水工程、兴修灌排工程、缓解流域内的季节性缺水、拦截和蓄存雨水、干旱灾害监测和预警预报技术、人工增雨、科学灌溉
	气象灾害综合风险	华北地区	防范干旱风险为主、进行工程性节水措施、科学规划水资源利用
		华东、东北部分地区	科学制定防洪规划、修建防洪工程设施
		云贵地区	预测、监测、工程等实施防范
综合气候变化风险	综合风险	华北、东北、西南及西北部分地区	减轻。监测预报和预警技术：科学规划和部署，利用科学的方法和手段建立对自然灾害的监测预警预报体系；加强各部门的合作，增强对各部门防灾减力量的协调和管理；完善预报预警信息的发布措施，在第一时间把自然灾害信息发给所有人群 转移。开展保险研究与编制灾害风险规划：结合各地区灾害风险程度，制定合理的分区费率；了解与评估各地的减灾能力和灾害风险，从加强防灾、提高减灾效能中获取保险效益；研究不同等级的灾害侵袭下各类受灾体和损失程度，结合灾害风险程度研究，对受保地区进行损失预评估，同时制定受灾体损毁标准，进行损失科学评估和理赔；建立完善的灾害风险保险信息管理系统

7.5.1　高风险区综合风险防范措施

1. 加大高风险区防灾减灾建设工程投入，整体提高防灾减灾设防水平

近年来，中国在减灾工程建设方面取得了重大进展，国家加大了对防汛抗旱、防震抗灾、防风防潮、防沙治沙和生态建设等减灾重点工程设施的投入，建成了长江三峡工程、葛洲坝工程、小浪底工程、"三北"防护林工程和京津风沙源治理工程等一批防灾减灾骨干工程，重点区域和城市的防灾减灾设防水平得到有效提高。但是也必须看到，从总体上看中国防灾减灾的基础设施建设还有待加强，一些自然灾害高风险区、灾害多发地区的避灾场所建设滞后，大城市和城市群的灾害设防水平有待进一步提高，农村群众住房防灾抗灾标准也普遍较低，隐患监管工作的基础薄弱。

因此，需加强对高风险区自然灾害综合防范防御能力建设，全面落实防灾抗灾减灾救灾各专项规划，抓好防汛抗旱、防震抗震、防风防潮、防沙治沙、森林草原防火、病虫害防治、三北防护林和沿海防护林等减灾骨干工程建设。加强台风、洪涝和地震多发地区防灾避灾设施建设，有效提高大中型工业基地、交通干线、通信枢纽和生命线工程的防灾抗灾能力，全面提高灾害综合防范防御能力。

2. 全面开展高风险区灾害风险综合调查评估和风险防范措施部署等方面的工作

全球气候变暖对中国灾害风险分布和发生规律的影响将是全方位、多层次的：强台风将更加活跃，暴雨洪涝灾害增多，发生流域性大洪水的可能性加大；局部强降雨引发的山洪、滑坡和泥石流等地质灾害将会增多；北方地区出现极端低温、特大雪灾的可能性加大；降水季节性分配将更不均衡，北方持续性干旱程度加重、南方出现高温热浪和重大旱灾的可能性加大；森林草原火灾发生概率增加；北方地区沙漠化趋势可能加剧；农林病虫害危害范围可能扩大；风暴潮、赤潮等海洋灾害发生可能性加大。面对严峻的灾害风险，要实现党的十六届六中全会提出的"全面提高国家和全社会的抗风险能力"的战略目标，必须加强对自然灾害风险防范能力建设，全面调查中国高风险区域各类自然灾害风险和减灾能力，对中国重点区域各类自然灾害风险进行评估，编制全国灾害高风险区及重点区域灾害风险图，以此为基础，开展对重大项目的灾害综合风险评价和风险防范措施部署等试点工作。例如，在防灾减灾的关键技术方法上，人工影响天气已成为一种重要的减灾科技手段。在合适的天气形势下，要组织开展人工增雨、人工消雨、人工防雹、人工消雾等作业，有效抵御和减轻干旱、洪涝、雹灾和雾灾等气象灾害的影响和损失。

7.5.2　高风险区风险防范

根据中国自然地理条件、资源环境承载能力、现有开发密度和发展潜力，中国国土空间可划分为高风险区、较高风险区、中风险区和一般风险区等不同区域。在高风险区内进行重大工程布局时应充分考虑自然灾害的危害性，针对本区域的气象灾害特点在区域规划中制定气象灾害防御的要求、标准和政策措施，这既是区域重大工程建设的有力支撑，也是对本区域人民生命财产、重大工程建设成果的有效保护，既非常迫切，又切实可行。

1. 中国东部沿海高风险区重大工程布局方案

根据国家统计局公布的数据，中国东部沿海地区的面积仅占全国的 17%，却有 70% 以上的大城市、50% 以上的人口和近 60% 的国民经济集中在这些地区。特别是环渤海地区、长江三角洲地区和珠江三角洲地区这三个区域是中国经济最为发达的地区，聚集了北京、天津、大连、上海、南京、杭州、广州和深圳等特大城市，GDP 占全国的比重较高，人口十分密集，资源环境问题也较为突出，自然灾害频繁发生。从致灾因子上来看，由于环渤海地区、长江三角洲地区和珠江三角洲地区均处在中国沿海地区，除了干旱、暴雨洪涝和高温热浪等陆地常见气象灾害外，还共同面临着严重的海洋气象灾害。其中，台风和风暴潮灾害在沿海地区特别是三角洲地区最为突出；风暴潮潮位有时可以达到数米，潮水可涌入陆地几十千米。1980 年 7 月登陆广东沿海的台风造成百年罕见的风暴潮潮位，达 5.94 m；1964 年 4 月 5 日发生在渤海的风暴潮，海水涌入陆地 20 ~ 30 km，造成了渤海沿岸建国后最严重的风暴潮灾。

由于上述地区经济发展水平高，承灾体一方面日趋庞大，另一方面承灾体的脆弱性也越来越明显。例如，中国沿海地区受台风和风暴潮的直接和间接损失不断加重，1956 年浙江象山受台风影响出现罕见的风、雨、潮叠加，造成了 5000 多人死亡。天津、上海、广州、杭州、深圳、烟台、汕头和湛江等都存在被台风和风暴潮严重影响的风险；特别是在全球气候变暖导致海平面上升的背景下，强台风必将对这些地区的社会、经济产生更大影响，许多海岸区遭受洪水泛滥的机会将会增大，遭受台风影响的程度和严重性将会加大，许多沿海低洼地区将被海水淹没，现有海防设施的防御能力将大大降低，沿海地区的人居环境和经济建设将面临更大的风险。特别是包括上海、广州在内的中国主要三角洲平原地区，防御台风灾害的脆弱性不断加剧。

气候变暖带来的海平面上升，是沿海地区特别是三角洲地区面临的又一严重问题。海平面上升将使沿海地区风暴潮灾害发生更为频繁，沿海低地和海岸受到侵蚀，加剧海水入侵，破坏生态平衡，严重威胁着沿海地区人类的生存环境；海平面上升还将导致热带气旋频率和强度增加。近 50 年中国沿海海平面呈上升趋势，东海海平面平均上升速率较大，达 3.1 mm/a，黄海、南海和渤海分别为 2.6 mm/a、2.3 mm/a 和 2.1 mm/a；环渤海地区、长江三角洲和珠江三角洲是中国三个最重要的海岸脆弱带，对海平面上升非常敏感，形势更为严峻。

此外，环渤海地区自然生态条件总体较差，生态环境比较脆弱，是中国淡水资源最紧缺的地区之一，干旱灾害突出，20 世纪 90 年代末期到 21 世纪初，华北地区出现连年大旱，其范围之广和损失之大，是近半个世纪以来罕见的，水资源短缺已经成为 21 世纪环渤海地区经济社会可持续发展的主要制约因素。相反，受中小尺度强对流天气的影响，长江三角洲地区和珠江三角洲地区雨涝灾害十分频繁，经常造成城市内涝。

此外，环渤海、长江三角洲地区和珠江三角洲地区还是中国大雾和灰霾的多发地区，其中珠江三角洲地区是灰霾多发地区，环渤海和长江三角洲地区是大雾多发地区。随着这些地区工业化和城镇化建设的加快以及道路交通的发展，面临的雾霾灾害形势将更为复杂和严峻。雾霾灾害严重影响交通运输和电力供应安全，更为严重的是，雾霾造成的环境恶化可诱发多种疾病，不仅严重影响着中国经济社会发展和人们正常的生产生活，而且还严重威胁着人民的生命健康。

因此，在中国东部沿海高风险区进行重大工程布局时需重点考虑自然灾害风险防范问题，必须要充分考虑可能的灾害风险，提前做好规划，尽可能地降低灾害可能带来的损失。建议采取如下措施：

（1）加快区域经济结构调整，严格限制在特大城市和城市群周边，尤其是上风向地区发展高污染产业；加强特大城市和城市群气候影响评估及城市建设和规划的前期气候可行性论证，在城市建设规划中要充分考虑当地区域天气、气候和气候变化条件对自然灾害的承载和抑制能力。严禁在水道入海口围湖、围海造田和开发房地产等项目，以保证水系出海口畅通，增强调蓄洪和防洪能力。海堤海塘建设要达到防御可能发生的最大风暴潮标准，建筑物要达到防御可能出现的最大风速标准，严格控制沿海地区地下水的开采。环渤海地区应科学合理开发利用水资源，建立约束节水制度，调整产业结构用水，限制高耗水项目，实行资源替代等减少用水需求量。

（2）切实实行科学规划和科学管理，建立多部门协调的应急机制。在产业发展和城镇建设中避开重大气象灾害高发区，提高经济总量和人口密度大的区域基础设施建设的气象灾害防护标准，通过科学的交通规划和气候论证，尽可能使机场、港口、高速公路的布局避开人口密集区、地势低洼区和水面充裕区，尽量避免强降水（暴雨、暴雪等）、大雾等不利天气对交通运输的影响；电力、交通部门要增强防御极端强降水和雾害意识，加快建设交通枢纽和交通干线的能见度观测系统，根据能见度水平和路面状况，科学合理地采取限速、限量和封闭措施；电力部门应当加强对输变电线路的雨凇、冰凇和雾凇的防护。

（3）对重大工程建设加强应急管理，减轻灾害影响。要加强监测、预报和预警，在出现静风、逆温等不利的天气条件下，限制机动车的使用和污染企业的生产，加强民航和城市交通的管理和疏导，加强对城市居民，特别是老人、儿童、病患等弱势群体预防灾害天气的指导和救助，减少出行和户外活动，加强医疗保健和心理辅导。

2. 中国中部高风险区重大工程布局方案

中国中部高风险区包括三北防护林区、中原地区、长江中游地区、关中平原地区和成渝区。这些地区既是集聚经济和人口的重要区域，也是传统的农业生产区，气象灾害突出。干旱、雨涝、高温、霜冻、雷电和冰雹等气象灾害都会对这些区域的经济发展产生不利影响，随着未来经济的快速发展与人口密度的增加，还将会给资源环境带来压力和新的问题。

农业是这一地区经济的重要组成部分，它们既是中国粮食主产区，又是农业生产脆弱区，气候变化将对农业生产布局、结构以及生产条件产生重大的影响。气候变化将大幅增加农业生产成本和投资需求，对粮食保障、作物产量、国际市场农产品价格等也将产生重要影响。在不采取任何适应措施的情况下，到 2030 年，中国种植业生产能力在总体上因气候变暖可能会下降 5%~10%。中原地区与关中地区又都为水资源短缺地区，干旱发生频率高。近 50 年来关中地区降水减少显著，气候趋于干暖化，贫水化问题日趋严重，干旱缺水严重制约着这一地区的农业生产。同时，极端强降雨也往往造成严重灾害，如 1975 年 8 月河南林庄受台风系统影响，24 h 降水量达 1060 mm，这次罕见的暴雨过程造成了惨重损失。近几十年来，长江中游地区极端强降水事件也呈趋强、趋多的趋势，暴雨灾害加剧。

因此，在中国中部这些高风险区进行重大工程布局中需要慎重考虑风险防范问题，在本区域开发和重点工程建设中要避开重大气象灾害高发区，加强防灾基础设施建设，加强重大气象灾害监测预警系统建设，合理开发、利用农业气候资源，保障区域可持续发展；建立先进的中小尺度高分辨率的气象监测网络，加强针对重点工程、重要交通干线和枢纽的暴雨、雾、大风等突发性灾害天气的监测、预报、预警，增强科学预防和减轻灾害的能力；调整农业生产布局和结构，提高农业气候资源的利用率，增强农业对气候变化的适应性。

要严格加强重大工程的气象灾害风险评估和气候可行性论证制度，控制影响气候恶化、地质环境改变的人类工程活动。充分利用空中水资源，开展人工增雨；调整产业结构用水，限制高耗水项目，严格控制不合理的地下水开采。

相对其他行业而言，中国中部高风险地区的农、林、牧等产业是受自然灾害影响最大的行业，整体上仍然是在靠天吃饭，天帮忙则农业增产，天时不利则农业歉收，特别是遇严重灾害，往往是颗粒无收。干旱、暴雨、渍涝、台风、冷冻害、冰雹、干热风和雪灾等都不同程度地对中部地区的农业经济发展造成重大影响。据统计，2000 年以来，中国每年因气象灾害造成的农田受灾面积都在 5000 万 hm² 以上，占全国耕地面积的 40%~50%，每年因气象灾害造成农业损失占整个农业 GDP 的 15%~20%，远远高于气象灾害损失占整个国家 GDP 的比重。然而，这些地区的光、热、降水等气象资源又十分丰富且多样，利用气象资源改进农业种植结构，发展高产高效优质农业潜力巨大。

3. 中国西部高风险区重大工程布局方案

中国西部高风险区包括西北干旱区、青藏高原地区和西南山地。中国西部大部分区域的自然生态系统脆弱，对灾害性天气以及气候变化的响应非常敏感，一旦破坏，很难恢复。例如，在全球变暖的背景下，中国青海三江源草原草甸湿地区的气温显著升高、降水减少、蒸发增大、干旱化趋势明显、水土流失严重、草原鼠害严重；在新疆塔里木河流域，近 50 年来由于人类对自然资源特别是对流域土地的大规模开发和水资源的不合理利用，严重破坏了流域的水资源环境和自然生态系统，塔里木河干流区域沙漠化土地面积增加，流域来水量逐年减少，水质恶化，土壤次生盐渍化加重，下游近 400 km 的河道断流，尾闾台特玛湖干涸，大片胡杨林死亡，生态环境日趋恶化。

因此，在中国西部高风险区进行重大工程布局中需重点考虑自然灾害风险防范问题，在保护生态环境的前提下因地制宜地发展资源环境可承载的工程项目建设，应用卫星遥感与地面监测技术相结合的手段，加强对重大气象和生态灾害的监测、预警与评估；开展人工降水作业，合理利用空中水资源，避免超过气象资源容量的开发。在高风险区规划中提高对气象灾害的总体防御能力，建立防灾减灾总体目标，避免和减轻气象灾害损失；对经济布局、区域开发、城乡规划、重大基础设施建设、公共工程建设进行气象灾害风险评估与可行性论证，避免和减少气象灾害、气候变化对重要设施和工程项目的影响。

7.6　综合气候变化风险防范技术

7.6.1　风险控制——监测预报和预警技术

灾害的监测、预警和预报技术是减少灾害损失的关键，也是最有效的风险控制方法。灾害有无预警是造成损失多寡的关键因素。发生在 2004 年 12 月 26 日的印度洋海啸，刹那间使南亚和东南亚国家沿海地区变成人间地狱，近 30 万人死于这场突如其来的灾难。印度洋海啸对人类的最重要启示就是应对灾害事件的关键是要有及时的预警。相反，1983 年 5 月日本海发生破坏性海啸，海啸发生后第 7min，最靠近震中的验潮站观测到海啸波的到达，第 14 min 由计算机自动制作的警报已向日本全国发布，并同时传达到太平洋沿岸各国政府指定的海啸防御机构，从而使这次海啸损失减小到最低限度，仅造成 104 人死亡和百余万美元的经济损失。这一事例表明，对灾害的准确预警对于减少灾害可能造成的损失至关重要。

2005 年 8 月登陆美国的卡特里娜飓风造成 1100 多人死亡，直接经济损失达 1250 亿美元，受灾最严重的路易斯安那州新奥尔良市有 80% 的面积被洪水淹没，100 多万人无家可归。事后人们发现，新奥尔良地处密西西比河与庞恰特雷恩湖之间，呈碗状下凹地形，平均高程在海平面以下，最低点低于海平面达 3 m，平时仅靠防洪堤、排洪渠和巨型水泵抽水抗洪。正是由于新奥尔良特殊的地理条件，凹陷的地形和漏斗型的海岸线形成了抗御飓风最脆弱的地区。当卡特里娜飓风来临时，新奥尔良市也首当其冲成了飓风中受灾最严重的地区，当飓风暴雨和风暴潮降临时，新奥尔良市的排洪渠和水泵形同虚设。这一事例表明，在自然灾害高风险区必须提前做好建设规划，完善风险防范措施，以最大可能降低自然灾害影响的脆弱性。

应当承认，美国在自然灾害的应急管理方面还是比较完善的，但是，面对类似卡特里娜飓风这样的极端天气气候事件，却还是存在侥幸心理，应变准备不足。虽然美国国家飓风中心在卡特里娜登陆前 60 h 左右就发出警报说卡特里娜在密西西比州或路易斯安那州登陆，强度将达到危险的飓风 4 级，随后发布的飓风警报划定的警报范围也包含了新奥尔良。总体来说，美国的预警预报在飓风登陆时间、地点、移动路径等方面基本上是准确的，然而，政府及部分公众对预警重视不够，对造成的灾害后果估计不足，存在侥幸心理，最终造成防灾救灾的措施准备不充分，预警的效果并没有很好地体现在防灾减灾的行动上。这一事例表明，对于自然灾害高风险区的风险防范一刻也不能松懈，不能有丝毫的马虎，更不能存在侥幸心理，必须坚决应对，充分做好防御可能出现灾害的措施和准备。

印度洋海啸、卡特里娜飓风等自然灾害的教训说明，面对自然灾害，若不及时预警预防并迅速采取应对行动，灾害所带来的影响将不仅仅是经济上的损失，更为严重的是大量人员的伤亡以及对经济基础和人民财产的毁灭性破坏。自 20 世纪 90 年代以来，在全球气候变暖的背景下，极端天气气候事件增多，由气象灾害所引发的次生和衍生自然灾害也频繁发生，再加上经济社会的快速发展和人类活动对自然环境的不合理开发利用，导致人类社会对自然灾害的脆弱性增大，预防和减轻由于气候变化所引起的极端天气气候事件等自然灾害对经济社会发展和人民生命财产安全的影响将是我们所面临的一项长期战略任务。

对可能发生的自然灾害进行监测、预警和预报是有效进行高风险区风险控制的重要手段。在全球气候变化高风险区建立一体化的监测体系可以提高对自然灾害的监测、预警和预报力，这需要建立包括地面监测、海洋海底观测和天－空－地观测在内的自然灾害立体监测体系，逐步形成灾害监测、预警和预报体系。目前中国在一些行业已经逐步完善了高风险区监测网络的建设，如中国地震监测体系实现了中国三级以上地震的准实时监测，初步建成国家和省级地震预测预报分析会商平台和由 700 多个信息节点构成的高速地震数据信息网，开通了地震速报信息手机短信服务平台。在开展地质灾害预警预报工作方面，中国高风险区的地质灾害监测系统建设也得到较大发展，已基本建成三峡库区滑坡崩塌专业监测网和上海、北京、天津等市地面沉降专业监测网络。中国气象部门已成功发射了风云三号 A 星、风云二号 E 星等多颗气象卫星，已建成 100 多部新一代天气雷达探测网络，建成了上万个自动气象站，建立了全国灾害性天气短时临近预警系统，台风路径预报准确性已达到发达国家水平。海洋部门对原有海洋观测仪器、设备和设施进行了更新改造，新建改造了一批海洋观测站点，实现了岸基海洋观测数据的分钟级传输，利用手机短信、专线等进行海洋灾害预警预报发布的能力明显提高。在 2008 年 6～8 月黄海及青岛近岸海域爆发大规模绿潮（浒苔）灾害期间，海洋局及山东、江苏、青岛等地海洋部门全力开展了浒苔绿藻监视监测预报工作，为保障奥帆赛和残奥帆赛的顺利举行作出了积极的贡献。

与此同时，我们也必须看到，在频繁发生的自然灾害面前，中国对自然灾害的监测、预警和预报能力与美国等西方发达国家相比还有一定的差距，特别是在自然灾害的强度及其经济社会影响预警以及对泥石流、滑坡、瘟疫等次生灾害预警预报方面的能力还需要不断加强；特别是对于特大自然灾害，除了灾害本身所造成的直接影响外，对其衍生的政治、经济和社会等一系列影响还缺乏完善的应对机制，防御能力亟待提高。因此，未来中国需进一步加强自然灾害高风险区灾害监测和预警预报系统建设，综合运用多种科技手段提高灾害监测预警预报能力，及时向各级政府部门、企事业单位和社会公众发布信息，使各有关部门对灾情监测、研判、预报工作进一步加强，对抗灾救灾决策提供有力支持，可有效提高防灾减灾效益。

因此，提高全社会防御和减轻自然灾害的能力，特别是提高灾害高风险区的防御能力，最关键的就是要对自然灾害建立完备的监测、预警和预报体系，以最有效的措施来控制和降低自然灾害可能带来的风险。为此，我们要采取如下应对方法和措施。

1. 科学规划和部署，利用科学的方法和手段建立对自然灾害的监测预警预报体系

防御和减轻自然灾害带来的损失，必须掌握科学的方法和手段，提前进行科学的规划

和部署。新奥尔良是美国因不重视科学防御规划而最终带来触目惊心高昂代价的例子。我们应充分尊重自然规律，建立科学的观测、监测体系，对可能发生的自然灾害提前作出预警和预报。在作预警时，要科学地评估灾害可能带来的影响并制订科学的防御和应变预案。例如，在应对台风灾害中，要在沿海低洼地带等灾害脆弱区制定并执行严格的建筑物防风、雨、潮标准，坚决避免各地只顾眼前利益和本地区、本部门利益，违背适应和减缓气候变化以及防灾减灾大局，违背科学规律的建设和发展。

对自然灾害的监测预警预报体系应该实现对气象、海洋、水文、地质、地震、农作物病虫害、森林防火和森林病虫害等方面的自然灾害进行实时监测，尽可能的提前作出预测、预警和预报，逐步完善对各类自然灾害的监测预警预报网络系统。在完善现有气象、水文、地震、地质、海洋和环境等监测站网的基础上，适当增加监测密度；提高遥感数据获取和应用能力，建设卫星遥感灾害监测系统；构建包括地面监测、海洋海底观测和空－天对地观测在内的自然灾害立体监测体系；推进监测预警基础设施的综合运用与集成开发，加强预警预报模型、模式和高新技术运用，完善灾害预警预报决策支持系统；要特别注重加强对洪涝、干旱、台风、风雹、沙尘暴、地震、滑坡、泥石流、风暴潮、赤潮和林业有害生物灾害等频发易发灾害以及高温热浪等极端天气气候事件的监测预警预报能力建设。

2. 加强各部门的合作，增强对各部门防灾减灾力量的协调和管理

频发的自然灾害是全球面临的共同挑战，防御和减轻自然灾害是全人类共同的责任。在全球气候变暖的背景下，中国防御自然灾害的形势越来越复杂，不能单纯依靠一个部门应对一类自然灾害，这种"单打一"的方法既不科学，也缺乏效率。需要在最高层面上建立和完善重大自然灾害的综合防御与救援机制，各部门既要各负其责，也要加强合作；要整合分散于各部门的技术力量，形成统一的综合观测体系、综合信息发布系统以及防灾、减灾、抗灾和救援系统，全面掌握信息，及时发布预警，迅速组织救援，防止灾害连锁反应和灾害损失扩大。通过增强对各部门防灾减灾力量的协调和管理，调动各方面力量共同应对自然灾害，实现在应对自然灾害上从各自为政到分工合作相结合的转变。

3. 完善预报预警信息的发布措施，第一时间把自然灾害信息发给所有人群

要提高应对自然灾害的能力，除要加强对自然灾害的监测、预警和预报，不断提高预报准确率和时效性之外，还要完善和加强预警信息的发布措施，在第一时间把自然灾害的信息发给所有人群；提前做好自然灾害的防灾减灾科普工作，让百姓知道收到预警信息后怎么去应对，怎么采取避灾、自救的方法来尽最大可能地减少自然灾害对生产、生活的影响。必须看到，中国目前自然灾害预警信息覆盖面和时效性尚待提高，必须建立健全灾害预警预报信息发布机制，充分利用各类传播方式，准确、及时发布灾害预警预报信息。有关媒体、网络和通信运行企业要积极配合做好自然灾害预警信息的播发工作，以警报、广播、电视、报刊、互联网和手机短信息等多种形式及时发布自然灾害预报警报信息，扩大灾害信息的公众覆盖面，建立畅通的灾害信息服务渠道。

4. 积极学习和借鉴发达国家在灾害风险防范方面的经验与做法

美国等发达国家在灾害风险评估方面的经验与做法值得中国学习、借鉴。美国在 20 世纪 60 年代开始，就建立了对内陆和周边水域、森林和其他自然资源进行制图、调查的政府机构，收集了大量有关洪水、火灾、风暴和相关灾害的数据，为有关地区后来的灾害管理提供科学的依据。包括美国国家海洋和大气管理局、美国地质调查局、海岸和地质调查局、美国林业局在内的机构，记录了大量洪水、航运灾难、极端气候事件、森林火灾以及相关的原因和措施方面的资料。依据风险评估资料，建造了大规模的防灾工程，如堤坝、水库和海堤等，突发事件"避难"场所；从法律上控制对易灾土地的利用；制定建筑物和基础设施的防灾标准和法规；通过教育和宣传，提高多灾地区居民的防灾意识；开展农作物、洪水和地震保险；开展改善气候的实验，如人工增雨、消雾、减弱风暴及降低地层缝隙的压力避免地震等实验。在 20 世纪中叶，联邦政府还制定了全国性的第一部灾害救助法律，启动永久性的灾害救助项目。美国陆军工程兵在修建灾害工程（防洪堤、水坝和防洪墙）的同时，还为大型人工养滩项目提供资金资助、为沿海地区建立风浪侵袭模型，监督跨州飓风疏散计划的实施、（受洪水影响）湿地使用许可管理等。保险公司如联邦保险管理局，与当地政府共同监督洪区和高风险沿海地区的制图和管理，通过各种政策增强公众对洪水的认识，帮助受灾人员恢复工作生活，推动在有严重洪水威胁地区的长期居民搬迁。

总之，防御自然灾害是全球面临的重大共同问题，虽然台风、暴雨、地震、火山等自然灾害的强度、频次并不会因人的意志而改变，但是灾害造成的损失大小与经济、科技发展水平以及风险防范体系有着密切的关系。对自然灾害的监测、预警和预报能力越强，重特大自然灾害所造成的人员伤亡和财产损失程度就越轻。中国需依靠不断增长的经济实力，加大地对自然灾害监测、预警、预报体系建设等方面的投入，加快交通、通信、电力基础设施，特别是与减灾密切相关的海防、堤坝、监测预警系统工程建设，加强救灾物资储备，以有效防御和减轻自然灾害。

7.6.2 风险转移——保险

中国 70% 以上的大城市、半数以上人口、75% 的工农业产值都分布在气象、地质和海洋灾害严重的地区，自然灾害对社会经济发展的制约影响非常严重。中国每年因自然灾害造成的直接经济损失高达数千亿元，2008 年更是超过 1 万亿元，平均每天都要损失 30 多亿元。随着经济的发展，自然灾害的风险不仅没有降低，反而增加了。

灾害保险是实现灾害风险转移的有效手段，因而素有社会"稳定器"之称。但是，目前中国的保险业覆盖的深度和密度还都很低，以至于在重大自然灾害造成的损失中，只有一小部分损失能够得到保险补偿。在中国灾害补偿体系中，政府冲在了最前面，其次才是保险和社会募集善款；有时候，社会救助的作用甚至超过了保险公司，例如，2008 年在汶川特大地震救灾过程中，社会各界捐款捐物超过 400 亿元，大大超过保险理赔预估金额。因此可见，在中国自然灾害补偿体系中，由于保险的分量过低，作用十分有限，未充分发挥社会"稳定器"的作用。

在全球气候变暖和地质运动恢复活跃的大背景下，极端恶劣天气和地质灾害的发生频率和强度都有可能加大，严峻的自然灾害形势要求保险业开展灾害保险，以最大限度地降低自然灾害的风险。由于人类目前还不可能完全了解自然，对自然的认识正处于逐步提高的阶段，因此要想尽可能地规避自然灾害给人类带来的损失，必须建立一系列事前、事中和事后的风险防范体系，保险应当在风险防范体系中担任主角，实现灾害风险转移，充分发挥保险作为社会"稳定器"的作用。

1. 保险是国际通行的防范自然灾害的积极有效的经济补偿手段

从国际上来看，各国都把保险作为防范自然灾害一种积极有效的经济补偿手段，各国都在研究如何使保险业在灾害补偿体系中扮演更重要的角色。西方发达国家在应对重大自然灾害时，构建的补偿体系分为三部分：首先是保险理赔，其次是国家救助，最后才是社会救济。许多发达国家保险理赔占灾害直接损失的比例高达50%，一般发达国家也可以达到30%左右。2008年中国接连遭受了冰冻雨雪天气与四川汶川特大地震两次严重的自然灾害，不仅带来了重大经济损失和人员伤亡，也暴露了中国目前在自然灾害补偿体系中保险功能的严重缺位；由于保险业化解自然灾害风险的能力不济，每一次重大自然灾害都有可能成为影响中国社会经济发展的沉重枷锁。

面对自然灾害可能造成的巨大损失，国际通行的做法是将比较大的风险，尤其是特别重大的自然灾害风险通过再保险分担。通过再保险，一方面可以将大数定律应用到更广泛的区域，从而使在局部区域内不可保的风险成为可保风险或准可保风险；另一方面，可将巨额风险分散给其他保险人，从而由众多保险人来共同承担风险，这样就能保护直接保险公司免受巨额索赔、异常风险或次标准风险的影响。因此，在国际保险市场上，传统再保险业务通常也可以起到巨灾损失的补偿责任。

发达国家的灾害保险机制有许多好的经验值得我们学习。挪威是北欧自然灾害比较频繁的国家，灾害主要包括暴风、洪水、地震和山体滑坡等。挪威于1979年开始建立巨灾风险基金，并于1980年实施。挪威立法规定，所有购买火灾保险的投保人必须同时购买巨灾保险，保费收入纳入基金。日本政府于1966年颁布地震保险法，要求住宅必须对地震、火山爆发、海啸等自然风险投保，并逐步建立政府和商业保险公司共同合作的地震保险制度。1990年，西班牙强制规定投保人只要购买财产险及个人意外伤害险就必须购买巨灾保险，它包括自然灾害（洪水、地震和海啸、风暴、火山喷发和陨石坠落）、社会政治风险（暴乱、恐怖活动、和平时期的军事叛乱和分裂等），为此，西班牙还设立了巨灾保险基金、巨灾保险准备金等。

2. 中国的自然风险保险和再保险机制需要进一步完备

中国的灾害补偿方式主要包括社会捐助、国际支援、财政补偿和保险补偿4种。其中前两种方式完全出自于援助方的自愿且受其经济力量、觉悟或道义感以及与受援助方的关系等因素的影响和制约，难以控制；财政补偿在中国应用时也出现了一些新的问题，由于财政补偿的基金主要来源于政府的财政收入，由财政预算安排的灾害救济支出只是财政支出计划中的一小部分，因此国家财政对重大自然灾害的资金补偿能力有限，特别是在类似于汶川大地震的巨灾发生时，财政预算安排的救灾基金相对于灾害所造成的损失只是杯水车薪。因此，当重大自然灾害发生时，依靠国家财政救济支出对灾害损失的补偿程度也是比较低的。

中国保险业起步较晚，对灾害保障能力尚十分有限，以现有的承保能力以及常规的发展预测来看，要想独立承担此重任也显得力不从心。2008年年初中国南方遭受冰冻雨雪灾害，受灾人口达到1亿人，直接经济损失高达1516亿元。在这次南方雪灾中，由于一些农作物品种的保险尚未启动，农业保险的报案率和最终赔款占总损失比例则明显偏低，如湖南就出现了1300万亩油菜由于被大雪覆盖而绝收却没有投保任何保险产品的情况。这也反映出中国现有针对自然灾害的保险产品开发不到位，不能完全适应和满足企业及人民群众的要求等问题。

再如，2008年5月12日发生的四川汶川大地震，造成8万多人死亡，直接经济损失达8451亿元，举世震惊。在四川地震造成的损失中，只有不到5%投了保险；相比之下，2005年在美国卡特里娜飓风造成的损失中，则有大约一半得到了保险公司或者联邦政府的保险赔付。因此，中国面对十分严峻的灾害风险形势，建立针对高风险区自然灾害风险专门的保险制度就显得尤为重要。

3. 中国保险市场在自然灾害风险防范上的应对措施

在当前市场经济条件下，中国保险市场迫切需要加强防灾减灾的工作，将市场经济体制和机制引入到自然灾害领域，采取多种措施、多种方法，包括研究引入保险机制、建立防灾救灾的保险管理体制。大力发展责任保险，健全安全生产保障和突发事件应急保险机制；积极稳妥推进灾害保险试点，深化保险体制机制改革，完善保险公司治理结构，设立国家再保险公司以分散自然灾害的风险，增强可持续发展能力。保险业应积极地开展地震保险、农业保险、天气保险等自然灾害保险新险种，扩大保障面，提高保障程度。政府也承担一定的扶持责任，对自然灾害保险进行适当的财政补贴。中国保险业从业部门应详细了解中国自然灾害的特点、规律、自然灾害风险的时空分布和发展趋势，选择最佳展业方向；研究与编制灾害风险区划，结合各地区灾害风险和程度，制定合理的分区费率；了解与评估各地的减灾能力和灾害风险，从加强防灾、提高减灾效能中获取保险效益；研究不同等级的灾害侵袭下各类受灾体和损失程度，结合灾害风险程度研究进行损失预评估，同时制定受灾体损毁标准，进行损失科学评估和理赔；建立完善的灾害风险保险信息管理系统。

第8章 气候变化风险分类与管理案例分析——以广东省为例[*]

气候变化风险是一种"全球本土化"（glocal = global + local）的风险，尽管其本质上是全球性的，但其影响和相互作用最终发生在局地和区域（UNDP，2002）。气候变化的影响可能随时空尺度的不同而不同，气候变化的风险源以及社会经济状况等都在区域内具有空间异质性，即存在区域分异现象和规律，这就使其更具复杂性。因此，区域尺度不同，采取的风险管理策略也不同。对气候变化风险从区域时空分布的角度进行分析，比起纯粹全球气候变化风险的估计，可能获取的信息更充分，风险的描述更准确，而且气候变化风险的适应和防御措施在局地和区域水平上可能更有效（Yohe and Strzepek.，2007）。尤其是我国区域气候差异较大，开展气候变化的综合风险管理必然要十分重视这种区域差异，针对各个区域的特点，系统地、有侧重地进行气候变化综合风险治理。

本章以受气候变化影响较大的广东省作为案例区，对气候变化风险的识别、分类与综合风险管理进行区域案例研究。

8.1 研究区概况

广东省具有较长的海岸线，海岸带是陆地、海洋和大气之间各种过程相互作用最为活跃的动态界面，海水、陆地和大气之间的微妙平衡使其对外界条件的微小变化十分敏感（任东明等，1998），是气候变化影响下最为脆弱的地带之一，尤其是其中的珠江三角洲是IPCC第四次评估报告确定的气候变化影响下最为脆弱的亚洲大河三角洲之一（IPCC，2007b）。同时，广东省是我国经济最发达的地区之一，人口密度和经济密度都很高，社会经济脆弱性大，一旦气候变化以及引起海平面上升淹没土地或诱发各种灾害，其后果都是无法设想的。因此，本研究选择广东省作为案例区进行气候变化风险的研究，更具有典型性和实际意义（图8-1）。

广东省除粤北山区属中亚热带季风气候外，大部分地区为南亚热带和热带季风气候类型，是全国光、热、水资源最为丰富的地区。全省年平均气温为18~22.2℃，总的趋势是南高北低，等温线基本按纬向分布，最高温为南部的雷州半岛23.2℃，最低是粤北西北侧的连山，只有18.8℃。由于终年受海洋季风气流的影响，加上北倚南岭，东北—西南走向排列山脉分布，广东省降水充沛，年平均降水量为1500~2000 mm，由于降水在时间季节上分布不均匀，雨季的降雨范围广、强度大，常引起山洪暴发、江河水位迅速上涨而造成

---

　* 本章完成人：中国科学院地理科学与资源研究所的戴尔阜、李阔、余卓渊、李国胜、张月鸿、吴绍洪、潘韬、李学灵、杜尧东、殷洁。

洪涝灾害。此外，广东省是我国受台风侵袭最多的地区，台风登陆次数多而且强度大、季节长，约占侵袭我国台风总数的60%。

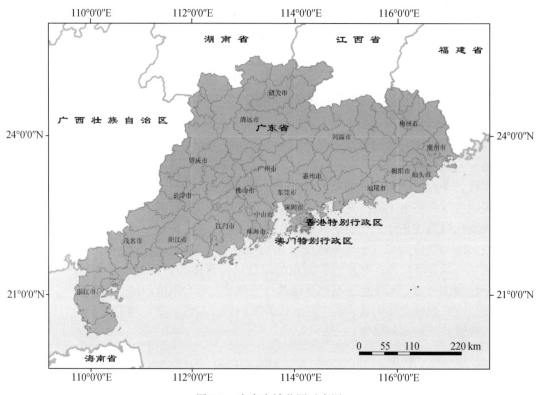

图8-1　广东省域范围示意图

广东省北部山地丘陵占陆地面积的2/3；中部为河网密布地冲积平原和三角洲，约占1/3。广东省地势大体上为北高南低。山地主要为三列东北－西南走向的山脉，自北向南为南岭、罗平山脉、莲花山脉，西北－东南走向的山地包括大东山脉等。山地的四周为花岗岩侵入砂页岩所成的丘陵，高350～500 m，坡度陡缓不一，排列凌乱。台地主要分布在雷州半岛南部及粤东、粤西沿海一带。平原主要分布在河流两岸及大江河下游的三角洲，其中，以珠江三角洲面积最大，其次为韩江、榕江、练江下游的潮汕平原。

广东省河流众多，集雨面积在100 km²以上的河流有600多条，主要有珠江水系的东江、北江、西江和珠江三角洲水系，其次为粤东及粤西沿海独流水系。由于广东省降水充沛，山地丘陵集流迅速，各河流量丰富。全省年均河川径流量为1800亿 m³，水资源总量为1860亿 m³，人均水资源占有量为2815 m³，均高于全国水平。但由于降水量的季节变化明显，地表水资源时空分布不均匀，汛期（4～9月）降水量占全年80%以上，易造成冬春干旱夏季洪涝、粤西沿海丘陵台地地区缺水现象日益严重。

8.2　广东省气候变化风险的识别与分析

本研究定义的气候变化风险是气候系统变化对自然生态系统和人类社会经济系统造

成影响的可能性，尤其是造成损失、伤害或毁灭等负面影响的可能性。由于广东省案例区主要是海岸地带，因此，参考了 IPCC 对于海岸系统气候变化影响的总结（IPCC，2007b），筛选出了主要的负面影响（表8-1 和表8-2），从而确定本研究区气候变化风险主要是以海岸带的气候变化风险为核心，同时考虑海岸带中其他社会经济部门的可能气候变化风险。按照前文分析的风险源和部门识别的模式对广东省的气候变化风险进行了系统的识别。

表8-1　海岸系统的主要气候驱动因子及其自然和生态系统影响

气候驱动因子（趋势）		对海岸带系统的主要的自然和生态影响
CO_2浓度（↑）		CO_2肥效作用增强；海水 pH 降低（或成为海洋酸化）对珊瑚礁等 pH 敏感生物产生了负面影响
海面温度（↑，R）		温度分层增加/循环改变；珊瑚白化和死亡增加；生物种向北移动；海藻过剩情况增加
海平面（↑，R）		低地淹没，洪水和风暴潮；侵蚀；盐水入侵；水位升高/排污障碍；湿地的丧失和变化
风暴	强度（↑，R）	极端水位和波高增加；阶段式侵蚀增加；风暴损失；洪水风险和防御工程失效增加
	频率（?，R）	巨浪和风暴波高的变化以及由此导致的风暴损失和洪水的增加
	路径（?，R）	
波候（?，R）		波浪条件变化，包括潮涌；侵蚀和堆积的模式变化；海岸形态的重构
径流（R）		海岸低地的洪水风险；水质/盐度变化；冲积物质的供给变化；环流和营养物质的供给发生变化

注：趋势，↑增加；? 不确定；R 区域变化
资料来源：IPCC，2007b

表8-2　海岸带社会经济部门的气候相关影响

海岸带社会经济部门	气候及其驱动因子的相关影响						
	气温升高（空气和水温）	极端事件（风暴潮）	洪水（海平面，径流）	水位升高（海平面）	侵蚀（海平面，风暴潮）	盐水入侵（海平面，径流）	生物效应（所有的气候驱动因子）
淡水资源	X	X	X	X	—	X	x
农业和森林	X	X	X	X	—	X	x
渔业和水产业	X	X	x	—	x	X	X
健康	X	X	X	x	—	X	X
休闲和旅游业	X	X	x	—	X	—	X
生物多样性	X	X	X	X	X	—	X
人居/基础设施	X	X	X	X	X	X	—

注：X 为强；x 为弱；—为可忽略的或还不明确
资料来源：IPCC，2007b

8.3 气候变化风险的风险源及识别

8.3.1 气候变化风险源特征

1. 气温变化

广东省年平均气温的增温速率为0.21℃/10a，与全国平均水平相当，其中冬季平均气温的上升趋势最为明显（0.36℃/10a）、秋季次之（0.23℃/10a）、春夏季最小（0.14℃/10a）（广东省气候变化评估报告编制课题组，2007）。省内不同地区年平均气温增温速率存在一定差异，其中珠江三角洲地区和广东东南部沿海地区是主要增温区域（图8-2）。

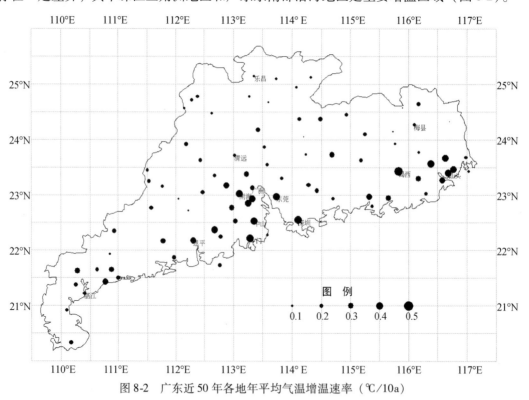

图8-2 广东近50年各地年平均气温增温速率（℃/10a）

2. 降水变率加大

近50年，广东省平均年降水总量没有显著增加或减少的趋势，但存在较大的年际波动，降水异常现象频繁出现。2002~2004年遭遇了罕见的连年干旱。与此同时，部分地区的降水均方差在增大，表明极端降水异常频繁。2005年6月18~25日，广东省遭遇超百年一遇的特大暴雨，惠州市龙门县录得过程累积雨量1300.2 mm，汕尾市海丰县、河源市、韶关市新丰县分别录得868.4 mm、722.0 mm和600.1 mm过程累积雨量。短时强降水增多，平均强度增大，年际变化加大。

3. 海平面上升

由于全球气候变暖引起的海水体积膨胀和冰川融化将使海平面持续升高，国家海洋局加强了海平面上升影响评价工作，分析结果表明：近 30 年中国沿海海平面上升显著，上升速率高于全球平均值。2007 年，中国沿海海平面平均上升速率为 2.5 mm/a，仍高于全球海平面 1.8 mm/a 的上升速率。预计未来 10 年，中国沿海海平面将继续保持上升趋势，将比 2007 年上升 32 mm（中国海平面公报，2007）。广东沿海地区海平面也呈现上升趋势。1958～2001 年香港、广东闸坡和汕头三个长期验潮站海平面平均年上升速率分别为 0.24 cm/a、0.21 cm/a 和 0.13 cm/a。而卫星观测得出南海近 15 年的海平面上升率为 (0.42±0.4) cm/a，广东沿海乃至全球的海平面上升存在加速的趋势。

海平面上升将可能对广东省沿岸低洼地区带来严重的负面影响，会加剧海岸侵蚀，导致受灾人口的不断增加，造成沿海城市和工业区以及耕地、湿地和盐田等方面的损失。此外，极端气候事件与海平面上升共同作用，可能会加重风暴潮、咸潮入侵与盐渍化等海洋灾害。

4. 极端气候变化的不稳定性增加

极端气候事件（台风、风暴潮，洪水和强降雨等）通常是沿海地区致灾的主要原因。利用 RegCM2 模式模拟的中国区域气候情景结果表明：在 CO_2 倍增条件下，温室效应将主要引起日最低气温增加，日较差减小，使得高温天气增多，低温日数减少，降水日数和大雨日数在一些地区增加；台风生成个数将有一定增加，登陆台风的数目会有明显增加，同时台风的路径将主要以由南向北移动为主（Gao et al.，2002）。由于台风路径的变化，本研究区登陆台风的个数减少，初台登陆时间也出现了异常。风暴潮的发生规律也出现了变化，强度可能增加，而极端低温冷害事件在气候变暖的背景下，其不稳定性可能增加，可能发生频率还会加大；而由过去的统计表明高温热浪事件近年来有显著的增加（《广东省气候变化评估报告》编制课题组，2007）。

8.3.2　按风险源进行的气候变化风险识别

参考 IPCC 对海岸系统主要气候驱动因子的自然和生态系统影响，并结合前章节中识别出的一般意义上的气候变化风险，对广东省气候变化风险从风险源角度进行识别（表 8-3）。

表 8-3　按风险源识别的广东省气候变化风险

气候相关变化（风险源）	可能影响（风险后果）
平均气温升高	农作物产量和市场价格波动；灌溉需水量；农作物病、虫、鼠害；渔业产量和质量变化；水质恶化；干旱；生境的丧失和物种的灭绝；生态系统结构、功能受损；珊瑚白化与死亡；海藻过剩与赤潮风险；促进媒介传染病（血吸虫、疟疾、登革热、流行性出血热）传播；加剧城市热岛效应；基础设施；能源风险

续表

气候相关变化（风险源）	可能影响（风险后果）
部分地区降水减少	农作物减产；导致干旱灾害；河流径流量及水资源供给短缺；水质恶化；破坏河流湿地生态系统；影响水域地区旅游业
海平面上升	海岸侵蚀；沿岸低地的淹没；海水入侵（河口、地下水）；沿海湿地、珊瑚礁等生态系统的退化；海啸、风暴潮灾害；滨海旅游业风险；增大沿海地区洪涝风险；沿海地区土地盐碱化；破坏沿海地区人居环境；间接导致金融业风险

极端气候事件	热事件、热浪频率增加	农作物减产、死亡；供水紧张；影响人类健康（中暑、心血管疾病、心理疾病等发病率和死亡率增多）；能源消耗短期内达到高峰；易引起能源供给风险
	强降水事件增多	引起洪涝灾害；诱发泥石流和滑坡；农作物减产；造成水产养殖的破坏；交通设施破坏；水利设施破坏
	热带气旋（台风和飓风）强度增加、风暴强度和路径变化	海岸侵蚀；沿岸低地的淹没；海水入侵（河口、地下水）；沿海湿地、珊瑚礁等生态系统的破坏；增大沿海地区洪涝风险；破坏沿海地区人居环境；沿海居民生命财产损失；破坏港口设施；破坏交通设施
	干旱频率和持续时间增加	农作物减产；生态系统结构、功能受损；与水相关工业产业受到影响，尤其是水力发电业；供水紧张；森林火灾；加重农作物病虫害
	洪涝频率和时间增加	大型水利工程；血吸虫、疟疾等媒介传染病；污水和垃圾处理
大气成分的变化（CO_2浓度增加）		海洋酸化；珊瑚礁破坏

8.4 广东省气候变化危险性

8.4.1 农业、渔业和林业影响

1）农业生产

本研究区域各地年平均气温普遍升高，以前只能在西南部种植的部分热带农作物，现在在南部沿海都可能种植。但是气候变暖将导致农业生产的不稳定性增加，产量波动大；虫源和病源增大，繁殖年代增加 1~2 代。

2）农业病虫鼠害

气温变暖有利于有害生物的繁殖，病虫种类多，世代多且重叠，危害发生期早、发生量大、危害期长、危害严重。农田生物灾害包括虫、病（图8-3）、草、螺等，对农作物造成了极大灾害。农田杂草和农作物争夺养分和水分，也影响了光照和空气流通，恶化农作物的生存环境，造成农作物减产和品质下降。

3）极端低温冷害

本区低温日数（日最低气温不大于5℃）呈现显著减少的趋势，减少速率为 2.7 d/10a。此外，极端最低气温变化不稳定性增加，寒冷灾害加重。迄今，气候上主要是以年（季、月）的平均气温为指标来讨论气候的"变暖"或"变冷"。近几十年严重的寒冬共

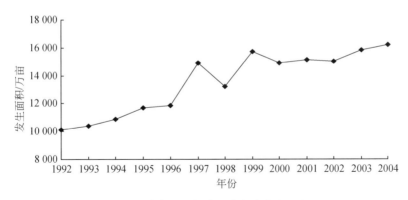

图 8-3　广东省近年农业病虫害发生面积

有 7 次：20 世纪 50 年代 2 次、70 年代 1 次、90 年代 4 次，其中 90 年代的 4 次寒害给本区农业造成了近 200 亿元的经济损失。

4）渔业和水产业

灾害性天气可能给渔业带来严重的影响。例如，2008 年受大规模寒害的影响，对一些暖水性鱼产生了毁灭性的打击，受灾面积 170 多万亩，损失水产品量 40 多万吨，渔业经济损失近 50 亿元。

5）森林火灾与病虫害

由于气候变化，干热天气增加，极端天气出现的频率增大，未来火灾的频度可能还会有所增加，主要发生在秋冬季（图 8-4）。

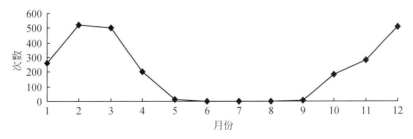

图 8-4　1996～2005 年广东森林火灾（火警）的月分布

8.4.2　水文与水资源影响

1）暴雨洪涝

暴雨和台风的发生有着明显的季节性，暴雨和洪水主要集中在前汛期（4～6 月）和后汛期（7～10 月）。洪涝频发地区为西江、北江各水系位于河谷平原地区的 1 级以上支流。

2）干旱风险

因受季风气候和地理、地质条件等因素影响，研究区常受干旱困扰，又因以水稻种植为主（占粮食总产的 80% 以上），对水分要求高。干旱不仅威胁农业生产，也已越来越影响到社会的各个方面。

3）供水短缺

区域降水量和降水格局改变、降水时空分布不均，可能导致干旱的频次和强度增加，还会导致地表径流和一些地区的水质等发生变化，造成水资源供需矛盾更加突出。本区几个大中城市曾经历了数次"水荒"危机。

8.4.3 海岸带影响

1）海岸侵蚀

在未来气候变化的影响下，海平面上升、气候干旱、台风和风暴潮等极端气候事件的增加都可能导致海岸侵蚀的加剧。本区可能受海岸侵蚀的岸段主要是南澳岛南岸、汕头港—碣石湾北口、碣石湾南口—大亚湾低滩下蚀，北口及阳江闸坡岸段。

2）沿岸低地淹没

海平面上升将可能对广东沿海低洼地区带来严重的负面影响，淹没面积将可能不断扩大。分析结果表明：近 30 年中国沿海海平面上升显著，上升速率高于全球平均值。海平面上升与异常气候事件进一步加重了风暴潮、咸潮入侵与盐渍化等海洋灾害。

3）盐水入侵与沿岸土地盐渍化

海平面上升，流域盆地内干旱，潮汐涨落都可能使盐水侵入至河口内。河流流量的变化影响河口盐水入侵的距离为数十至百千米，河流流量的年际变化主要取决于河流流域盆地的极端气候事件。当海平面升高 $0.4 \sim 1.0$ m 时，珠江各口门盐水入侵距离的增值为 $1 \sim 3$ km，最大可达 5.0 km（黄镇国等，2000；夏东兴等，1993）。

4）台风

据统计，历年登陆广东的热带气旋个数有减少的趋势，特别是近 10 年中有 6 年登陆广东的热带气旋不超过 2 个。但登陆时间比常年初台登陆时间提早，如 2006 年台风"珍珠"提早了 40 余天。出现超强台风的概率会增大，如 1996 年 9615 号台风的最大风速达 57 m/s，属超强台风。2006 年超强台风"桑美"袭击了浙江和福建。

5）风暴潮

由于相对海平面上升，至 2050 年，广东省现状 50 年一遇的风暴高潮位将可能缩短为 20 年左右一遇，现状百年一遇高潮位可能缩短为 50 年左右一遇（杨桂山，2001）。广东风暴潮主要集中在：雷州半岛东岸的北端，即湛江港和雷州湾一带；粤东的饶平、澄海及汕头一带；珠江口一带。

6）沿海湿地、珊瑚礁退化

由于围海造田、海水养殖、沿海地区城市化过程遭到破坏，尤其是红树林面积大幅减少，由 1986 年的 4 万多公顷锐减至当前 9000 多公顷。气候变化可能从各个层面加重影响。广东沿岸有珊瑚 60 多种，造礁珊瑚 30 多种。海平面上升也会对珊瑚礁生态系统产生影响。

8.4.4 人居环境影响

1）水土流失

处于山区的清远、梅州、河源三市的土壤侵蚀面积最大，沿海地区（包括粤东、粤西、珠三角）的土壤侵蚀面积虽然较小，但是有些地市的土壤侵蚀面积占该地区土地面积的比例仍然较大。在未来气候变化的背景下，各种因素共同作用，预计暴雨对其直接侵蚀强度增加，以及干旱等极端气候时间带来的植被覆盖情况的变化，可能导致本研究区域水土流失的强度加大。

2）高温热浪与城市热岛效应

在气候变暖背景下，广东夏季的高温、热浪越发频繁，高温日数（日最高气温不小于35℃）呈现出显著的上升趋势，上升幅度为 2.7 d/10a。

3）滑坡、泥石流

在气候变化的背景下，极端气候事件如暴雨、洪水的发生频率提高，滑坡、泥石流的风险都可能会加大。这类灾害多发生在多山地区，如清远、云浮、肇庆和茂名，以及河源和梅州等地区。

8.5 广东省气候变化高风险季节防范

8.5.1 广东省气候变化风险分类管理

本研究建立的气候变化风险的分类体系是综合风险治理的核心层面，可以进行不确定性的有效管理，有利于利益相关者参与，支持扩大的同行团体评议，IRGC 提供的策略政策的选择评估，还综合了各种学科的研究方法，体现了传统常规科学与后常规科学的结合。因此，对气候变化风险进行分类管理就要在分类的基础上切实突出这些优势和特点，主要包括以下具体途径：

第一，通过不确定性评估加强气候变化风险的不确定性管理。

对于广东省来说，要对气候变化风险的不确定性进行管理，仅仅按照风险类别进行不同的管理还是不够的。由于前面分类中潜在的问题以及分类的不确定性本质决定的需要进行不断的"中期方向修正"，都需要对气候变化的影响与风险进行不确定性评估，并在可能的情况下，在相关风险领域建立定量的气候变化影响评估模型，对这些模型进行不确定性的评估。这种不确定性评估的意义不仅在于区分不确定性的程度从而为风险管理服务，而且对于科学研究的深入发展也具有很大的意义。

第二，构建多方参与的风险治理体系。

对于多方参与气候变化风险治理，广东省经济水平较全国平均来说相对较高，具备了一定的经济基础。主要在三方面推动多方参与体制：普通公众、NGO 和企业。

普通公众的参与方面，考虑我国目前公民社会的成熟度还不足，只能在以下几方面重点突破：加大气候变化知识的宣传和普及力度，提高公众对气候变化的关注度、认识水平和参与的主动性；使公民参与气候变化的适应和减缓当中，如在日常生活方式中的节能环保措施等；在提高公众气候风险意识的基础上，鼓励公众参与气候政策的制定（如条约、法规、税收和补贴等），随着我国听证制度的开展，使其有了实现的可能。

相关的 NGO 等社会组织在广东省有一定的发展，尤其是在珠江三角洲的核心城市群地带，但还处于初级发展状态，其参与气候变化风险治理的成熟度和专业度还不足，基本还没有发挥实质性的作用，还需要在更为宽松的环境下，进行培育和发展。

广东省的企业发展一直处于全国领先地位，同时也应该承担更大的气候变化治理的责任和义务，应当在现行的政策中明确区域中企业在气候变化问题上应负的责任，同时鼓励企业在气候变化减缓、适应以及应急管理方面的公益行动，与此同时，许多商业企业也受到气候变化的各种风险的影响，也要帮助其把气候变化风险的因素纳入其常规风险管理体制。

在培育这些参与力量的同时，要逐渐将其纳入风险分类治理的体系，不同类别的风险采用不同层次的参与方式。这样一方面可以提供这些社会力量具体的参与方式，超越了过去对于社会力量参与空洞的呼吁；另一方面，在参与过程中也可以逐步使这些社会力量趋于专业化和成熟化。

第三，通过分类建立各部门之间的联系桥梁。

对广东省气候变化风险的分类，可以促进这种联系体制的构建。对于划分于同一类别的风险，其评价与管理机制具有一定的共性，部门之间可以对同一类别的风险治理进行互相探讨和协商，有利于部门间建立横向的联系。同时气候变化风险分类体系的评价方法和管理策略，本身就是跨学科性的，兼容了社会学和自然科学的各种方法，有助于促进风险的跨学科研究以及跨学科风险问题的解决。

第四，把政策和社会背景研究纳入风险治理体系。

把政策和社会背景研究纳入气候变化风险的综合治理体系，是气候变化本身研究的需要，也是"风险社会"的需要。这就需要在气候变化风险治理中不仅要考虑自然科学方面的评价和管理，还要考虑气候变化的社会学、经济学以及政治学研究角度。同时在多方参与过程中也可以纳入对社会背景因素的考虑。

8.5.2 高风险的季节防范

气候变化风险是一种季节性很强的风险，从时间和季节上来防范至关重要，这与 Glantz（2004）所强调的气候变化影响的季节性（seasonality）研究的理念十分吻合。尽管在全球气候变化的背景下，我们对季节的自然变化和季节性的特征还没有明确的解释，但可以确定的是气候变化造成的季节过渡性质的微小变化都可能会对这些已有的风险造成很大的影响，因此从季节和时间上来管理气候变化风险，对气候变化风险进行前期预警是十分必要的。本研究把广东省气候变化风险中具有明显季节性变化的风险，按可能发生的月份和季节上作了一个大致的总结和划分（表 8-4 和图 8-5）

表 8-4　气候变化风险的时间识别

气候变化风险	发生时间特点
暴雨洪涝	本区域虽然全年都可能出现暴雨，但主要集中在前汛期（4 ~ 6 月）和后汛期（7 ~ 10 月）。因形成洪涝灾害除受暴雨影响外，还受地面特征的影响，对各个月份发生洪涝灾害的次数进行统计后发现形成洪涝灾害的时间集中在汛期 4 ~ 10 月，6 月、7 月和 8 月发生次数较多（广东省国土规划）
干旱	本区域由于夏季气旋活动比较频繁，旱灾一般表现为不同区域的春旱和秋旱
滑坡泥石流	滑坡、泥石流等坡地灾害的发生与降雨有关，主要集中在汛期中的 6、7 月
台风	除 1 ~ 4 月外，其余各月均有台风影响本区，最早的是 5105 号台风（1951 年 5 月 13 日在台山—斗门间登陆），最迟是 7439 号台风（1974 年 12 月 2 日在台山登陆）。影响本区的台风主要集中在 7 月、8 月、9 月，占全年的 76.3%（广东省国土规划）
风暴潮	风暴潮的发生与台风的活动密切相关，1994 ~ 2003 年广东省共发生风暴潮 36 次，因台风引起的就有 35 次，仅有一次是由于天文潮引起的。因此，风暴潮主要的发生时间在 7 月、8 月和 9 月
低温冷害	低温冷害主要发生在冬春季节
水土流失	本区水土流失主要与降水侵蚀力相关，较强的降水侵蚀主要集中在 4 ~ 9 月，占全年的 84.8%（吴志峰等，2005）
森林火灾	本区域森林火灾发生的时间有明显的季节性，两个高峰值，2 月、3 月和 12 月，夏季基本无火灾，偶有发生
登革热，疟疾	登革热、疟疾由蚊虫传播，夏秋季节持续高温多雨，蚊蝇、细菌生长速度较快，是登革热等传染性疾病的高发区
流行性出血热	常发生在 3 ~ 6 月
高温热浪与热岛效应	不利于人体健康的高温热浪天气一般发生在 7 月、8 月
呼吸道传染病	呼吸道传染病一般集中在 3 ~ 6 月

　　需要特别注意的是，时空分析都需要从分类管理的角度对其进行补充，简单地根据过去发生的概率推算出来的风险的时间或空间规律，在气候变化的背景之下，可能也会出现变化，完全依靠这个时空规律进行气候变化的风险管理，就像全部采用简单风险的传统评估和管理方法进行管理一样，会产生很多问题。在未来的气候变化背景下，这些风险发生的时空规律会有什么样的变化趋势，有多少可靠性，确定程度有多少，都需要有一个恰当的判断，这就需要气候变化风险的 IRGC 分类管理特别从时空角度进行分析。因此，分类管理对时空综合是一个提升，同时时空综合又促进了分类管理的细化。

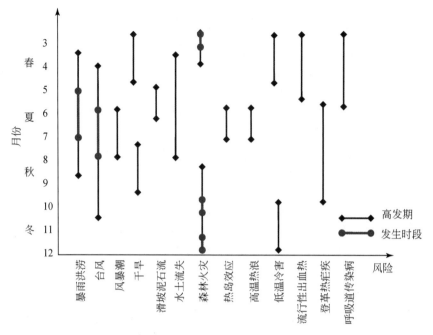

图 8-5　广东省气候变化风险的时间、季节性变化

8.6　珠江三角洲海岸带地区风暴潮风险案例

8.6.1　多年一遇风暴潮重现期算法模型

1. 耿贝尔方法模型

耿贝尔首次把 Fisher-TippettI 型极值分布用于水文统计中，故称之为耿贝尔分布。它对水文气象极值计算有较大的适用性，只要随机变量的原始分布属正态分布或 Γ 分布等指数分布族，其极值分布就渐进于耿贝尔分布。

当原始分布符合正态分布时，随机样本中的最大值分布渐近于耿贝尔分布：

$$F_1(x) = \exp[-e^{-\alpha_1(x-\beta_1)}] \tag{8-1}$$

最大值不超过 x 的概率为

$$G_1(x) = 1 - F_1(x) = 1 - \exp[-e^{-\alpha_1(x-\beta_1)}] \tag{8-2}$$

令 $y = -\ln\{-\ln[1 - G_1(x)]\}$，则有

$$y = \alpha_1(x - \beta_1) \tag{8-3}$$

根据观测数据确定一组 $(x_i, y_i)(i = 1, 2, \cdots, m)$ 便可通过最小二乘法来估计参数 α_1 和 β_1。即由 $\sum\limits_{i=1}^{m}[y_i - \alpha_1(x_i - \beta_1)]^2 \rightarrow \min$ 的原则来估计 α_1 和 β_1。

经过计算，可得到 x 和 y 的回归系数为

$$\frac{1}{\hat{\alpha}_1} = \gamma_{xy} \cdot \frac{\hat{s}_x}{s_y} \tag{8-4}$$

$$\hat{\beta} = \bar{x} - \frac{1}{\hat{\alpha}_1} \cdot \bar{y} \tag{8-5}$$

其中：

$$\bar{x} = \frac{1}{m}\sum_{i=1}^{m} x_1 , \quad \bar{y} = \frac{1}{m}\sum_{i=1}^{m} y_i$$

$$s_x = \sqrt{\frac{\sum\limits_{i=1}^{m} x_i^2}{m} - x^{-2}}, \quad s_y = \sqrt{\frac{\sum\limits_{i=1}^{m} y_i^2}{m} - y^{-2}}, \quad \gamma_{xy} = \sqrt{\frac{\sum\limits_{i=1}^{m} x_i y_i - m\bar{x}\bar{y}}{m s_x s_y} - x^{-2}}$$

由此，根据已有的资料，可计算出 α_1 和 β_1 的估计值 $\hat{\alpha}_1$ 和 $\hat{\beta}_1$，用其代替 α_1 和 β_1，便可得到极值渐近分布的估计式：

$$G_1(x) = 1 - \exp[-e^{-\hat{\alpha}(x-\hat{\beta}_1)}] \tag{8-6}$$

通过式 $G_1(x) = \dfrac{1}{N+1}$，便可以推算出 N 年内可能出现的极值增水。

2. 皮尔逊Ⅲ型分布法模型

皮尔逊Ⅲ型曲线是皮尔逊曲线族长的一种线型，为纯经验性的。它在气象学、水文学和生物学的统计中应用很广，在海洋性的极值统计中也最常用。譬如海浪、风速、流速等观测值，最小值不小于零，可以认为是有界的，而最大值似乎是无界的，频率分布呈偏态分布，颇符合皮尔逊Ⅲ型曲线，可借以解决海洋要素多年一遇极值的计算问题。

皮尔逊Ⅲ型曲线的概率密度函数和分布函数分别为

$$f(x) = \frac{\beta^{\alpha}}{\tau(\alpha)}(x - \alpha_0)^{\alpha-1} e^{-\beta(x-a_0)} \tag{8-7}$$

$$G(x) = \frac{\beta^{\alpha}}{\tau(\alpha)}\int_0^x (x - a_0)^{\alpha-1} e^{-\beta(x-a_0)} \mathrm{d}x \tag{8-8}$$

式中，$\tau(\alpha)$ 为伽玛函数；α、β 分别为皮尔逊Ⅲ型分布的形状尺度；a_0 为位置未知参数，这三个参数与总体三个参数 $\bar{X}$、C_v、C_s 具有如下关系：

$$\alpha = \frac{4}{C_s^2}, \beta = \frac{2}{\bar{X}C_v C_s}, a_0 = \bar{X}\left(1 - \frac{2C_v}{C_s}\right), C_v = \sqrt{\frac{1}{n-1}\sum_{i=1}^{n}\left(\frac{x_i}{x} - 1\right)}$$

根据 C_v 和假定 C_s/C_v 值，由皮尔逊Ⅲ型频率曲线的模比系数 K_P 值表可以查算出与不同频率 p 对应的变率 K_P 值，由此可以计算与年频率 p 相对应的风暴潮极值水位 X_p：

$$X_p = K_p \cdot \bar{X} \tag{8-9}$$

把不同 C_s/C_v 值对应的各组 p 和 X_p 值点绘在概率格纸上进行选线，必要时对 C_v 值稍作调整，从中选用与经验频率点配合最佳的理论频率曲线，以确定不同重现期的风暴潮极值增水值。

8.6.2　多年一遇风暴潮重现期结果

1. 多年一遇风暴潮重现期

运用耿贝尔方法和皮尔逊Ⅲ型分布法计算了珠江三角洲海岸带地区多年一遇（10 年

一遇、20 年一遇、50 年一遇、100 年一遇、200 年一遇、500 年一遇和 1000 年一遇）风暴潮极值增水，通过比较广东省沿海地区 14 个潮位站运用耿贝尔方法和皮尔逊 III 型分布法计算的风暴潮重现期理论曲线，我们将两种计算结果对比分析，选取与实际情况更吻合的风暴潮重现期增水值作为最终结果（表 8-5）。

表 8-5　广东沿海地区各潮位站风暴潮重现期增水值　（单位：mm）

重现周期	黄埔	南沙	横门	西炮台	灯笼山	万顷沙西	黄金	黄冲	大虎
1000 年一遇	4004	3821	3538	3809	3705	3788	3655	3636	3747
500 年一遇	3742	3577	3314	3549	3448	3547	3410	3399	3525
200 年一遇	3394	3253	3017	3204	3109	3228	3085	3085	3230
100 年一遇	3130	3008	2792	2943	2852	2986	2839	2848	3008
50 年一遇	2866	2762	2567	2681	2594	2743	2592	2609	2784
20 年一遇	2513	2434	2265	2331	2250	2419	2262	2290	2492
10 年一遇	2241	2180	2033	2061	1984	2169	2008	2044	2269
重现周期	冯马庙	挂定角	妈屿	北津港	赤湾	汕尾	闸坡	湛江	南渡
1000 年一遇	3526	4822	7784	4531	2755	2910	3610	6570	8740
500 年一遇	3364	4446	7145	4200	2588	2690	3320	6030	8030
200 年一遇	3149	3945	6300	3762	2367	2400	2940	5310	7100
100 年一遇	2987	3577	5660	3429	2200	2180	2650	4770	6380
50 年一遇	2823	3199	5016	3096	2032	1970	2360	4220	5670
20 年一遇	2605	2716	4159	2651	1808	1670	1970	3500	4720
10 年一遇	2437	2356	3495	2307	1635	1440	1680	2940	3980

2. IPCC 情景下未来多年一遇风暴潮重现期

以 IPCC 对 2030 年气候情景的预估为基础，对珠江三角洲地区的风暴潮危险性进行评价，风暴潮重现期增水值需要在原来计算的基础上再增加 30 cm，最终得到 2030 年气候变化情景下珠江三角洲地区多年一遇风暴潮重现期的增水值（表 8-6）。

表 8-6　2030 年广东沿海地区各潮位站风暴潮重现期增水值　（单位：mm）

重现周期	黄埔	南沙	横门	西炮台	灯笼山	万顷沙西	黄金	黄冲	大虎
1000 年一遇	4304	4121	3838	4109	4005	4088	3955	3936	4047
500 年一遇	4042	3877	3614	3849	3748	3847	3710	3699	3825
200 年一遇	3694	3553	3317	3504	3409	3528	3385	3385	3530
100 年一遇	3430	3308	3092	3243	3152	3286	3139	3148	3308

续表

重现周期	黄埔	南沙	横门	西炮台	灯笼山	万顷沙西	黄金	黄冲	大虎
50 年一遇	3166	3062	2867	2981	2894	3043	2892	2909	3084
20 年一遇	2813	2734	2565	2631	2550	2719	2562	2590	2792
10 年一遇	2541	2480	2333	2361	2284	2469	2308	2344	2569
重现周期	冯马庙	挂定角	妈屿	北津港	赤湾	汕尾	闸坡	湛江	南渡
1000 年一遇	3826	5122	8084	4831	3055	3210	3910	6870	9040
500 年一遇	3664	4746	7445	4500	2888	2990	3620	6330	8330
200 年一遇	3449	4245	6600	4062	2667	2700	3240	5610	7400
100 年一遇	3287	3877	5960	3729	2500	2480	2950	5070	6680
50 年一遇	3123	3499	5316	3396	2332	2270	2560	4520	5970
20 年一遇	2905	3016	4459	2951	2108	1970	2270	3800	5020
10 年一遇	2737	2656	3795	2607	1935	1740	1980	3240	4280

8.6.3　风暴潮危险性评估

1. 风暴潮的淹没情况

根据上文计算的珠江三角洲地区多年一遇风暴潮极值增水值和 2030 年珠江三角洲地区多年一遇风暴潮极值增水值，运用 GIS 将珠江三角洲地区所面临的风暴潮灾害的淹没范围在地形图上表现出来（图 8-6）。

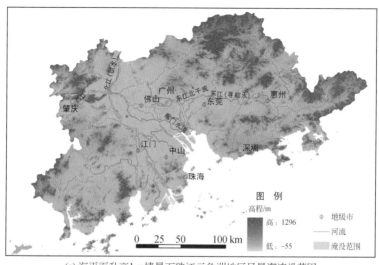

(a) 海平面升高 1 m 情景下珠江三角洲地区风暴潮淹没范围

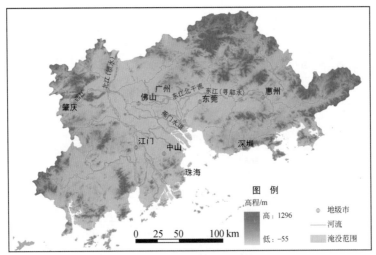

(b) 海平面升高2 m情景下珠江三角洲地区风暴潮淹没范围

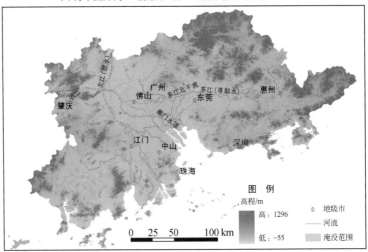

(c) 海平面升高3 m情景下珠江三角洲地区风暴潮淹没范围

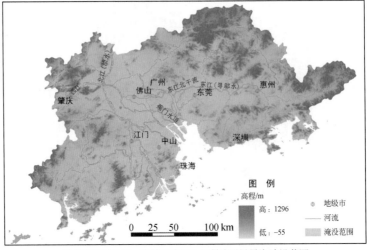

(d) 海平面升高4 m情景下珠江三角洲地区风暴潮淹没范围

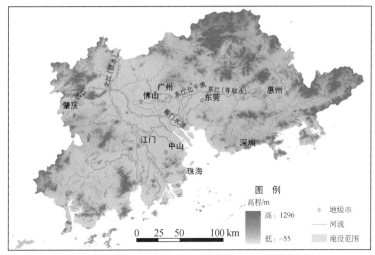

(e) 海平面升高5 m情景下珠江三角洲地区风暴潮淹没范围

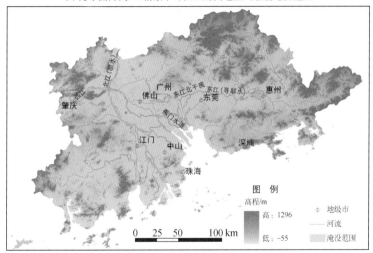

(f) 海平面升高6 m情景下珠江三角洲地区风暴潮淹没范围

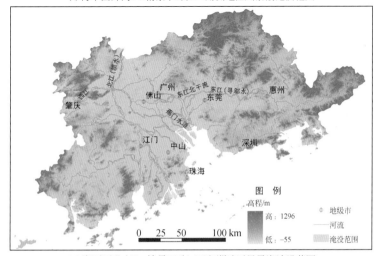

(g) 海平面升高7 m情景下珠江三角洲地区风暴潮淹没范围

图 8-6　不同海平面上升状况下珠江三角洲淹没情况

2. 可能的社会经济影响

将珠江三角洲地区风暴潮的可能淹没范围与人口和经济状况的匹配，在 GIS 的支持下，统计出不同淹没范围可能影响的人口和经济（表 8-7）。

表 8-7　珠江三角洲地区气候变化风暴潮

风暴潮增水高度/m	淹没面积/km²	淹没范围人口总计/人	淹没范围 GDP 总计/万元
1	208	41 728	84 908
2	449	183 840	232 267
3	1 615	1 124 152	1 958 197
4	3 167	2 486 903	4 690 641
5	4 764	3 932 666	7 499 763
6	6 593	5 818 927	11 120 634
7	16 477	16 914 467	30 900 766

8.6.4　珠江防洪规划应用

珠江流域防洪标准中，少数极端重点河段 300 年一遇的标准（表 8-8），重点河段多数是 100 年一遇的标准，而更多的河段是 50 年以下一遇的标准，而且没有考虑气候变化和海平面上升的因素。根据增水的研究（表 8-8），重现周期在 200 年时，许多地方增水在 3 m 以上，建议防洪标准至少分别提高一个级别，即极端重点河段 500 年一遇以上的标准，重点河段多数是 300 年一遇的标准以上，大多数的河段应该有 100 年以上标准。

表 8-8　珠江三角洲地区气候变化风暴潮

地段	周期/a	2015 年增水/m	2025 年增水/m
西江	100	<3.5	<3.5
北江	300	<4.0	<4.0
广州中心市区	200	<3.8	<3.8
南宁市	100	<3.5	<3.5
地级市	50	<3.2	<3.2
珠江三角洲	50 ~ 100	<3.5	<3.5
珠江口	20	<2.9	<2.9
其他重要保护区	50 ~ 100	<3.5	<3.5

参 考 文 献

芭芭拉·亚当，乌尔里希·贝克，约斯特·房·龙．2005．风险社会及其超越：社会理论的关键议题．赵延东，等译．北京：北京出版社．

白美兰，沈建国．2003．内蒙古地区提高天然降水利用率实用技术及其评价．干旱区资源与环境，17（6）：113-118.

蔡运龙，Smit B．1996．全球气候变化下中国农业的脆弱性与适应性对策．地理学报，51（3）：202-212.

陈百明，周小萍．2005．中国粮食自给率与耕地资源安全底线的探讨．经济地理，25（2）：145-148.

陈见，李艳兰，高安宁，等．2007．广西高温灾害评估．灾害学，22（3）：24-27.

陈香，王静爱，陈静．2007．福建暴雨洪灾时空变化与区域划分的初步研究．自然灾害学报，16（6）：1-7.

陈宜瑜，丁永建，佘之祥，等．2005．中国气候与环境演变评估（Ⅱ）：气候与环境变化的影响与适应、减缓对策．气候变化研究进展，1（2）：51-57.

陈颙．2009．洪水灾害与防御．防灾博览，（4）：44-47，49-51.

慈龙骏，杨晓晖，陈仲新．2002．未来气候变化对中国荒漠化的潜在影响．地学前缘，9（2）：287-294.

邓国，王昂生，周玉淑，等．2002．中国粮食产量不同风险类型的地理分布．自然资源学报，17（2）：210-215.

丁一汇，李维京，张德二，等．2008．中国气象灾害大典——综合卷．北京：气象出版社．

段晓男，王效科，尹弢，等．2006．湿地生态系统固碳潜力研究进展．生态环境，15（5）：1091-1095.

高歌，陈德亮，任国玉，等．2006.1956～2000 年中国潜在蒸散量变化趋势．地理研究，25（3）：378-387.

高启杰．2004．城乡居民粮食消费情况分析与预测．中国农村经济，（10）：20-25.

高铁梅．2005．计量经济分析方法与建模：EVIEWS 应用及实例．北京：清华大学出版社．

邰若素，马国南．1993．中国粮食研究报告．北京：中国农业大学出版社．

广东省气候变化评估报告编制课题组．2007．广东气候变化评估报告．广东气象，29（3）：1-7.

郭柏林．1992．我国粮食分布重心轨迹特征及动力．上海农业学报，8（1）：68-74.

国家发展和改革委员会．2008．国家粮食安全中长期规划纲要（2008～2020 年）．

国家气候变化对策协调小组办公室，中国 21 世纪议程管理中心．2004．全球气候变化——人类面临的挑战．北京：商务印书馆．

国务院新闻办公室．2009．《中国的减灾行动》白皮书：38-45.

何报寅，张海林，张穗，等．2002．基于 GIS 的湖北省洪水灾害危险性评价．自然灾害学报，11（4）：84-89.

何忠伟．2005．中国粮食供求模型及其预测研究．北京电子科技学院学报，13（1）：19-22.

亨利·N．波拉克．2005．不确定的科学与不确定的世界．李萍萍译．上海：上海世纪出版集团．

胡塔，郝晓玲，张颖，等．2009．浅谈深松蓄水技术．南北桥，（2）：167.

黄崇福．2004．自然灾害风险评价理论与实践．北京：科学出版社．

黄崇福，王家鼎．1992．模糊信息分析与应用．北京：北京师范大学出版社．

黄英君，江先学．2009．我国洪水保险制度的框架设计与制度创新——兼论国内外洪水保险的发展与启示．江西财经大学学报，62（02）：35-41.

黄镇国，等．2000．广东海平面变化及其影响与对策．广州：广东科技出版社．

霍再林，史海滨，陈亚新，等．2004．内蒙古地区 ET0 时空变化与相关分析．农业工程学报，20（6）：60-63.

季劲钧，余莉．1999．地表面物理过程与生物地球化学过程耦合反馈机理的模拟研究．大气科学，23（4）：439-448.

江志红，丁裕国，陈威霖．2007．21 世纪中国极端降水事件预估．气候变化研究进展，3（4）：202-207.

景爱．2001．森林植被影响陆地成云降雨的实例及原因．林业工作研究，（11）：18-25.

居辉，熊伟，许吟隆，等．2005．气候变化对我国小麦产量的影响．作物学报，31（10）：1340-1343.

李津．2005．用新的理念立足风险社会——2005 年国际风险管理理事会（IRGC）大会综述．科技中国，10：26-29.

李克让，曹明奎，於琍，等．2005．中国自然生态系统对气候变化的脆弱性评估．地理研究，24（5）：653-663.

李路路．2004．社会变迁：风险与社会控制．理论参考，11：19-21.

李宁．2008．我国防治外来物种入侵问题研究．法制与社会，36：236.

李瑞，张克斌，王百田，等．2006．北方农牧交错带不同植被保护及恢复措施物种多样性研究．生态环境，15（5）：1035-1041.

李善同，许新宜．2004．南水北调与中国发展．北京：经济科学出版社．

梁喜．2000．南方退化土地的快速生态重建途径探讨．水土保持研究，7（3）：142-154.

林而达．2005．气候变化危险水平与可持续发展的适应能力建设．气候变化研究进展，1（2）：76-79.

林燕，于冷．2006．中国粮食产量波动分析．吉林农业大学学报，28（3）：346-350.

刘建军，郑有飞，吴荣军．2008．热浪灾害对人体健康的影响及其方法研究．自然灾害学报，17（1）：151-156.

刘晓俊．2006．我国粮食需求分析与预测．金融教学与研究，（3）：34-35.

刘燕华，葛全胜，方修琦，等．2006．全球环境变化与中国国家安全．地球科学进展，21（4）：346-351.

刘燕华，葛全胜，吴文祥．2005．风险管理——新世纪的挑战．北京：气象出版社．

刘洋，张健，杨万勤．2009．高山生物多样性对气候变化相应的研究进展．生物多样性，17（1）：88-96.

吕爱锋，田汉勤．2007．气候变化、火干扰与生态系统生产力．植物生态学报，31（2）：242-251.

马丽萍，陈联寿，徐祥德．2006．全球热带气旋活动与全球气候变化相关特征．热带气象学报，22（2）：147-154.

马柱国，华丽娟，任小波．2003．中国近代北方极端干湿事件的演变规律．地理学报，58（增刊）：69-74.

米娜，于贵瑞，温学发，等．2008．中亚热带人工针叶林对未来气候变化的响应．应用生态学报，19（9）：1877-1883.

《气候变化国家评估报告》编写委员会．2007．气候变化国家评估报告．北京：科学出版社．

乔光建，吴丽英．2009．山区雨水利用技术及分析计算．水资源保护，25（1）：55-58.

秦大河，丁一汇，王绍武，等．2002．中国西部生态环境变化与对策建议．地球科学进展，17（3）：314-319.

屈冉，李俊生．2007．外来物种入侵的负面生态效应及防治策略．环境保护，13：31-33.

全国科学技术名词审定委员会．2007．生态学名词（2006）．北京：科学出版社．

全国老龄工作委员会办公室．2006．中国人口老龄化发展趋势预测研究报告．

任东明，杨荫凯，曹静．1998．中国海岸资源开发潜力及其可持续利用研究．中国人口、资源与环境，8

（专刊）：4-7.

申双河，张方敏，盛琼．2009.1975-2004 年中国湿润指数时空变化特征．农业工程学报，25（1）：
　　11-15.

世界科学知识与技术伦理委员会．2005.预防原则.http：//unesdoc.unesco.org/images/0013/001395/
　　139578c.pdf.

石晓丽．2009.气候变化情景下中国生态系统风险评价．中国科学院地理科学与资源研究所.

水利部水资源研究及区划办公室全国水资源初步成果汇总技术小组．1981.中国水资源初步评价．北京：
　　水利部水资源研究及区划办公室：48-51.

宋连春，邓振镛，董安祥，等．2003.干旱．北京：气象出版社.

苏桂武，高庆华．2003.自然灾害风险的分析要素．地学前缘，10：272-279.

谈建国，黄家鑫．2004.热浪对人体健康的影响及其研究方法．气候与环境研究，19（4）：680-686.

谭冠日．1994.全球变暖对上海和广州人群死亡数的可能影响．环境科学学报，14（3）：368-373.

田晓瑞，王明玉，舒立福．2003.全球变化背景下的中国林火发生趋势及预防对策．林火研究，3：32-34.

王川，李志强．2007.不同区域粮食消费需求现状与预测．中国食物与营养，（6）：34-37.

王庚辰，温玉璞．1996.温室气体浓度和排放监测及相关过程．北京：中国环境科学出版社.

王浩，秦大庸．2003.黄淮海流域水资源合理配置．北京：科学出版社.

王继军，权松安，郭满才．2004.退耕还林还草中建立生态系统与经济系统"弹性资源"初论．水土保
　　持通报，24（5）：95-98.

王冀，江志红，宋洁，等．2008.基于全球模式对中国极端气温指数模拟的评估．地理学报，63（1）：
　　227-236.

王菱，谢贤群，李运生，等．2004.中国北方地区 40 年来湿润指数和气候干湿带界线的变化．地理研究，
　　23（1）：45-54.

王世海．2007.试论城乡人口结构变动对粮食安全的影响．粮食问题研究，（4）：36-38.

王彦集，刘峻明，王鹏新，等．2007.基于加权马尔可夫模型的标准化降水指数干旱预测研究．干旱地
　　区农业研究，25（5）：198-203.

王艳琴．2009.森林病虫害的防治策略．中国新技术新产品，8：176.

韦玉春，陈锁忠．2005.地理建模原理与方法．北京：科学出版社.

魏占雄．2009.高寒沙区生态恢复对植物物种多样性的影响．草地生态，7：36 - 39.

乌尔里希·贝克．2004.风险社会．何博闻译．南京：南京译林出版社.

吴建国，吕佳佳，艾丽．2009.气候变化对生物多样性的影响：脆弱性和适应．生态环境学报，18（2）：
　　693-703.

吴绍洪，尹云鹤，赵慧霞，等．2005.生态系统对气候变化适应的辨识．气候变化研究进展，1（3）：115-
　　118.

夏东兴，王文海，武桂秋．1993.中国海岸侵蚀述要．地理学报，48（5）：468-475.

解以扬，韩素芹，由立宏，等．2004.天津市暴雨内涝灾害风险分析．气象科学，24（3）：342-349.

熊伟，林而达，居辉，等．2005.气候变化的影响阈值与中国的粮食安全．气象变化研究进展，1（2）：
　　84-87.．

熊伟，居辉，许吟隆，等．2006.两种气候变化情景下中国未来的粮食供给．气象，32（11）：36-41.

徐金芳，邓振镛，陈敏．2009.中国高温热浪危害特征的研究综述．干旱气象，27（2）：163-167.

徐文婷，吴炳方．2005.遥感用于森林生物多样性监测的进展．生态学报，25（5）：1199-1204.

徐向阳．2006.水灾害．北京：中国水利水电出版社.

徐小锋，田汉勤，万师强．2007.气候变暖对陆地生态系统碳循环的影响．植物生态学报，31（2）：

175-188.

许吟隆，Jones R. 2004. 利用 ECMWF 再分析数据验证 PRECIS 对中国区域气候的模拟能力. 中国农业气象，25（1）：5-9.

许吟隆，黄晓莹，张勇，等. 2005. 中国 21 世纪气候变化情景的统计分析. 气候变化研究进展，1（2）：80-83.

许吟隆，张勇，林一骅，等. 2006. 利用 PRECIS 分析 SRES B2 情景下中国区域的气候变化响应. 科学通报，51（17）：2068-2074.

杨桂山. 2001. 三峡与南水北调工程建设及海平面上升对上海城市供水水质的可能影响. 地理科学，21（2）：123-129.

杨坤，王显红，吕山，等. 2006. 气候变暖对中国几种重要媒介传播疾病的影响. 国际医学寄生虫病杂志，33（4）：182-187.

杨修，孙芳，林而达，等. 2004. 我国水稻对气候变化的敏感性和脆弱性. 自然灾害学报，13（5）：85-89.

姚愉芳，蒋金荷，依绍华. 2003. 中国未来社会经济情景研究报告. 中国社会科学院数量经济与技术经济研究所.

尹云鹤. 2006. 中国干湿状况变化与生态地理区域对气候变化的响应. 中国科学院研究生院.

袁文平，周广胜. 2004a. 干旱指标的理论分析与研究展望. 地球科学进展，19（6）：982-991.

袁文平，周广胜. 2004b. 标准化降水指标与 Z 指数在我国应用的对比分析. 植物生态学报，28（4）：523-529.

占斌，山仑. 2000. 论我国旱地农业建设的技术路线与途径. 旱地区农业研究，（18）：1-6.

张建华，庞良玉，高永才. 2001a. 节水农业技术的现状. 西南农业学报，14（增刊）：113-116.

张建华，赵燮京，林超文，等. 2001b. 川中丘陵坡耕地水土保持与农业生产的发展. 水土保持学报，15（1）：81-841.

张建华，赵燮京，杨文元. 1997. 四川盆中丘陵旱地干旱特征与雨养农业对策. 北京：中国农业科技出版社.

张建敏，黄朝迎，吴金栋. 2000. 气候变化对长江三峡水库运行风险的影响. 地理学报，55（增刊）：26-33.

张尚印，张德宽，徐祥德，等. 2005. 长江中下游夏季高温灾害机理及预测. 南京气象学院学报，28（6）：840-846.

张时煌，彭公炳，黄玫. 2004a. 基于地理信息系统技术的土壤质地分类特征提取与数据融合. 气候与环境研究，9（1）：65-79.

张时煌，彭公炳，黄玫. 2004b. 基于遥感与地理信息系统支持下的地表植被特征参数反演. 气候与环境研究，9（1）：80-91.

张勇，许吟隆，董文杰，等. 2006. 中国未来极端降水事件的变化——基于气候变化预估结果的分析. 自然灾害学报，15（6）：228-234.

张勇，许吟隆，董文杰，等. 2007. SRES B2 情景下中国区域最高、最低气温及日较差变化分布特征初步分析. 地球物理学报，50（3）：714-723.

张勇，曹丽娟，许吟隆，等. 2008. 未来我国极端温度事件变化情景分析. 应用气象学报，19（6）：655-660.

张月鸿，武建军，吴绍洪，等. 2008. 后常规科学与现代综合风险管理. 安全与环境学报，8（5）：116-121

张增信，Fraedrich K，姜彤，等. 2007. 2050 年前长江流域极端降水预估. 气候变化研究进展，3（6）：

340-344.

章芳，苏炳凯．2002. 我国北方干旱化趋势的预测．高原气象，21（5）：479-487.

赵延东．2004. 风险社会与风险治理．中国科技论坛，4：121-125.

赵宗慈．2009. 为 IPCC 第五次评估报告提供的全球气候模式预估．气候变化研究进展，5（4）：241-243.

郑杭生，洪大用．2004. 中国转型期的社会安全隐患与对策．中国人民大学学报，2：6-13．

郑祚芳，张秀丽．2007. 北京极端天气事件及其与区域气候变化的联系．自然灾害学报，16（3）：55-59.

周成虎，万庆，黄诗峰，等．2000. 基于 GIS 的洪水灾害风险区划研究．地理学报，55（1）：15-24.

周立三．1981. 中国综合农业区划．北京：农业出版社．

周启星．2006. 气候变化对环境与健康影响研究进展．气象与环境学报，22（1）：38-43.

周晓东，朱启疆，孙中平，等．2002a. 中国荒漠化气候类型划分方法的初步探讨．自然灾害学报，11（2）：125-131.

周晓农，杨国静，孙乐平，等．2002b. 全球气候变暖对血吸虫病传播的潜在影响．中华流行病学杂志，23（2）：83-86.

左大康．1990. 现代地理学辞典．北京：商务印书馆．

Jame C．2009. 2008 年全球生物技术/转基因作物商业化发展态势．中国生物工程杂志，29（2）：1-10.

Allen R G，Pereira L S，Raes D，et al．1998. Crop Evapotranspiration-Guidelines for Computing Crop Water Requirements．FAO Irrigation and Drainage Paper 56．Rome：United Nations Food and Agriculture Organization.

AMS（American Meteorological Society）．2000. Glossary of Meteorology．Boston：American Meteorological Society.

Anthony A，Leiserowitz A．2005. American risk perceptions：is climate change dangerous．Risk Analysis，25（6）：1433-1442.

Araújo M B，Whittaker R J，Ladle R J．2005. Reducing uncertainty in projections of extinction risk from climate change．Global Ecology and Biogeography，14：529-538.

AS/NZS 4360. 2004．Australian/New Zealand Standard：Risk Management．Strathfield：Standards Australia.

Australian Greenhouse Office．2006. Climate Change Impacts and Risk Management：A Guide for Business and Government．Prepared for the Australian Greenhouse Office by Broadleaf Capital International and Marsden Jacob Associates.

Beck U．1999. World Risk Society．Cambridge：Polity Press.

Bettencourt S，Croad R，Freeman P，et al．2006. Not If, but When：Adapting to Natural Hazards in the Pacific Islands Region．Washington D. C. ：World Bank，A Policy Note.

Binkley M A．1993. Spatial and temporal trends of mortality//Maarouf A R，Barthakur N N．Calgary：Proceeding 13th International Congress of Biometeorology，Part 1.

Boisvenue C，Running S W．2006. Impacts of climate change on natural forest productivity-evidence since the middle of the 20th century．Global Change Biology，12：862-882.

Booij M J．2005. Impact of climate change on river flooding assessed with different spatial model resolutions．Journal of Hydrology，303（1-4）：176-198.

Brücker G．2005. Vulnerable populations：lessons learnt from the summer 2003 heat waves in Europe．Eurosurveillance，10（7）：147.

Bunting C．，2006-10-10. Applying the IRGC risk governance framework：what we have learned about risks and about the IRGC framework ESOF，Munich．http：//www. irgc. org.

Burrough P A，Heuvelink G B M．1992. The sensitivity of Boolean and continuous（fuzzy）logical modeling to uncertain data．Munich：Proceedings of EGIS 92.

Burton I，van Aalst M．2004. Look before You Leap：a Risk Management Approach for Integrating Climate Change

Adaptation into World Bank Operations. World Bank Environment Department Paper 100. Washington D. C. : World Bank.

Byrd D M, Cothern C R. 2000. Introduction to Risk Analysis: a Systematic Approach to Science-Based Decision Making. Rockville: Government Institutes.

Calanca P. 2007. Climate change and drought occurrence in the Alpine region: how severe are becoming the extremes. Global and Planetary Change, 57: 151-160.

Cox P, Betts R, Jones C, et al. 2000. Acceleration of global warming due to carbon-cycle feedbacks in a coupled climate model. Nature, 408 (6813): 750.

De Marchi B, Ravetz J R. 1999. Risk management and governance: a post-normal science approach. Futures, 31: 743-757.

De U S, Khole M, Dandekar M M. 2004. Natural hazards associated with meteorological extreme events. Natural Hazards, 31 (2): 487-497.

Doorenbos J, Pruitt W O. 1977. Guidelines for Predicting Crop Water Requirements. Food and Organization United Nations, FAO Irrigation and Drainage Paper 24, 2nd edn. Rome.

Dubrovsky M, Svoboda M D, Trnka M, et al. 2009. Application of relative drought indices in assessing climate-change impacts on drought conditions in Czechia. Theoretical and Applied Climatology, 96: 155-171.

Easterling D R, Meehl G A, Parmesan C, et al. 2000. Climate extremes: Observations, modeling, and impacts. Science, 289 (5487): 2068-2074.

Felix N K. 1997. Global drought watch from space. Bulletin of American Meteorological Society, 78: 621-636.

Funtowicz S O, Ravetz J R. 1992. The emergence of post-normal science//von Schomberg R. Science, Politics and Morality. Dordrecht: Kluwer Academic Publishers: 85-123.

Funtowicz S O, Ravetz J R. 1993. Science for the post-normal age. Futures, 25 (7): 739-755.

Gao X, Zhao Z, Filippo G. 2002. Changes of extreme events in regional climate simulations over East Asia. Advances in Atmospheric Sciences, 19 (5): 927-942.

Glantz M H. 1999. Creeping Environmental Problems and Sustainable Development in the Aral Sea Basin. Cambridge: Cambridge University Press.

Glantz M H. 2004a. Final Report for APN CAPaBLE Project: Prototype Training Workshop for Educators on the Effects of Climate Change on Seasonality and Environmental Hazards. http://ccb. colorado. edu/apn/report/APN-final-report. pdf.

Glantz M H. 2004b. Prototype training workshop for educators on the effects of climate change on seasonality and environmental hazards. Asia-Pacific Network for Global Change Research. http://www. ccb. ucar. edu/apn/report/ .

Gosh D, Ray M R. 1997. Risk, ambiguity and decision choice: some additional evidence. Decision Sciences, 28 (1):81-104.

Hajat S, Kovats R S, Atkinson R W, et al. 2002. Impact of hot temperatures on death in London: a time series approach. Journal of Epidemiology and Community Health, 56 (5): 367-372.

Hodrick R J, Prescott E C, 1980. Post-war U. S. Business Cycles: an Empirical Investigation. Discussion Paper 451. Pittsburgh: Carnegie-Mellon University.

Ho J L L, Keller R, Keltyka P. 2002. Effects of probabilistic and outcome ambiguity on managerial choices. Journal of Risk and Uncertainty, 24 (1): 47-74.

Hulme M, Dessai S, Lorenzoni I, et al. 2008. Unstable climates: exploring the statistical and social constructions of normal climate. Geoforum, 40 (2): 197-206.

IPCC. 2001. Climate Change 2001: Impacts, Adaptation and Vulnerability of Climate Change, Working Group Ⅱ Report. London: Cambridge University Press.

IPCC. 2005. The guidance notes for lead authors of the IPCC fourth assessment report on addressing uncertainties. Appendix in Manning 2005, Adv Clim Change Res, 2: 13-21.

IPCC. 2007a. Climate Change 2007: Impacts, Adaptation and Vulnerability-Working Group II Contribution to IPCC Fourth Assessment Report of the Intergovernmental Panel on Climate Change. London: Cambridge University Press.

IPCC. 2007b. Summary for Policymakers of Climate Change 2007: The Physical Science Basis. Contribution of Working Group I to the Fourth Assessment Report of the Intergovernmental Panel on Climate Change. London: Cambridge University Press.

ISO. 2009. ISO Gunide73: 2009. Genera: International Standards Organization.

Jesen M E, Burman R D, Allen R G. 1990. Evapotranspiration and Irrigation Water Requirements. ASCE Manuals and Reports on Engineering Practice No. 70. New York: American Society of Civil Engineer: 42-263.

Ji J. 1995. A climate-vegetation interaction model: simulating physical and biological processes at the surface. J Biogeogr, 22: 445-451.

Jones P, Horton E, Folland C, et al. 1999. The use of indices to identify changes in climatic extremes. Climatic Change, 42 (1): 131-149.

Jones R G, Noguer M, Hassell D C, et al. 2004. Generating High Resolution Climate Change Scenarios Using PRECIS. Exeter: Met Office Hadley Centre.

Jones R N. 2004. Managing Climate Change Risks//Agrawal S, Corfee-Morlot J. The Benefits of Climate Change Policies: Analytical and Framework Issues. Paris: OECD

Jones R N, Page C M. 2001. Assessing the Risk of Climate Change on the Water Resources of the Macquarie River Catchment, Proceedings of MODSIM 2001 Conference. Canberra: Australia National University.

Ju W M, Chen J M, Harvey D, et al. 2007. Future carbon balance of China's forests under climate change and increasing CO_2. Journal of Environmental Management, 85: 538-562.

Kalkstein L S, Davis R E. 1989. Weather and human mortality: an evaluation of demographic and interregional responses in the United States. Annals of the Association of American Geographers, 79 (1): 44-64.

Kilbourne E M. 1997. Heat Waves and Hot Environments//Noji E K. The Public Health Consequences of Disasters. New York: Oxford University Press.

Kleiber C. 2003. Risk Governance: a New Approach. Risk and governance. Brussels: Program of World Congress on Risk.

Kleinen T, Petschel-Held G. 2007. Integrated assessment of changes in flooding probabilities due to climate change. Climatic Change, 81: 283-312.

Kunkel K E, Pielke R J, Changnon S A. 1999. Temporal fluctuations in weather and climate extremes that cause economic and human health impacts: a review. Bulletin of American Meteorological Society, 80 (6): 1077-1098.

Lenton R. 2004. Water and climate variability: development impacts and coping strategies. Water Science and Technology, 49: 1-24.

Lieth H, Whittaker R, Congress AIOBSB. 1975. Primary Productivity of the Biosphere. Berlin, Heidelberg, New York: Springer-Verlag.

Lorenzoni I, Pidgeon N F, O'Connor R E. 2005. Dangerous climate change: the role for risk research. Risk Analysis, 25 (6): 1387-1398.

Luketina D, Bender M. 2002. Incorporating long term trends in water availability in water supply planning. Water Science and Technology, 46 (6-7): 113-120.

Manabe S, Wetherald R T, Stouffer R J. 1981. Summer dryness due to an increase of atmospheric CO_2 concentration. Climatic Change, 3 (4): 347-386.

Manning M. 2002. The treatment of uncertainties in the fourth IPCC assessment report. Advances in Climate Change Research, 2 (Suppl. 1): 13-21.

Manning M, Petit M, Easterling D, et al. 2004. Describing Scientific Uncertainties in Climate Change to Support Analysis of Risk and of Options. Workshop Report. USA: IPCC Working Group I.

Manning M R. 2006. The treatment of uncertainties in the fourth IPCC assessment report. Advances in Climate Change Research, 2 (suppl. 1): 13-21.

Mathur A, Burton I, van Aalst M. 2004. An Adaptation Mosaic. A Sample of the Emerging World Bank Work on Adaptation. Washington D. C. : World Bank, Global Climate Change Team.

McKee T B, Doesken N J, Kleist J. 1993. The Relationship of Drought Frequency and Duration to Time Scales. Proceedings of the Eighth Conference on Applied Climatology. Boston: American Meteorological Society.

Moss R, Schneider S. 2000. Uncertainties //Pachauri R, Taniguchi T, Tanaka K. Guidance Papers on the Cross Cutting Issues of the Third Assessment Report of the IPCC. Geneva: IPCC.

Nakicenovic N, Alcamo J, Davis G, et al. 2000a. Special Report of Working Group III of the Intergovernmental Panel for Climate Change. London: Cambridge University Press.

Nakicenovic N, Alcamo J, Davis G, et al. 2000b. Special Report on Emissions Scenarios: a Special Report of Working Group III of the Intergovernmental Panel on Climate Change. New York: Cambridge University Press: PNNL-SA-39650.

Obersteiner M, Azar C, Kauppi P, et al. 2001. Managing climate risk. Science, 294 (5543): 786-787.

OECD. 2003. Emerging Systemic Risks. Final Report to the OECD Futures Project. Paris: OECD.

Oguntoyinbo J S. 1986. Drought prediction. Climatic Change, 9: 79-90.

Parry M L, Rosenzweig C, Iglesias A, et al. 2004. Effects of climate change on global food production under SRES emissions and socio-economic scenarios. Global Environmental Change, 14 (1): 53-67.

Penman H L. 1948. Natural evaporation from open water, bare soil and grass. Proceedings, Royal Society, Series A, 193: 454-465.

Poumadere M, Mays C, Le Mer S, et al. 2005. The 2003 heat wave in France: dangerous climate change here and now. Risk Analysis, 25 (6): 1483-1494.

Raboy V. 2007. The ABCs of low-phytate crops. Nature Biotechnology, 25: 874-875.

Remy U G. 2003. Transboundary risks: how governmental and non-governmental agencies work together. Risk and governance. Brussels: Program of World Congress on Risk.

Renn O. 2005. White paper on risk governance- towards an integrative approach. White Paper No. 1 of the International Risk Governance Council. http: //www. irgc. org.

Renn O. 2006. From risk analysis to risk governance: new challenges for the risk professionals in an era of post-modern confusion. Risk newsletter. Risk Analysis, 26 (1): 6.

Richard R, Heim J R. 2002. A review of twentieth-century drought index used in the United States. Bulletin of American Meteorological Society, 83: 1149-1165.

Risbey J, Kandlikar M. 2007. Expressions of likelihood and confidence in the IPCC uncertainty assessment process. Climatic Change, 85 (1-2): 19-31.

Sayers P B, Gouldby B P, Simm J D, et al. 2002. Risk, Perfromance and Uncertainty in Flood and Coastal Defence- a Review, Wallingford: DEFRA/EAR & D Tech. Rep. FD 2302/TRI, Flood and Coastal Defence R&D Programme.

Shortreed J H, Craig L, McColl S. 2001. Benchmark framework for risk management. IRR-NERAM (institute for risk research-network for environmental risk assessment and management). http://www. irr-neram. ca/pdf _ files/Benchmark2001. pdf.

Skinner D. 1999. Introduction to Decision Analysis. 2nd ed. London: Probabilistic Publishers.

Steadman R G. 1979. The Assessment of sultriness. Part I: a temperature-humidity index based on human physiology and clothing science. Journal of Applied Meteorology, 18: 861-873.

Stirling A. 2003. Risk, Uncertainty and Precaution: Some Instrumental Implications from the Social Sciences// Berkhout F, Leach M, Scoones I. Negotiating Change. London: Edward Elgar: 33-76.

Stirling A. 2007. Risk, precaution and science: towards a more constructive policy debate. European Molecular Biology Organization Reports, 8 (4): 309-315.

Tao F L, Hayashi Y, Zhang Z, et al. 2008. Global warming, rice production, and water use in China: Developing a probabilistic assessment. Agricultural and Forest Meteorology, 148 (1): 94-110.

Thornthwaite C W. 1948. An approach toward a rational classification of climate. Geographical Review, 38: 55-94.

Tol R S J. 2002. Estimates of the damage cost of climate change. Part I: benchmark estimates. Environmental and Resource Economics, 21 (1): 42-73.

Umana A. 2003. Governance and capability development fur risk management in developing countries. Risk and governance. Brussels: Program of World Congress on Risk.

UN. 1992. United Nations Framework Convention on Climate Change (UNFCCC). Geneva: UNEP/IUC.

UNDP. 2002. A climate risk management approach to disaster reduction and adaptation to climate change. Havana: UNDP Expert Group Meeting - Integrating Disaster Reduction with Adaptation to Climate Change.

UNDP. 2005. Adaptation policy frameworks for climate change: developing strategies, policies and measures//Lim B, Spanger-Siegfried E, Burton I, et al. Cambridge University Press: 258.

UNFCCC. 1992. United Nations framwork convention on climate change. http://www. unfccc. de/resource/conv/ index. html.

UNISDR 2009. Global Assessment Report on Disaster Risk Reduction. Bahrain: United Nations International Strategy for Disaster Reduction (UNISDR).

ISDR. 2004. Living with Risk-a Global Review of Disaster Reduction Initiatives. Geneva: ISDR.

van Aalst M, Shardul A. 2005. Analysis of Donor-Supported Activities and National Plans//Shardul A. Bridge Over Troubled Waters, Linking Climate Change and Development. Paris: Organisation for Economic Cooperation and Development.

van der Sluijs J, Kloprogge P, Risbey J, et al. 2003a. Towards a Synthesis of Qualitative Ualitative and Quantitative Uncertainty Assessment, Pedigree (NUSAP) System. Rockville: the International Workshop on Uncertainty, Sensitivity, and Parameter Estimation for Multimedia Environmental Modeling.

van der Sluijs J, Risbey J S, Kloprogge P, et al. 2003b. RIVM/ MNP Guidance for Uncertainty Assessment and Communication: Detailed Guidance. Utrecht: Utrecht University.

van Minnen J, Onigkeit J, Alcamo J. 2002. Critical climate change as an approach to assess climate change impacts in Europe: development and application. Environmental Science and Policy, 5 (4): 335-347.

Wagner D. 1999. Assessment of the probability of extreme weather events and their potential effects in large conurbations. Atmosphere Environment, 33 (24-25): 4151-4155.

Wiedeman P. 2003. Risk as a model for sustainability. Risk and Governance. Brussels: Program of World Congress on Risk.

Wilhite D A. 2000. Drought: a Global Assessment, Natural Hazards and Disasters Series. London & New York: Routledge.

Willows R, Connell R. 2003. Climate adaptation: Risk, Uncertainty, and Decision-making. UKCIP Technical Report. Oxford: UK Climate Impacts Programme.

Wu H, Wilhite D A. 2004. An operational agricultural drought risk assessment model for Nebraska, USA. Natural Hazards, 33: 1-21.

Xue L. 2005. Crisis Management in China: the Challenge of Transition. General Conference of the International Risk Governance Council. http: //www. irgc. org/irgc/.

Xu Y L, Zhang Y, Lin E D, et al. 2006. Analyses on the climate change responses over China under SRES B2 scenario using PRECIS. Chinese Science Bulletin, 51: 2260-2267.

Yohe G, Strzepek K. 2007. Adaptation and mitigation as complementary tools for reducing the risk of climate impacts. Mitigation and Adaptation Strategies for Global Change, 12: 727-739.

Zhang J Q. 2004. Risk assessment of drought disaster in the maize-growing region of Songliao Plain, China. Agriculture, Ecosystems and Environment, 102: 133-153.

后　记

　　《综合风险防范——中国综合气候变化风险》是作者在完成国家"十一五"科技支撑项目"综合风险防范关键技术研究与示范"的课题——"全球环境变化与全球化综合风险防范技术与示范"的基础上撰著的，也是这一项目丛书10本之一。

　　本书与丛书《综合风险防范——科学、技术与示范》、《综合风险防范——标准、模型与应用》、《综合风险防范——搜索、模拟与制图》、《综合风险防范——数据库、风险地图与网络平台》、《综合风险防范——中国综合自然灾害救助保障体系》、《综合风险防范——中国综合自然灾害风险转移体系》、《综合风险防范——中国综合能源与水资源保障风险》、《综合风险防范——中国综合生态与食物安全风险》及《中国自然灾害风险地图集》互相呼应，与项目设计、执行时共性技术和示范应用的相互配合一致，成为一个整体。

　　气候变化及其影响的基本事实已得到国际社会和科学界的广泛认同，但由于气候变化及其影响的广泛性和复杂性，以及人类认知的局限性，目前对有关气候变化在不同领域的影响及其可能产生的诸多风险研究还存在不确定性。其主要体现在：气候变化与不同领域的响应之间的非线性特征；研究中（包括许多模型目前的研究状况）一些非线性的因素大部分按照线性来处理；不同组分的易变性不一致，如生物和非生物组分的变率不一致；研究中有可能将研究对象的个体和整体对气候变化的响应特征混同。在气候变化与其产生的风险领域之间的尺度上，也可能产生不确定性因素。因此，本研究的结果及其总结的专著中可能存在某些不足之处，这将成为未来需要进一步深入研究的方面。为此，我们仍然需要认真地了解气候变化研究领域的国际动态，积极开展综合气候变化风险评估及其防范的关键科学内容的研究。同时，关注国际科学联合会理事会和国际社会科学界联合会"综合减灾研究"（integrated research on disaster reduction）项目的进展，为提高我国气候变化综合风险防范研究水平作出贡献，为提高国家综合减轻灾害风险能力献计献策。

　　在课题研究和本书撰写过程中，科学技术部刘燕华研究员、北京师范大学史培军教授从研究方案设计、实施过程到专著编写，始终予以大力支持与帮助；中国农业科学院农业环境与可持续发展研究所许吟隆研究员、熊伟副研究员给予研究数据的支撑；中国科学院地理科学与资源研究所郑景云研究员、吴文祥副研究员，北京师范大学刘连友教授、王静爱教授、李宁教授、武建军副教授、方伟华副教授，民政部中国减灾中心邹铭研究员、袁艺副研究员，北京大学王仰麟教授、蒙吉军副教授，国家保监会姚庆海研究员等给予了许多帮助，在此一并致谢。

吴绍洪　戴尔阜